半个世纪,
我几乎从未离开过生态环境保护领域,
见证了建设美丽中国的曲折历程。

曲格平

1972年,瑞典首都斯德哥尔摩,联合国召开第一次人类环境会议,时任国务院计划起草小组成员的曲格平(前排右)、毕季龙(前排左)代表在会议上。这是新中国恢复在联合国的合法席位后,中国代表团首次参加的会议。

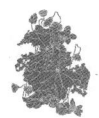

1976年,肯尼亚首都内罗毕,中国驻联合国环境规划署首任代表曲格平向联合国环境规划署执行主任穆斯塔法·托尔巴递交常驻代表证书。

1977年9月5日，肯尼亚首都内罗毕，中国驻联合国环境规划署首任代表曲格平（左一）在联合国沙漠化会议上。

1979年9月,北京,国务院环境保护领导小组办公室副主任曲格平(右二)与世界自然基金会主席斯科特(左二)签署《关于保护野生生物资源的合作协议》。

二十世纪八十年代,在河北秦皇岛环境管理干部培训基地,曲格平(右五)同来自全国各地的环保干部在一起。

1988年,英国布拉德福德大学授予曲格平博士学位。

1992年6月6日，巴西里约热内卢，在联合国环境与发展大会上，曲格平被授予国际环境领域中的最高奖项——联合国环境大奖。获奖后，曲格平将十万美元奖金全部捐赠给中国的环境保护事业，并以此为基础建立中华环境保护基金会。

1998年12月,曲格平视察白洋淀污染治理。

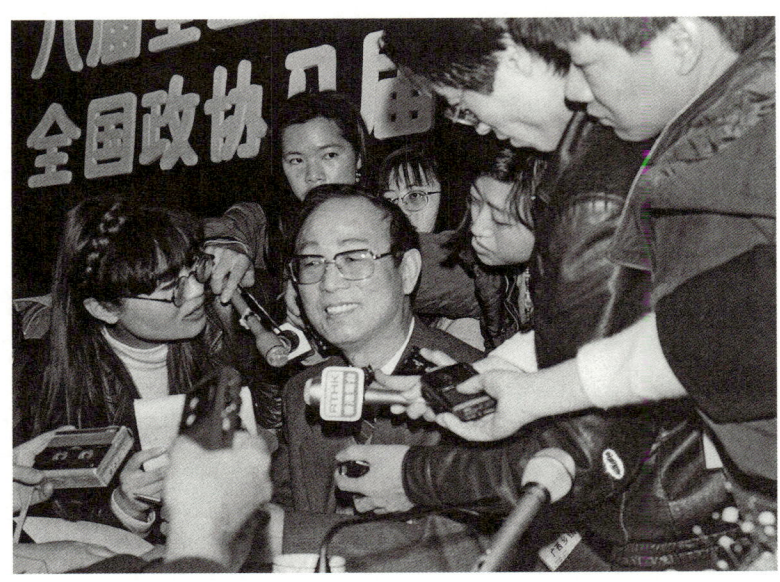

1994年3月15日,八届全国人大二次会议和全国政协八届二次会议新闻中心举行记者招待会,邀请全国人大环境保护委员会主任委员曲格平等就我国环境状况和环境保护法制建设问题回答中外记者提问。

2018年6月,曲格平为家乡修建的晒书城落成。在晒书城的大殿里,曲格平与当地小学的孩子们在一起。

美丽中国梦
我的环保人生

曲格平 — 著

中国青年出版社

图书在版编目（CIP）数据

美丽中国梦：我的环保人生／曲格平著．
－－北京：中国青年出版社，2020.7
ISBN 978-7-5153-6103-1

Ⅰ.①美… Ⅱ.①曲… Ⅲ.①回忆录－中国－当代
Ⅳ.① I251

中国版本图书馆 CIP 数据核字 (2020) 第 126483 号

策　　划：彭明榜
责任编辑：李钊平
书籍设计：孙初 + 叶子秋
出版发行：中国青年出版总社
社　　址：北京东四 12 条 21 号
邮政编码：100708
编辑中心：(010) 57350366
营销中心：(010) 57350378
印　　装：北京精彩世纪印刷科技有限公司
经　　销：新华书店
开　　本：710mm×1000mm　1 / 16
印　　张：24.25
字　　数：242 千字
版　　次：2020 年 7 月北京第 1 版
印　　次：2020 年 7 月北京第 1 次印刷
定　　价：88.00 元

网　　址：www.cyp.com.cn　邮　　箱：cypzbs@126.com
微信 ID：中国青年出版总社　新浪微博：@ 中国青年出版总社

版权所有·侵权必究　反盗版举报电话：(010) 57350535
如有印装质量问题，请凭购书发票与质检部联系调换，
电话：(010) 57350337

目　录

第一章　环境觉醒

002 / 人类环境会议
　　　　——新中国重返联合国的第一次会议
020 / 我从事环保事业后一次有成就感的经历
025 / 第一次全国环境保护会议
　　　　——承认我国的污染很严重，是很了不起的进步
054 / 命运的又一次转折
　　　　——转战国务院环境保护领导小组
084 / 做环境大使
087 / 新中国第一部环境法律出台
091 / 周恩来是新中国环境保护事业的开创者和奠基人

第二章　十载磨砺成方略

104 / 我这十年
139 / 万里拍板，环境保护被列为基本国策

146 / 如何理解环境保护是一项重大国策

155 / 早餐桌上磨出的国务院环委会

162 / 新中国成立后,环境保护如何从无到有

184 / 访美散记

第三章　创业环资委

204 / 全国人大环资委十年创业记

216 / 三部环境法律诞生记

248 / "不怕通报,就怕见报"
　　　　——为民所呼的中华环保世纪行

253 / 一场新的淮河战役

278 / 如果不把漓江治理好,功不抵过

284 / 文明的困境与出路

第四章　环保新思考

296 / 从斯德哥尔摩到约翰内斯堡的发展道路

315 / 西部生态建设的几个问题

326 / 北京蓝天保卫战的思考

336 / 我们是否绕过了"先污染后治理"的发展误区
　　　　——松花江事件引发的思考

346 / 回忆万里

355 / 我们这一代环保人

358 / 九十感怀

368 / 后记

第一章 环境觉醒

人类环境会议
——新中国重返联合国的第一次会议

会场外，数千名抗议者在游行。他们手里的巨幅照片和标语在诉说着这个地球正在遭遇的掠夺和毁灭性的灾难，包括日本水俣病患者在内的一些污染受害者也都现身说法，泣说着公害事件给他们身心带来的不幸……

尽管已经过去了四十多年，可这些年，我的脑海里总会浮现出1972年作为中国代表团成员在瑞典参加斯德哥尔摩人类环境会议时，会场外抗议者手中那些森林被砍伐、河流被污染、物种大量灭绝的照片。

作为国际社会第一次就环境问题召开的全球性会议，1972年在瑞典斯德哥尔摩举行的联合国人类环境会议被认为是世界环境保护运动史上一个重要的里程碑。那次会议也是中国重返联合国后参加的第一个国际会议。

对我个人来说，虽然在此前已经开始接触到环保的一些具体工作，但参加这次会议才真正为我打开了洞悉世界环保风云的窗口，开阔了视野，让我真正了解我所从事的环保工作究竟是怎么一回事。

更重要的是,通过十几天在会场的浸泡以及和国外同行的交流,再结合我之前对国内一些污染问题的调查,我猛然认识到,我国当时的环境形势,并不如极左思潮宣扬的那样"社会主义没有污染",而是"中国城市存在的环境污染,不比西方国家轻;自然生态方面的破坏程度,中国远在西方国家之上"。

当然,在当时,要对我国的环境问题做出如此严重的判断,是要冒一定的风险的,说不定还要被扣上"攻击社会主义优越性、给社会主义制度抹黑"的大帽子。

幸运的是,当会后我们把这个结论汇报给周恩来总理时,得到了他的认可。他甚至还说,他担忧的问题还是发生了。周总理立即指示,要开一次全国的环保大会,介绍国际环境形势,更要探讨中国环境问题。这也就有了1973年召开的全国第一次环保大会。

据我了解,在斯德哥尔摩人类环境会议结束后,恐怕只有中国一个国家召开了全国性的环保会议,来充分认识本国的环境问题,而且还是在"文革"十年浩劫正如火如荼进行的时期。

在"文革"阴霾笼罩的年代,我们不仅派团参加人类环境会议,还能反观国内,这一切都得益于周恩来总理的高瞻远瞩。事实上,我一直有个观点,我国环境保护的发端历程是与世界发达国家同步的,毕竟美国也是在1972年人类环境会议召开之后才建立环保署的,可遗憾的是尽管我们起步不算晚,但还是不可避免地走过了"先污染后治理"的弯路。

一

1970年12月一个寒风瑟瑟的冬日，北京饭店小礼堂，满满一屋子人正在聆听日本富士电视台记者中野纪邦关于日本公害问题的演讲。礼堂里的人不知道的是，就在隔壁的一间大会议室里，还坐着中央许多部委的部长和军代表。一根广播线从礼堂拉到了会议室，部长和军代表们也在听日本记者讲水俣病、骨痛病的"实况转播"。

让部长和军代表听转播，我是"始作俑者"，但也是不得已而为之。

1969年，一纸调令将我由燃料化学工业部调到国务院计划起草小组工作。那个年代，由于受到"文革"的冲击，作为国民经济指挥系统的国家计划委员会和国家经济委员会已经不能正常运转。考虑到国民经济计划安排和与各个部门、各地区间的联系，周恩来总理决定成立一个计划起草小组，他对国民经济计划的考虑都交由这个机构去策划，组织实施。负责人是李先念和余秋里。我也有幸作为这个小组的一员，在周恩来总理的直接领导下工作了一段时间。

我们这个国务院计划起草小组工作的办公地点就在中南海离总理办公室西花厅不远的一排平房里。那个时候，周总理经常是晚上到我们的办公室来，主要听取建设项目计划安排情况的汇报，一般是在十二点以后。有时候，厨师会送来夜宵，热腾腾的馄饨或面条，总理就一边招呼大家吃，一边做具体的指示。

我记得有好多次，总理都提到我们当时觉得挺新鲜的一个词——公害。他特别提醒说，要研究工业发展中的公害问题，要学习国外治理公害的经验。现在回忆起来，当时总理让大家关注公害问题时，我们这个小组中的成员，几乎没人能明白他具体说的是什么。后来，有一次，李先念同志说，总理常常说到公害，公害到底是怎么一回事，我们老没人回答得上来，这可不行，还是应该有个人来管这件事，等总理再问起来，我们也好有个回答。

我们小组每人手里都有一大摊事，该谁来管公害问题？大家推来推去，最后竟都认为我最合适。一方面是，我年轻时在长春工作那会儿，曾到当时的东北大学去旁听过化学课，有化学基础。另一方面是，我来自燃化部，大家认为，燃化部的污染问题最严重，我熟悉情况，理应让我来负责这件事。

跟许多国际知名的环保活动家出于热爱环保事业的情况不一样，我的环保生涯的起步真是有诸多的机缘巧合，包括踏进环保的门槛居然是被推荐的，甚至可以说是赶鸭子上架。毕竟在那之前，我确确实实是环保的门外汉。一开始，我主要是让中科院下属的情报所翻译一些国外关于公害的情况，做成简报报给总理。

我在国务院计划起草小组负责环保工作没多久，就碰到日本社会党前委员长浅沼稻次郎的夫人浅沼纯子来中国访问。周总理接见她时，了解到她随行的女婿是一位专门从事公害问题的电视台记者，就说希望向他了解环境保护方面的问题。

一位日理万机的共和国总理，特意虚心地约这位记者做了长时间的谈话，详细了解公害在日本的发展以及日本采取的对策，确实难能可贵。谈话后的第二天，总理就指示要组织一次报告会，请这位记者给大家讲讲环境保护问题，并要求：除科技人员参加外，国家机关特别是各个部委的负责人都要来听这堂课。

这件事交由我具体负责组织，一接手，就遇到了棘手的难题。一些部委的军代表和部长们听说要让他们去听一个记者讲课，还是日本记者讲课，都很不理解。可这些情况我们又不敢跟总理汇报，就临时想出一个办法，从北京饭店小礼堂拉根线到旁边的会议室，请部长们在会议室听转播。

日本记者的报告讲了整整一个下午，详细介绍了日本水俣病、骨痛病发生的情况以及发生原因的分析。总理还专门问，部长们听得怎么样，听懂没有，并且还指示，要进行分组讨论。讨论的情况要向他汇报。

当我们把报告情况和分组讨论的情况交给总理后，他指示要把日本记者的报告作为全国计划会议材料发给那一年参加会议的人员。在这份报告中，介绍了日本环境污染导致一系列公害病的发生、江河湖海的污染、汽车尾气的污染、农产品的污染、自然生态的破坏和退化等等，提醒中国在发展中不要出现日本这种严重情况。

这极有可能是新中国历史上最早一份关于公害事件的

文字材料。从这件事可以看出周总理对环保问题的高瞻远瞩，抓住一切机会向我们的干部，特别是高级领导干部，强调环境保护的重要意义。

其实那个时候，周恩来总理不仅公务繁重，整个国家的大事小情都得依靠他，而且他自身也受到很大的冲击，有时候夜里十一二点来给我们小组开会，都已经身心疲惫，甚至可能刚被"四人帮"恶言相向地批判过，但他依然念念不忘对环保的关注。时任国家计委副主任的顾明，曾经给总理做过工业秘书，他在一篇文章中提到，总理在自己最艰难的岁月里依然在部署着国家的环保事业。

也正是在周总理这种心中只装着人民的境界影响下，我开始踏入了为之奋斗终身的环保事业。

二

时间即将从1972年6月16日跨入17日，尽管临近午夜，但由于正值北欧国家的白昼时节，会场外的天空仍然微微发白，似乎预示着人类历史长河中的一次重大变革。

此时，整个斯德哥尔摩人类环境会议进入了最胶着的谈判环节：最后一次全体会议将就十天来最重要的会议成果——《人类环境宣言》进行表决。表决的最后时刻，会议秘书长莫瑞斯·斯特朗注意到，中国代表团团长唐克悄悄起身，从前排走到会议室最后面出口附近的一个位子坐下，以一种特殊的方式来进行表决。

多年以后，我的老朋友莫瑞斯·斯特朗曾数次和我提起他注意到的这个细节。他说,唐克悄悄离开,是由于时差的原因,中国代表团最后没有得到中央究竟是反对还是赞成《人类环境宣言》的授权,只得以这种既不离开会场,也不举手赞成的方式表达中国代表团的立场。

斯德哥尔摩人类环境会议是中国重返联合国后参加的第一个联合国的会议,又是一个讨论专业问题的会议,所以很多时候,代表团一方面表现得无所适从,很多问题听不懂,也不知道该如何发言;另一方面,却又在很多问题上表现得很自信、咄咄逼人,比如,在修改《人类环境宣言》时,非要把毛泽东语录写进去,再有,大量的精力用来批判所谓美帝国主义在全球犯下的侵略行径,把一个环境会议当做了进行政治斗争的场所。

虽然用今天的眼光来看,代表团当时在斯德哥尔摩会议上的表现并不尽如人意,但在那个极左思潮控制神州大地的年代,我们能走出国门,踏上即将启动的人类环境的列车,实属不易,这个背后有周恩来总理运筹帷幄的大智慧。

四十多年前,血气方刚的年轻人莫瑞斯·斯特朗已经是加拿大环境开发署的负责人了。当 1968 年联合国接受瑞典的建议,酝酿召开人类环境会议时,他由于在环境与发展方面卓越的领导力被联合国秘书长任命为此次大会的秘书长。

尽管当时苏联等社会主义国家抵制参加人类环境会议,但斯特朗还是决定要费番工夫来动员中国参加。一方面,他认为,作为世界上最大的发展中国家,中国不应该缺席此次会议；另一方面是因为他与中国有较深的渊源。

斯特朗的远房姑妈是美国著名女作家、记者安娜·路易斯·斯特朗，在上个世纪五六十年代中国算是家喻户晓的国际友人，曾与斯诺、史沫特莱等西方记者一起撰写了大量报道，将抗战和内战时期的中国呈现给了世界。

1925年，安娜首次访问中国，此后六次访华，见过毛泽东、周恩来等领导人。1946年，安娜第五次来华访问延安时，毛泽东在同她的谈话中提出著名的"一切反动派都是纸老虎"的论断。

年轻时候的斯特朗阅读了姑姑撰写的大量关于中国的文章和一些写给家人的书信，那些文字在斯特朗脑海中定格出了中国神秘而模糊的形象，遥远的中国一直是这个加拿大小伙子内心向往的地方，而他本人也曾在1953年第一次踏上中国的土地，姑姑笔下的中国变得进一步具象。

1971年前后，斯特朗大量的时间是在全世界飞来飞去接触各种各样国家的领导人，希望动员最大多数的国家去参加人类环境会议。来中国之前，他先去了印度。一开始他试图通过官方渠道会见当时印度的总理英迪拉·甘地，但印度外交部拒绝了他的请求。最后，他通过私人关系，以非正式的形式，见到了甘地夫人。在斯特朗的努力下，甘地夫人甚至答应将亲自远赴斯德哥尔摩参加会议。

后来斯特朗告诉我，甘地夫人答应参加会议后，他认为是个好兆头，预示着印度的近邻——中国的工作也会相对顺利。

1971年12月12日，斯特朗专门约见了我国当时驻联合国代表团团长乔冠华，向他通报说，根据1968年的联大决议，1972年6月将召开一次研究人类环境污染的会议。会议的重要内容之一是发展中的国家如何合理布局自己的工业，如何将工农结合等等。联合国方面希望，作为全球最大的发展中国家，中国能参加此次会议。

可能是为了抵消中国对西方国家的敌意，斯特朗还给中国戴了高帽子，他特别向乔冠华强调："中国对待环境与发展问题的哲学和实践对其他发展中国家很有意义，希望中国能在会议上提供这方面的材料，最好能在会议上做个报告。"

事实证明，斯特朗的判断是对的——由于有周恩来总理一直以来对环境问题的关切，当外交部把参加人类环境会议的请示送到国务院时，周总理不仅同意参加，而且还做出具体的批示，否定了最初外交部关于让卫生部组团参会的建议。

其实，最初外交部决定让卫生部组团，也从一个侧面反映了我们当时对环保问题认识的粗浅，认为环境污染危害人体健康，也就是个卫生问题。

总理看了名单后说，这不行，环境问题不是个卫生问题，它涉及国民经济方方面面。而且，代表团回来还要制定一些环境保护措施，卫生部做不了这些事，还得要综合部门来组团。总理要李先念和余秋里同志来办这件事。

综合部门自然就是计委。当时余秋里同志点名让燃化部副部长唐克率代表团去出席。名单再次报到总理那儿，总理仍认为，领导力量需要加强。他说，有工业、农业、水利、外交方面的人,还要有综合部门的人,再配一名副团长,由国家计委负责人出一位。这样,余秋里同志就指派了国家计委副主任顾明为代表团副团长。由于在国务院计划起草小组工作中负责环保工作,我也有幸成为代表团成员,见证了人类首次环境会议的盛况。

代表团准备了一些发言稿,由于在当时"社会主义国家没有污染"思潮的影响下,这些发言稿都自大得不得了,把我们做的一些废物利用的成绩拿到国际上去自我歌颂。总理一一过目了这些发言稿后提出,对自己的成绩不要估计过高,也要承认我们现在也存在污染等环境问题,要注意学习国外一些好的经验。

在当时的政治气候下,总理明确提出来,要看到自己的问题,要注意向国外学习,表明了他一贯实事求是的态度。

1972年5月30日,由四十人组成的中国代表团离开北京前往斯德哥尔摩出席联合国人类环境会议。在莫里斯·斯特朗看来,这个来自社会主义阵营最大的代表团给此次会议的历史意义增色不少,毕竟这个国家拥有全世界四分之一的人口。

三

"尼克松总统整个周六下午一直从白宫通电话,同美国代表团团长特雷恩保持联系,他对中国人的做法非常生气……"(摘自1972年6月12日《纽约时报》)

在我保留的关于参加人类环境会议的资料中,有不少当时世界主流媒体对那次会议的报道,其中不乏一些关于中国代表团的报道。

从媒体的报道可以反映出那时国际社会对中国代表团各个方面的评价。就如上述《纽约时报》的报道,作为今天的读者可能很难想象,究竟中国代表团在这个以环境为主题的会议上做了什么,会让尼克松如此生气?

其实,一开始,大多数国家的代表团和媒体对中国都持一种友好的态度,也充满了好奇,毕竟中国刚刚重返联合国;另一方面,由于我们对国内的三废利用情况进行了大量宣传,让大家觉得,中国大概是世界上做循环利用最好的国家。瑞典的一家报纸甚至说"中国是人类环境保护的世界大师"。

但很快,在讨论中,中国代表团主张成立一个委员会,要对《人类环境宣言》进行修改,以及对"美帝国主义侵略行径"进行批驳。这种强硬态度让全世界重新开始审视会场上的这位新伙伴。

之前说过,我们这个代表团是开会前匆忙组成的,几乎所有的人都不知道我们究竟要在这样一个国际性的会议上做什么,跟人家谈什么,表达怎样的立场。实际上,在代表团组成之前,会议的相关资料就已经寄到国内,但大家都忙于自己的事务,没有很好地研究。

我还算大致翻了一下的,并认为会议最重要的议程可能就是要讨论《人类环境宣言》。这份文件可以说是斯德哥尔摩人类环境会议产生的最重要的成果,也是那次会议之后相当长一段时间内全球环境保护的行动纲领。

所以,当临行前,代表团团长唐克说,我们这四十多个人里大概只有我还比较懂环保、让我给大家讲讲时,我专门提出,希望大家好好研究一下《人类环境宣言》这份文件。可没想到后来在整个会议的进程中,这份文件却成了中国代表团进行政治斗争的靶子。

其实这也与代表团对参加此次会议的定位相关。我记得,中国代表团出发前,外交部和燃化部给国务院提交了《关于出席人类环境会议方案的请示》,里面分析说,"环境会议虽然表面上是专业会议,有在环境问题上交流经验、寻求国际合作的一面,但实质上必须反映当前国际上的政治斗争,主要是控制与反控制的斗争……斗争将是比较复杂的。"

说白了,那时我们根本不懂什么环境保护,在国内如火如荼地搞阶级斗争,到一个国际性的环保会议上也不忘"国际阶级斗争"。只有周恩来总理还清醒,他在这份请示上批示说:"通过这次会议,了解世界环境状况和各国环境问题对经济社会发展的重大影响,并以此作为镜子,认识中国的环境问题。"

1972年6月5日上午11时,在瑞典首都斯德哥尔摩富丽堂皇的皇家歌剧院里,瑞典政府举行了一场盛大的欢迎仪式,瑞典国王和首相在那座有百年历史的殿堂里,欢迎前来参加联合国人类环境会议的一百多个国家代表团的主要成员和联合国的相关官员。从那天起之后的十多天里,斯德哥尔摩这个北欧最古老、静谧的城市见证了人类环境觉醒的进程。

而这十多天对中国代表团来说也极不寻常。那几天里，代表团的成员除了在会场里听会外，就是回到中国驻瑞典的使馆里开会。很多时候会开得太晚，回不了宾馆，大家就在使馆的地毯上凑合眯瞪一会儿。

在使馆开的那些碰头会，最重要的内容就是研究如何和美帝国主义进行斗争，研究如何修改《人类环境宣言》。

在斯德哥尔摩人类环境会议召开之前，联合国的工作组已经花了一年多的时间起草《人类环境宣言》的草案，大会秘书处原定的方案是，会议期间不对草案进行大的讨论和修改，只做个别文字的修改并通过，所以在日程的安排上也只安排了一天的讨论时间。

可在中国代表团看来，宣言背后是一场"人类环境问题上控制与反控制的斗争""一场尖锐的两条路线的政治斗争"，中国绝不可能接受仅由少数国家操纵的宣言。所以，在会议开幕当天，中国代表团就联合一些来自亚非拉地区的国家，酝酿向大会秘书处提出充分讨论修改宣言草案的提案。而另一方，起草草案的二十七国集团则坚持不应重开讨论。

两天之后，中国代表团向大会提出紧急动议，要求成立特别委员会，由全体参会国共同对宣言草案进行讨论和修改。之后，在以中国代表团为首、其他亚非拉国家支持的抗争中，大会秘书处决定成立宣言特别工作组，重开宣言的讨论。

围绕整个宣言草案进行的斗争可以说是中国代表团参

加此次会议最重要的工作,也被中国代表团认为是对此次会议最大的贡献。中国代表团对宣言草案提出了十项修改原则,而由于中国代表团领导的整个重开宣言的讨论活动,使得大会秘书处最后收到了一百一十多条修改建议。

代表团的副团长顾明曾在他的一篇回忆文章中写道:"在斯德哥尔摩通过的第一部世界环境宪法——人类环境宣言中深深地留下了中国的呼声。"

确实,中国代表团不仅引导大会对宣言进行修改,而且还创造性地把毛主席语录写进了宣言,比如,在宣言的第一部分的第三条"人类总得不断总结经验,有所发现,有所发明,有所创造,有所前进",就引的是毛泽东语录。而第五条中"世间一切事物中,人是第一个可宝贵的",第六条中的"我们需要的是热烈而镇定的情绪,紧张而有秩序的工作",也都是毛泽东原话。

或许也就是在那个极左思潮年代的影响下,才会有中国代表团非要把国家领导人的语录写进联合国文件的事情发生。

在我们提出的那些意见中,也并不都是很恰当、很正确。比如说关于人口的问题,中国代表当时不赞成一些国家提出的控制人口的说法,所以也才竭力把毛泽东的"人是第一个可宝贵的"的语录写进宣言。那时候,大多数国人的观点认为,人多是好事。可几十年过去了,我们回头想想看,当时在这方面的认识是错误的。后来不久,中国也开始实行计划生育,控制人口增长。

四

"贫穷是一切污染中最坏的污染,""发展中国家政府应该注意到发达国家对抗污染设计和技术的发展"。四十多年过去了,这几句摘自《只有一个地球》的论断我依然记忆犹新。

作为联合国人类环境会议的一份非正式报告,由五十八个国家一百五十二位学者共同完成的《只有一个地球》被认为是世界环境运动史上一份有着重大影响的文献,该书不仅讨论了世界上各类典型的污染问题,而且还将污染问题与人口、资源、发展、技术等问题联系起来,作为一个整体来讨论。

尽管"发展中国家更要重视污染"的观点在今天看来无可厚非、是很容易理解的,可在四十多年前,如果要说,中国也面临污染的风险,中国应学习发达国家治理污染的经验,那么简直是要冒天下之大不韪的。

斯德哥尔摩人类环境会议召开的时候,我国正值十年动乱时期,人们的脑子里充满了极左情绪。对待世界性的环境问题,我们差不多是采取事不关己、幸灾乐祸的态度。那时候,我们相信,并不存在什么世界性的环境危机和生态危机,有的只是资本主义制度的危机,公害是资本主义罪恶制度的产物,社会主义制度是不可能产生污染的,谁要说有污染,谁就是给社会主义抹黑。

中国代表团启程前往斯德哥尔摩之前曾经召开过一个讨论会,大家一起商议,会上可能会出现哪些情况,代表团成员应该如何应对,以及代表团团长的主旨发言稿中提出哪些观点、表达怎样的立场。讨论会上,大多数发言的人绝口不提环境问题,主要的焦点都是如何去进行国际阶级斗争,如何去攻击"万恶的资本主义制度"。

当时,我国驻联合国代表团的一位官员也来参加了讨论。在大家讨论得兴致正浓的时候,他忍不住插话说,想提醒在座的各位,参会的一百多个国家,绝大部分都是资本主义制度阵营中的,我们这样把批驳资本主义制度罪行作为发言的主旨,是不是就意味着把会场里大部分国家都骂了一个遍呢,请再考虑一下分寸。

所以,在后来大会上中国代表团团长唐克的主旨发言中措辞就稍微变了一下,把某些地区的公害问题归结于"主要是由于资本主义发展到帝国主义,特别是由于超级大国疯狂推行掠夺政策、侵略政策和战争政策造成",并且把"攻击的火力"集中在了美国身上。

中国代表团发言后的第二天,瑞典的《每日新闻》说,"中国的讲话使美国处于慌乱……其攻击火力强烈程度是出乎人们意料的。"

中国代表团处处针对美国的发言确实把美国人惹恼了,美国代表团几次声明要针对中国代表团的发言召开说明会,抗辩中国代表团的攻击。而在国内这一边,对中国代表团的做法其实也是不满的。把美国人惹急后,中央专门给代表团发了一封电报,指示说,在美国的问题上要有理、有节。

确实,毕竟尼克松总统刚刚访华,两国关系开始破冰,在这样的背景下,却在一个以环境为主题的会议上处处针对美国,并不是明智之举。所以,后来在中国代表团提交给中央的总结报告中,也专门对这个做出了检讨。

除了搞政治斗争外,我们究竟从这次具有里程碑意义的环境会议上学到什么?斯德哥尔摩会议很重要的议程还包括要对环境质量、自然资源、污染物控制、环境教育、发展与环境、建立国际组织等六大内容进行研讨。代表团四十多个人也有分工,去参加不同内容的讨论,分给我的任务是,每天收集大家参加各个讨论组听到的对环境保护有价值的信息。遗憾的是,十多天里,我一条信息都没有收集到。

当我挨个向大家询问有什么需要记录的信息时,得到的答复如出一辙:"基本上听不懂。"也难怪,代表团里的四十多个人,除了我和江小珂以外,几乎没有专门搞环境的。这个临时拼凑起来的代表团也没有经过必要的培训和准备。

从《只有一个地球》这份会议非正式文件其实可以看出,当时国际上对环境的认知能力已经有了很高的水平,但我们仍然沉醉在社会主义没有污染的自大之中。所以当大会提出要建立全球环境监测网络时,我们还表示怀疑,认为资本主义国家是在搞阴谋,想借环境监测之名,来进行情报收集等间谍活动。

在参加斯德哥尔摩人类环境会议之前,我曾经对渤海湾的污染、官厅水库的污染做过一些调查,对我国的环境现实情况有了一些了解,已经意识到中国出现了污染问题,也曾经向总理提出，应该召开一次全国性的环境会议，把解决环境污染的问题提上议事日程。总理也同意了，但后来因为有了斯德哥尔摩国际性的会议，就暂时放下了。

斯德哥尔摩之行虽然证实了我之前对国内环境问题的判断，可是在整个代表团给中央的报告中绝口不提环境问题，全部内容都在谈政治斗争以及政治斗争的经验教训。我心里一直不安，我国的环境问题已经很严重，如果不抓住这次参加联合国会议的契机推进环保事业，可能以后很难再找到合适的机会了。于是我就向代表团的副团长顾明同志建议，是不是还应该向总理专门汇报一下环境的问题。

顾明同志当时是国家计委的副主任，曾经做过周恩来总理的工业秘书，和我也比较熟识，所以我也就斗胆向他建言，说了我对中国环境形势的判断是："中国城市存在的环境污染，不比西方国家轻；自然生态方面的破坏程度，中国远在西方国家之上。"一开始，顾明也有顾虑，担心这样说会捅娄子，后来还是同意给周总理汇报一次。总理听了我对当时环境形势的判断后，沉思许久，说他担心的环境问题还是发生了，而且还比较严重。他指示，立即召开一次全国性的会议，专题研究和部署环境保护问题，这个问题，不仅是国家有关部门要重视，还得让全国各级领导都要重视。1973年8月，以国务院的名义在北京召开了第一次全国环境保护会议。

我从事环保事业后一次有成就感的经历

根据李先念副总理关于"多请教专家,多看书,先做学生,然后再做先生"的指示,我对环保知识的学习,是从中国科学技术情报研究所不断提供的国外公害资料开始的。根据他们提供的资料,我不断编写一些简报,国务院领导似乎还喜欢看。我说:经过补充修改,可以编成一本书。总理说:有参考价值。先念副总理说:那就动手编辑起来吧。我得到支持,感到很高兴。

大约在1972年斯德哥尔摩人类环境会议前夕,偶然阅读了有关部门翻译的《只有一个地球》一书的片断,使我大开眼界,像看到了天书,欣喜若狂。我想,如果让更多的人看到这本书,这对开展环境保护工作会有很大帮助。于是我就与化学工业出版社的朋友们商议出版这本书的可能性,他们都表示有兴趣。与此同时,我也邀集工业、农业、海洋、核工业、城市等部门的朋友商议,编译出版与他们业务相关方面的国外公害书籍,他们也都表示出积极性。我征得的超过十个国家部委局愿意参加编辑这套丛书,就这样，编译出版一套公害防治丛书的事悄悄地开展了起来。

1972年斯德哥尔摩会议之后，编译活动加紧进行。我参与最多的是《只有一个地球》这本书。那时人们对环保知识都未接触过，对书中许多理念、观点、名词、术语……都不熟悉，翻译遇到困难，因是偷偷摸摸翻译这本书，也不敢请教名人指点，只得把总参译出的《只有一个地球》这本书的片断做样板，我们一节一节地译出，然后再反复推敲揣摩，直到前后贯通，确实费了一番工夫，到1972年底就基本完成翻译了。这倒是为我提供了一个学习的好机会，我认为系统学习了解环境保护知识，就必须要认真读这本书。我像是在大学学完一门功课那样感到有收获和轻松，认为做了一件很有意义的事。几十年来，我还不时翻看这本书。

但是，如何出版这本书却成了难题。

《只有一个地球》这本书是受联合国环境会议秘书长委托，由五十八个国家的一百五十二位著名专家学者写成的，其中还有一位中国科学院的马世峻院士，是为人类环境会议提供的一份非正式报告，虽称是非正式报告，但对会议的文件起草却起了基调报告作用。中国代表团出席了会议，对这份报告是知道的。我想如果以代表团的名义或者用国家计委的名义出版这本书是最好的。于是我向顾明（代表团副团长）请示这件事，他听后连连摇头摆手："不行！""不行！"他说，"这是什么时候，你没看到吗，有多少人为了一篇文章、一本书被揪斗。"他还严肃地说："你们译出或编出的这套丛书的书稿一律封存，可别惹出大祸来。"计划小组的同事们也劝我不要去冒这个险。我理解他们都是诚恳相劝。但是出书这个心思,我却排遣不开。我思之再三,觉得出版这本书,第一没有反华内容;二是没有歌颂资本主义制度,反而揭发批判了资本主义制度污染、破坏环境的一系列罪行;三是告诫发展中国家如何避免资本主义在发展中的教训;四是联合国审议了关于斯德哥尔摩人类环境宣言和会议议定的事项,中国常驻联合国代表团投了赞成票,这些理由是推不倒的。没有任何理由反对这样的书出版。我没有传达顾明停止编书活动的指示。因为这套丛书是我个人与志同道合者编印的,与国务院计划起草小组没关系,即使出了事我个人负责。

1972年底,除《只有一个地球》完成翻译外,还有一本书《国外公害概况》也已编写完稿。我请了两本书的编译朋友商议出版的事。他们说:翻译和编写都可以悄悄地干,但对于出版这件事却想不出什么主意。如何通过本单位和国家审批这两道关口,颇费了一番脑筋。

我们持上述四条理由向国家相关方面申请,相关方面虽未说赞成出版,却也没反对,而是说:你们可与出版社商议,只要他们同意出版就行。我们觉得这是给出了个主意,便与出版社联系。原拟定请人民出版社率先出版《国外公害概况》,因为该出版社是面大旗,它的出版可为其他出版社壮胆。人民出版社也同意出版,但不知为什么,他们稍迟了一步,而化学工业出版社先行出版了《只有一个地球》一书。一石激起千层浪,学术界和环保界争购这本书,受到意想不到的欢迎。紧接着,人民出版社出版了

《国外公害概况》，同样也受到热烈欢迎。在两家出版社的影响带动下，《海洋污染概况》《轻工业污染及其防治》《冶金工业污染及其防治》《污染环境的工业有害物》《公害与农业》等书接连出版了，只有《核工业污染及其防治》《城市公害及其防治》等是在打倒"四人帮"之后出版的，并且除一本书之外，全是精装本出版。我现在手头有这套丛书中的九本，这套丛书在四十年前可称得上是启蒙读物。我们是在战战兢兢中编辑这套丛书的，又是在忐忑不安中等待它的出版。出版后，我们也没受到任何政治迫害。我们编辑这套丛书的同志们见面，经常拿"有神灵保护我们"这句话来自我安慰。我不知道他们说的"神灵"是什么，但我心里很明白："神灵"就是国务院和周恩来，靠这两块大牌子，使我们壮起了胆子，没遇到大的阻挠，特别是没有受到政治迫害，顺当地走过来了。否则，真是不堪设想。

我感到十分欣慰，不仅是我倡议编写了这套丛书，而且每本书的书稿我都不同程度地参与了讨论和修改，给了我一个学习的极好机会，我的环境保护知识，很多都是从编辑这套丛书中学到的。

这套丛书传播的知识和理念，今天也许不新鲜了，但在七十年代初，人们对环境保护还很陌生的时候，它确实起到了启蒙读物的作用，特别是对工业界和城市的环境问题的认识和防治起到了指导性作用。就是在今天它指出的环保理念及环境治理的途径亦还有参考价值。这套丛书对启发和推动初期的环保工作是起了重大作用的。很可惜，人们往往在回忆这段历史时忘记了这一情节，忽视了这一点。我认为这是我从事环保事业后一次有成就感的经历。我要向那些在当时的环境下,敢于承担这套丛书编译的朋友和出版社致敬!我获悉已经有几位朋友故去了,他们都是值得怀念的人,应该感谢他们对中国环保事业播下种子,记住他们的贡献。

第一次全国环境保护会议
——承认我国的污染很严重,是很了不起的进步

一、被 DDT 威胁的官厅水库

"一种奇怪的寂静笼罩了这个地方。鸟儿都到哪儿去了呢?""这儿的清晨曾经荡漾着鸟鸣的音浪,而现在只有一片寂静覆盖着田野、树林和沼泽。"

这段凄美而伤感的文字出自 1962 年出版的《寂静的春天》,这本书被认为是人类环境意识的启蒙之作。

由于在国务院计划起草小组分管环境保护,我很早就从科研机构翻译的文献中读到过《寂静的春天》。初次读到的时候,我深感震惊,原来世界上已经有人在这么研究环境问题,同时也闪现过这样的念头——"寂静的春天"是否也会出现在中国?

初次接触那本书已经是四十多年前的事了,但这几十年来,我经常给有志于投身环保事业的年轻人推荐这本书。

书的作者蕾切尔·卡逊曾供职于美国联邦政府所属的

鱼类及野生生物调查所。1958年，她接到住在马萨诸塞州一位朋友的来信，说当地出现了野鸟离奇死亡的情况，可能与杀虫剂有关。

朋友的来信引发了蕾切尔·卡逊要调查杀虫剂问题的兴趣，特别是随着调查的深入，她发现问题比她想象的要复杂得多，于是决定要彻底调查杀虫剂对整个生态的影响，并最终完成了《寂静的春天》一书。

我记得一些美国的环保人士曾告诉我，这本书刚出版时在美国引起了轩然大波，来自工业界的人士，甚至把蕾切尔·卡逊称作是"歇斯底里的病人"。

该书给美国社会带来的最大的转折是，1963年，时任美国总统肯尼迪任命了一个特别调查委员会对杀虫剂进行调查。该委员会经过大量的调查后证实，卡逊对杀虫剂的警告是正确的。

最终，美国多个州通过立法限制多种杀虫剂使用，其中包括曾让瑞士化学家米勒获得诺贝尔奖的DDT。随着时间的推移，《寂静的春天》像冲破黎明前最后的黑暗的一束曙光，唤醒了民众对环境问题的关注。

又有谁能想得到，这本书出版若干年后的1971年，在太平洋彼岸，遥远的东方古国，一场污染的危机正在笼罩着北京的主要水源——官厅水库，而"肇事者"正是《寂静的春天》里的主角——DDT。

1971年冬天，居住在北京官厅水库附近的老百姓发现，原本清澈的库水不知从什么时候变得浑黄，水面还不时泛着白沫，而且水喝起来还微微发苦。

又过了些日子，事情变得更严重了。先是水库的水面上漂起了不少死鱼，再后来，有群众反映，只要喝了水库里的水，就会出现头痛、胃痛等症状。特别是紧邻库区的四个大队，用水最多，他们出现的不适症状最严重。

还有更意想不到的事发生。到了1972年的二三月份，河北怀来县一带的老百姓反映，官厅水库的鱼吃起来有异味，而且吃完以后，不少人出现了恶心、呕吐等症状。

官厅水库周边群众饮水、吃鱼后出现中毒的问题很快引起了北京市有关部门的高度重视，北京市委专门组织调查。

那个年代，在极左思潮的影响下，国人以为，只有资本主义才会有污染，但现实绝不以人们的意志来存在。我曾多次谈过这样的观点：当我们尚在自我陶醉的时候，污染问题已经悄悄逼近。

调查的结果令人瞠目——水库盛产的小白鱼、胖头鱼体内的DDT含量每公斤达二毫克。而当时日本规定的标准是，每公斤鱼内不得超过零点一一毫克，前苏联的标准是不超过一毫克。

"官厅水库的鱼有毒"的消息不胫而走，以至1972年的那个春季，水库收获的四万斤鱼在市场无人问津。老百姓一听说是官厅水库的鱼都避而远之，"谈鱼色变"。

1954年竣工的官厅水库是新中国成立后建设的第一座大型水库，总库容二十二亿立方米。上游是贯穿张家口地区的洋河、来自山西雁北地区的桑干河，以及北京延庆县的妫水河。1972年前后的污染事件发生之前，官厅水库水质一直很好。

此外，官厅水库的库水还流入永定河，是北京饮用地下水的重要补给源；城区的河道、昆明湖、什刹海、中南海等地面水也靠库水补给。官厅水库受污染，势必直接影响北京市的整体水质。

北京市也意识到问题的严重性，紧急向国务院提交了一份关于官厅水库污染情况的报告。周恩来总理看了以后非常重视，立即指示要查清原因。很快，国家计委和国家建委专门成立一个由多领域专家组成的调查组，沿官厅水库的上游进行调查。

经过一段时间拉网式的排查和调查，结论出来了：引起官厅水库水质恶化的主要原因是上游工业废水的随意排放，尤其是沙城、宣化一带的工业废水污染严重。

调查组还确定了几家污染大户，其中污染最重的是沙城农药厂。这家工厂每天向水库排放含有DDT、氯苯、氯醛等有毒物质的废水二千四百吨至三千五百吨，废水中苯的含量每升三十五毫克，超过卫生标准七十倍；氯苯含量每升二点零四毫克，超过卫生标准二十倍。更让人不可思议的是，由于当年春天销路不好，工厂竟然把副产品二百四十吨盐酸排入水库。

调查还发现宣化钢铁公司焦化厂、宣化造纸厂、宣化氮肥厂、宣化农药厂等企业未经任何处理的大量工业废水每天源源不断地流入洋河。

此外，张家口市的工业废水也对洋河有一定的污染，而桑干河也受到了大同市工业的污染。

在随后的几年里，我作为官厅水库治理小组的成员，见证了我国首次流域治理的全过程，当然也目睹了上个世纪七十年代中国污染问题的现实状况。

二、总理说，他担心的问题还是发生了

1972年6月8日，一份由国家计委和国家建委起草的《关于官厅水库污染情况和解决意见的报告》递到了国务院，就如何治理官厅水库提出了若干的建议。在参与讨论撰写这份报告时，我特别提出要把全国其他地区的污染问题也强调一下。

于是在报告的结尾部分专门有了这么一段："我国有些河流、湖泊、近海已经不同程度地受到工业废水的污染，如辽河、松花江、永定河、黄河、长江、富春江、湘江、太湖、渤海等，建议组织力量，进行检查，作出规划，认真治理。"

这份报告交到国务院的时候，我正随中国代表团在几千公里之外的斯德哥尔摩参加人类环境会议，我们的代表团正在和人家辩论"社会主义没有污染"。

事实上，我心里很清楚，当时，除了威胁北京饮水安全的官厅水库污染外，渤海、富春江等江河湖海污染问题也已经凸显，北京、沈阳等城市的空气污染治理迫在眉睫。因为自从七十年代初开始在国务院计划领导小组分管环保后，我已经奉命调查了好几起污染事件。

在官厅水库的污染问题爆发之前，孕育了江南水乡美

景的富春江就已经出现过江鱼大量死亡的污染事件。

著名画家黄公望的《富春山居图》就取景自富春江蜿蜒流淌的浙江省富阳和桐庐一带，可正是这画中景无奈遭遇了污染的侵蚀。

1970年二三月间，富春江流经建德县的那一段出现了死鱼，一开始老百姓认为可能是放炮捕鱼所致，并没有过多关注。可到了1971年元旦前后，三百五十多里长的富春江江面上均先后出现了大量死鱼的现象，渔民们悲观地估计，江里的鱼大概百分之七十都死了。

据当地报告，在死鱼的高峰期间，一些地区的江面上，死鱼漂浮成片。一些居住在江边的老人说，活了几十年，没见过死那么多鱼的。那些靠捕鱼生活的渔民们生活陷入了困境。

国务院派出了由燃化部、冶金部、农林部、卫生部组成的联合调查组赴浙江进行调查，我也参与其中。

污染的谜团很快就揭晓——江鱼大量死亡的原因，主要是从建德县到富阳县沿富春江分布的化肥、农药、电镀、造纸、冶炼、皮革等三十三个工厂，每天有一万立方米含磷、氟、硫、砷、酚、氯化物、氰化物等几十项有毒成分的污水，未经处理直接排入江中。

特别是建德化肥厂在停产检修时期，集中将大量黄磷废水和磷泥排入江中，污染江河，造成鱼类大量死亡。

调查组还专门提出："富春江污染情况是严重的，长此下去，不仅水产资源难以恢复，对沿江几十万居民健康必将带来危害。"

内河不断出现死鱼的污染事故，沿海的情况也好不到哪去。早在二十世纪六十年代末期，渤海的大连湾就不断发生死鱼事件，一些滩涂养殖场纷纷关闭。七十年代初期我去大连湾调查时发现，当地的七处养殖场，因为污染严重，没法再进行养殖，已经关闭了六处。

大连湾已经不堪污染的重负，其他海域如何呢？结束了大连湾的调查后，我又主动向国务院领导请示，希望把沿海养殖场的情况都摸摸底。这一调查不要紧，从北到南，从大连湾到山东的胶州湾，再到南京、上海，海面上都漂浮着大面积的油污，可以说触目惊心。

水的问题如此，大气的污染也不容乐观。大气污染比较严重的城市有北京、沈阳、淄博等。

当时沈阳军区的司令员是李德生，他常常因为沈阳的空气污染问题直接给周恩来总理打电话。后来周总理说，司令员都告状了，说明污染很严重，于是指示李先念同志处理一下。李先念把任务派给了我。

我从卫生部、国家建委等相关部门抽调了五六名工作人员，组成一个调查小组，直接奔赴沈阳，首先拜访了李德生司令员，告诉他总理派我们来调查沈阳的空气污染。

李德生说，究竟空气污染到什么程度，哪些东西在污染，他说不清。调查组自己住几天就知道当地的污染有多重了。

住了一两天，我们都理解了为什么李德生司令员要三番五次给总理去电话。沈阳的空气污染确实很严重，我们调查组的几位成员都觉得空气中的污染物质刺激得嗓子难受。

调查组在当地对一些企业进行了排查，也开了很多座谈会。企业也谈了不少的措施，包括怎么改进锅炉，怎么更高效地利用燃煤。可说句老实话，我们真不知道该怎么解决。

沈阳是我国冶炼行业的老工业基地，对这样工业密集地区的污染问题该如何处置，用怎样的技术，在那个年代，我们真的有些束手无策。

中国的污染问题在上个世纪七十年代逐渐显露是有其必然性的。1949年新中国成立之后，为了迅速改变经济落后的状况，中国把提高工业化水平，特别是提高重工业在工业结构中的比重作为优先发展战略，但发展工业的负面影响没有受到重视，环境保护根本列不上政府的议事日程。

工矿企业排放废水、废气、废渣几乎不受约束。另外，当时也缺乏治理"三废"的技术措施，江河湖海都成了排污沟，水生态环境被严重破坏。

那个年代，我在各地调查时，经常听到工厂的负责人理直气壮地说："就跟人吃了要拉一样，工厂只要开工就必须产生废物。"

由于环境污染事件不断发生，我向国务院领导建议专门召开一次会议，研究防治办法。国务院领导同意了这个建议，计划在1972年底召开会议并预发了通知。后因筹备参加斯德哥尔摩人类环境会议而推迟。

斯德哥尔摩会议之后，参加会议的代表团向周恩来总理做了汇报。汇报中，我们列举世界环境问题的同时，也对照说了一些中国的情况，并且向总理强调，中国的环境问题已经很突出了。像大气污染、水质污染、固体废弃物污染，还有自然生态破坏，都已经达到比较严重的程度。

我特别把我在斯德哥尔摩会议上总结的两句话"中国城市和江河污染的程度并不亚于西方国家，而自然生态破坏的程度却远在西方国家之上"，向总理进行了汇报。

总理说，他担心的问题还是在我们国家发生了，而且还比较严重。他指示，立即召开一次全国性的会议，专题研究和部署环境保护问题。这个问题，不仅是国家有关部门要重视，还得让全国各级领导都要重视。

三、六份简报增刊扭转了大会的方向

如果说，1972年的斯德哥尔摩人类环境会议是全球环境保护的里程碑的话，那么1973年8月为期十五天的中国第一次环境保护会议则像是一声春雷，让中国人从"社会主义没有污染"的自我陶醉中觉醒。

在那次会议上，高层领导人在讲话中第一次承认中国的污染问题。在大会开幕当天，顾明所做的报告中就提到，"有人认为，公害是资本主义的产物，我们是社会主义国家不会产生环境污染，可以不必注意这个问题。这种说法是不全面的。"

国务院在1972年年初就批复了国家计委提交的关于召开第一次环境保护会议的请示。作为参与会议筹备的工作人员，我记得，一开始，大家都比较担心，在当时的政治环境下，各地来的同志会不会不敢反映污染的真实状况，达不到我们开这样一次会议的目的。

为了防止出现这样的情况，我向负责筹备会议的领导提了几条建议。一是，会议之前，能不能给一些地方的同志做做思想工作，向他们吹吹风，鼓励他们在会上大胆揭露当地存在的污染问题；二是，能不能做一次全国性的调查，给地方设定一些题目，让各地就水、气、声、渣等方面存在的污染进行调查，最后汇总起来。有可能的话，把相关情况在大会上公布一下。

这些建议得到了中央领导的认可，我也开始着手布置这些全国的调查。从今天的角度看，那次调查有可能略显粗放，但却是首次对全国的环境状况有了比较清醒的认识。

环境污染问题比较突出的有以下几方面：

一是水域。在长江，南京石油化工总厂总排污口的江面上，有时形成一条长约十二公里的明显污染带，使长江南京段水质变坏，鱼产量显著下降。在黄河，兰州市下游几十公里河水均呈黑褐色……

第二是城市的大气污染。从东北一直到华南，几乎所有城市都面临这样的问题。不少城市空气污浊，有害气体增多，有些工业区经常烟雾弥漫，如同"烟城""雾区"。

第三是工业布局不合理。工厂选址随意性较大，甚至风景区、公园都开工厂，造成的危害非常突出。

另外还有生态破坏。我国的森林覆盖率本来就不高，但是到处存在着乱砍滥伐，对森林的破坏达到空前严重的程度。草原也出现大面积退化，水土流失加剧。

之前我参加过一些污染事件的调查，已经对全国的污染状况有所了解，但面对汇总上来的这些情况，还是深感震惊。

1973年8月5日以国务院名义召开的第一次全国环境保护会议拉开帷幕，各省市自治区及国务院部委负责人、工厂代表、科学界人士的代表共三百多人出席了会议。

尽管会前给一些地方做了工作，让他们多说说问题，可是在会议召开的头一两天，大家的发言还集中在"学习毛主席指示，批判林彪修正主义路线"，与环保相关的内容，至多是介绍一些自己的经验和成绩。

一看会议这么个开法，我有些着急了。开这次全国环境保护会议的目的是让大家重视环保问题，可偏偏大家都有意无意地跑题了，这可怎么办？

在征得先念、秋里同志的同意后，把会议之前我们曾以国务院计划起草小组的名义发出过的全国污染状况调查，以六期会议简报增刊的形式，发给了参会人员。这六份文件很快在与会人员中引起了强烈反响。地方来的同志说，既然中央都不再讳疾忌医，敢于披露存在的问题，我们还会有什么后顾之忧？

这六份简报增刊起到了抛砖引玉的作用，在随后的讨论中，大家知无不言，纷纷反映各地的污染问题，也对如何解决这些问题献计献策。一看大家热情高涨，会议开得渐入佳境，我们又乘势编写了六期"环境保护情况反映"，集纳了大家反映的问题。

这些资料除了在会议上印发外，我们还建议由国家计委向各省、市、自治区革命委员会和国务院各部门转发。周恩来总理看了之后，觉得问题非常严重，他作了批示，要求把这个简报下发给各省第一书记。虽然在通知上注明"请注意保密"，但是，实际上把环境污染和生态破坏的情况通报了全国。

为了扩大影响，引起更广泛的关注，第一次全国环境保护会议在结束的前一天举行了万人大会。8月19日，来自党、政、军、民、学的各界代表，会聚人民大会堂。北京市、上海市、株州市、沈阳化工厂、吉林造纸厂和广东马坝冶炼厂的代表，先后在会上发言，介绍各自在综合利用、消除污染、保护环境方面的经验。

党和国家领导人李先念、华国锋、余秋里出席大会并发表讲话，要求各级各地领导高度重视环境问题，广泛宣传全国环境保护会议的精神。

李先念在万人大会上的讲话专门提到，"环境保护问题，还没有引起大多数同志，特别是领导同志的重视。"

会议期间，会务组专门出过一期简报，反映与会者对环境保护的认知程度。有的领导干部的态度是："哪个烟囱不冒烟，哪个工厂不排水，不排渣？"还有的说："生产还忙不过来呢，哪有时间搞'三废'？"

没想到李先念在他的讲话中，引用了这期简报的内容，批评了那些从思想上不重视环境保护的领导干部。他说，对环保认识不到位的人，要么是不了解三废的危害，要么是对广大人民群众的健康和利益漠不关心，对国家财产的浪费无动于衷。

华国锋在讲话中表示，环境保护"不但是这一代的事，而且关系到后代，不能叫子孙骂我们，我们一定要重视起来。"

这两位高层领导人的讲话均高度重视环保，这说明，至少在中央层面，环境保护的重要性、三废污染的危害性已经被广泛认知。

我一直认为，第一次环境保护会议期间，我们能承认我国有环境污染的问题，而且很严重，这是很了不起的进步。

万人大会召开期间，周恩来总理还专门打来电话，询问会议开得怎么样。李先念同志在电话里向总理介绍了会议的进展，包括哪些单位发了言，他和华国锋都在讲话中讲了哪些内容。

我还记得，开会那天，中央各个部委的负责人以及军管会的负责人都来了。人民大会堂东门前和天安门广场上都黑压压停满了车，比国庆节时开庆祝大会停的车都多。不了解情况的人都在问，这是开什么会呢，来了这么多人。

在"文革"那种政治气候下，竟能召开全国环境保护会议，并允许揭露"社会阴暗面"，这不能不说是一个奇迹，这全靠周恩来总理的支持。当时"四人帮"正忙于夺权，未出来反对和阻挠，他们对环境保护这种事不屑一顾。会后，各地方也仿照国务院的做法，广为宣传，相继召开会议，开展环境治理，在全国掀起了不小的保护环境的热潮。在"文革"的一片混乱中，中国的环境保护事业艰难起步。

第一次全国环境保护会议最大的功绩，在于宣传和认识了环境问题的重要性，并摆上了工作议程。如果不是周恩来的倡导和支持，中国环境保护事业的起步至少要推后十年。

这段历史也使我们可以看到周总理作为政治家，以其特有的远见和敏锐，预见到了中国未来发展中可能遭遇的环境难题并抓住环境保护问题不放。

1973 年 8 月 6 日，参加第一次全国环境保护会议代表的资料袋中，被悄悄放入了六期反映当时污染问题的简报增刊。这六期简报增刊，没有被当作攻击社会主义的毒草，反而引发了大家对环境问题的畅所欲言，大会最终形成了环境问题"现在就抓，为时不晚"的共识。悬在我心里的一块石头也终于落地。

全国层面的大会开完以后，很多地方又专门召开了全省大会，传达中央的精神。我记得规模最大的是辽宁省的大会，据他们讲，加上地方分会场的人，参加会议的有数万人。

四、若非周总理，中国环保事业要晚起步若干年

毫无疑问，第一次全国环境保护会议最重要的价值在于第一次承认了中国存在环境污染问题，并且在全国范围内形成了共识。可以说，这次会议也是国人对环境保护从不认识中梦醒过来的一次会议。因为大家原先觉得中国的环境没有什么大问题，经过会议一摆，一对照，看到了问题的严重性。第一次全国环境保护会议的功绩，最重要的

是唤起了国人，特别是各级领导人对环境保护问题的重视，使大家警觉起来。应该说这是会议一个很大的成功。

在这次会议的讨论中，大家都说周总理英明，站得高，看得远，不仅早就意识到环境问题的重要性，而且强调这是一个关系到国家、民族生存发展的大问题。在"文化大革命"那样混沌的条件下，环境保护这项工作竟然被摆上国家的议事日程，这主要是周总理推动的。

为了开好第一次全国环境保护会议，我们事先作了一次全国性的调查，并请各个省都来调查这方面的问题，还给各省选定了一些题目。各地污染的情况一汇集，大家都大吃一惊，于是我建议会议出几期简报增刊，集中反映各地比较严重的环境问题。总理看了简报之后，觉得问题严重。他批示转给中央各部门部长和各个省第一书记阅看。会后又把这些简报扩大印发范围，发到全国各省、自治区、直辖市党政领导机关。

当时，上海是工业比较集中的大城市，上海的环境问题暴露得也比较突出，大气污染、水质污染都很严重。所以，总理举上海的例子比较多。他对上海的同志说，你们喝喝北京的水，是不是比上海的水好啊。他说：上海人对上海的水意见很大，有味道。黄浦江的污染不治理不得了。周总理对北京的环境状况特别关心，他说：北京的大气污染已经很严重了。过去说雾伦敦，弄不好要成雾北京了。他还说：北京是一个缺水的城市，要认真保护水源，污染水源的工厂不要再摆了，不要因为没水吃，逼得迁都。

周恩来总理还亲自指挥，打响了几次整治污染的战役，最富成效的当数之前提过的官厅水库的治理，还有北京大气污染的治理。

1971年，周恩来总理参观北京东方红石油化工总厂时，曾接连五次要求陪同的各级领导同志采取措施，消除危害工人健康的黄烟污染。

1972年初，周总理还和北京市负责同志一起登上北京饭店的楼顶，观看北京城的市容。当他看到北京上空黑烟滚滚时，忧心忡忡地说：我们的污染不比外国轻。他要北京市负责人做好北京的环保工作。同年11月12日中午，病中的周恩来来到北海公园，登上北海白塔俯瞰北京市容，北京市烟尘情况仍然不容乐观。1974年国庆节之夜，已经连续做了两次大手术的周恩来在身边工作人员的陪同下，登上305医院最高层，眺望北京的焰火晚会。他看到石景山区的焰火隐在浓浓的迷雾中，只能隐约看见一点光时，沉重地说："我们现在还是发展中国家，北京的污染就很厉害。现在看不见放花，是石景山的浓烟给挡住了。我们要注意污染问题，要为人民的健康着想。"

在环境治理当中，总理提倡实事求是，不要夸大，更不要弄假。1971年，周恩来总理得知北京东方红石油化工总厂污水处理试验取得成功的消息后，于10月9日陪埃塞俄比亚皇帝海尔·塞拉西去参观了这个污水处理厂。当时总理一行在参观时确实看到鱼在水里游来游去，得到外宾的称赞。后来在一次会议上，总理得知这个厂弄虚作假，所谓处理后的污水能养鱼，完全是换上了自来水，并非处理过的污水，鱼也是从市场上买来的。总理严厉批评了这件事情。

总理说：一个国家干部，一个共产党员怎么能够做这种事情，怎么能够弄虚作假骗人？很要不得。而且他还指示外交部，要向那些看过这个污水养鱼的外宾去作检讨，说我们根本就没有过关，是欺骗了他们。他还要求在赠送埃方的纪录片中剪掉有关污水处理情况不符实际的镜头。又嘱咐中国驻埃塞俄比亚大使返任后向塞拉西皇帝当面说明和道歉。

批评的时候，我正好在现场。到了第二天，我把这个话向北京市作了传达。北京市很认真，立即向北京东方红石油化工总厂传达了。这个化工厂的负责人在全厂职工大会上作了检查，对自己的错误进行了自我批评，而且采取了一些纠正措施。以后，这个厂子在污水处理上还是做得很不错的，直到现在，还是环境保护工作做得比较好的一家企业。我想这跟当年总理对他们的一些要求和批评是分不开的。

今天我国环境问题的现状，证明周总理是高瞻远瞩的。他在讲话和指示中特别强调如何来治理环境，怎么来保护环境。他认为：控制环境污染最有效的方法应该是实施"预防为主"的方针，而不是在污染发生之后再去处理，要预先防止污染的发生才是积极的。对于出现了的一些问题，要能够马上去消除。"预防为主"的方针，原是卫生部门的方针，总理把它用到环境保护上来。总理关于环境保护的这一指导思想和方针，现在还是我国环境保护工作的一条基本方针。

周总理曾说：我们一定要重视环境保护问题，我们是工业化刚刚起步的一个国家，我们不能走工业发达国家的一些老路，要避免出现西方一些工业发达国家环境污染的情况。如果做不到这一点，社会主义制度的优越性怎么体现出来？还怎么能够称得上是社会主义国家？我们应该在建设之初，从产品选择、厂址选择、技术性设备的选择等开始，就要注意环境保护的要求，要考虑到建起来之后，对环境不要造成什么大的污染和破坏。我们搞建设，一定要想到人民的利益，想到子孙后代，不要做对不起子孙后代的事情。他还说，这样做，可能投资要多花一些，但这是很值得的，为了人民的利益，为了国家的长远利益，都是非常值得的，应该这么做。他还要求国家计划委员会在制定国家经济计划的时候，要注意环境保护问题，支持各个省、市、自治区来抓这方面的问题。由于"文化大革命"的影响，总理的这些指示没有得到很好的贯彻执行。但是，他的这些思想对我们今天的现代化建设事业来说，依然具有极大的教育和指导意义。

周总理关于治理环境污染的另一个很重要的思想，就是开展综合利用。他认为工厂排出的废水、废气、废渣这些东西，如果经过适当的处理，也可以把"三害"变成"三利"。所以，周总理经常讲两句非常有名的话，叫做"化害为利，变废为宝"。这两句话，一直到今天还指导着我们的环境保护工作，仍然是我们的指导方针。周总理从人类发展的历史，从物质循环利用的角度，认为世界上不应该有什么废物，任何东西都是可以加以利用的。

有一次，总理在参观一个石油化工厂时，看到有一个烟囱在那里冒着黄烟。他就讲这个黄烟是很有毒的，要赶快想办法，解决这个问题。当时陪同他参观的人就说，我们准备把它烧掉。总理说，烧掉是下策，放空是下下策，综合利用才是上策。综合利用，总理讲得比较多。他认为很多东西是完全可以做到化害为利的。比方说废水经过处理之后，至少可以灌溉，这就做到化害为利了。我们当时根据他这个指示，曾经在全国对污水进行了一些治理，许多地方真的实现了这一条，污水经过适当的处理之后，变成了农田的一种水源，收到了很好的成效。有些电厂把废渣变成了建筑材料。所以在二十世纪七十年代，环境保护工作虽然不能像总理指示的那样全面开展起来，但是在当时的条件之下，综合利用方面还是做了大量的工作。中国环境保护的起步，主要就是根据总理的指示，从开展综合利用开始的。

现在联合国有关机构和世界上许多国家保护和治理环境的方针，都是强调资源的综合利用，认为这是一条根本途径，也就是我们今天讲的可持续发展。咱们中国有位大科学家钱学森先生，他就一再强调环境保护要搞资源的综合利用，要把有害环境的物质变成有用的资源，这是一条积极的出路。今天，资源的综合利用这一条，在全世界都取得了共识。可见总理在环境保护方面的主张，确实高瞻远瞩，深谋远虑。

我初步查了一下，总理为了唤起各个方面对环境保护的注意，从1970年到1974年的五年间，对环境保护作了三十一次讲话。这仅仅是我这里有案可查的,是一个统计不完全的数字。但在"文化大革命"那样一种历史背景之下,对环境保护有这么多的讲话,也足以看出总理对这个问题的重视程度。他的这些讲话,讲了环境保护的重要意义,讲了应该采取的方针、政策。我们现在有些环境保护的方针政策,很多思路还是从他这些讲话中得到的。

很多时候,我都会想起总理的音容笑貌,想起他为中国环境保护事业开创的新天地,若不是他的努力,中国的环境保护要晚起步若干年。

五、确立了环境保护的三十二字方针

这次大会另一个不容忽视的价值是,正式确立"全面规划、合理布局、综合利用、化害为利、依靠群众、大家动手、保护环境、造福人民"的三十二字环境保护方针;以及审议并通过我国第一部环境保护的法规性文件《关于保护和改善环境的若干规定(试行草案)》。

三十二字方针和《关于保护和改善环境的若干规定(试行草案)》明确了环境保护究竟该怎么搞,要抓哪些内容。

后来业界人士把三十二字方针和这份规定评价为中国环境保护的雏形和框架,也有人说,这是中国环境保护史上第一个由国务院批转的具有法规性质的文件,是新中国环境保护立法的起点。

《关于保护和改善环境的若干规定(试行草案)》主要涉及十个方面的内容:要做好全面规划,把环境保护与制定发展国民经济计划和发展生产统一起来，统筹兼顾、全面安排；工业要合理布局，在城镇上风向和水源上游、城市居民稠密区内不准设立有害环境的工厂，已经设立的要改造，少数危害严重的要迁移；要改善老城市的环境；要大搞综合利用，除害兴利；加强对土壤和植物的保护；加强水域和海域的管理；植树造林，绿化祖国；认真开展环境监测工作；大力开展环境保护的科学研究工作，做好宣传教育；安排落实环境保护所必需的投资、设备、材料。

当时组织编写这么一个文件，可能也就是出于开了一个会，总得有个文件性的东西供大家讨论的目的吧。

由于筹备会议的时间十分紧张，会议材料的组织也很仓促，这十个方面的内容，基本上是我根据斯德哥尔摩人类环境会议通过的《人类环境宣言》，照猫画虎拷贝过来的。

老实讲，现在看这十个方面的内容，也还是有一点价值的，最起码为日后中国的环境管理打下了基础。但不足的是，整个文件口号的意味重了一些，并没有太具体和实际的操作措施。

从我的内心深处来看，当时希望能给这个规定再配上一个附件，对今后的工作有一个详细的指导，可时间太紧，认识也不到位，只好先出了这么一个粗浅的文件。

1972年的9月8日，周恩来在邀集国家计委和各省、市、自治区负责人参加的会议上，强调要治理工业"三废"问题，他说："资本主义国家解决不了工业污染的公害，是因为他们的私有制、生产无政府主义和追逐最大利润。我们一定能够解决工业污染，因为我们是社会主义计划经济，是为人民服务的。我们在搞经济建设的同时，就应该抓紧解决这个问题，绝对不做贻害子孙后代的事。"

为了贯彻落实《关于保护和改善环境的若干规定》，1973年11月13日，国务院批转国家计委《关于全国环境保护会议情况的报告》，并指出：保护和改善环境，是关系到保护人民健康和为子孙后代造福的大事，关系到巩固工农联盟和多快好省地发展工农业生产的大事。各地区、各部门要设立精干的环境保护机构。给他们以监督、检查的职权。

根据这一文件的精神，全国各地区、各部门陆续建立起环境保护机构。全国性的环境保护机构——国务院环境保护领导小组，于1974年10月经国务院批准正式成立，环境保护领导小组是由国家计委、工业、农业、交通、水利、卫生等部委领导人组成，余秋里任组长，谷牧任副组长，下设办公室负责处理日常工作。

能凑成这么一个由相关部门组成的综合性机构也是非常不容易的。当时我已经意识到，环境保护绝对不是工业部门自己的事，水利部、农业部、林业部、卫生部等这些跟环境相关、跟老百姓健康相关的部门都应该纳入进来。我们商量组建这个机构时，叫什么名字，大家讨论了很久。后来，我建议，就叫国务院环境保护领导小组。特别是，"国务院"这顶帽子无论如何也得加上。

全国环境保护机构的建立，大大促进了全国性环境保护工作的开展。也是可以说在国家机构已经被"文革"严重破坏了的"冬天"，中国这艘承载沉重的环境保护职责的航母破冰启航了。

那次大会之后,我的命运也再次发生转折。我主动申请离开国务院计划领导小组,要求去环境保护领导小组办公室工作。很多人不理解我为什么要离开,认为我是丢了自己的金饭碗。要知道,在不少人看来,能在国务院工作,可是件非常荣耀的事,但我还是义无返顾选择了去干环保。

从此,环境保护成为我毕生的事业。

随着全国环境保护机构的建立,我国的环境保护事业也开始走入正轨。环境保护机构建立之初的工作主要包括四个方面:对全国重点区域的污染源进行调查;开展水、气污染治理和"三废"综合利用;制定环境保护规划;制定环境管理制度及"三废"排放标准。

尤其是1973年11月17日,由国家计委、国家建委、卫生部联合颁布了《工业"三废"排放试行标准》,那是我国第一个环境标准,它是以排放污染物的浓度为控制标准。"三废"排放标准的出台,为环境保护机构的监管工作提供了依据,结束了我国污染治理无章可循的历史,增强了环境监管的可操作性。

但毕竟在那个年代,我们对污染治理的认识有限,这份标准的出台虽然意义重大,但从今天的角度来看,制定过程太仓促,有的内容并不科学。后来,我有机会经常和国外的环保专家探讨,才逐渐明白,一个标准的出台至少都花三五年的时间进行研究,很多内容要反复试验,在不同的地方试验,才有可能相对科学。

六、污染侵害百姓利益的事件已经在七十年代频繁发生

在我四十多年的环保生涯中,经常会有污染受害者直接找到我告状。每当面对他们,听说他们的饮用水被污染、粮食因污染绝收,甚至危及健康时,我都会深感责任重大。

这些年来,但凡找到我的污染受害者,我都会竭力帮助他们解决问题。虽然四十多年过去了,但我总会想起1974年前后,我处理过的辽宁省朝阳县因空气污染导致两名儿童死亡的案件。

那起污染事故可以说是1974年10月国务院环境保护领导小组成立之后,第一次向地方下发文件,要求尽快处理的一起群众受污染侵害的信访案件。

事情的起因是,1973年1月5日,朝阳县一户崔姓人家,一对十一个月大的双胞胎男孩突然死亡。家人怀疑是与他家一墙之隔的朝阳县电镀厂排放的氰化钾废气毒死了两个孩子。

问题拖了快两年都没有解决。孩子的死因究竟是什么,当地政府的调查一直闪烁其词,孩子的父母非常不满,先后五次给中央写了告状信,要求对孩子的死因有个说法。中央相关部门也多次给辽宁省有关部门发函,打电话,请他们组织调查,弄清原因,但问题一直没有解决。所以1974年的11月,双胞胎的父亲崔有林再次给国务院环境保护领导小组办公室寄来了告状信。

当我看了崔有林的材料,得知一起疑似污染引发的命

案，快两年了都还没有让当事人家属满意的调查结果，非常生气。特别是，根据崔友林的反映，地方相关部门对老百姓的需要推三阻四，对中央三番五次的要求阳奉阴违，于是，我就以国务院环境保护领导小组办公室的名义，给辽宁省发去了一封措辞严厉的文件，要求"速调查处理崔有林同志的人民来信"。

这份文件是国务院环境保护领导小组成立后发出的第二份文件。文件很快引起了辽宁省环境保护办公室的重视，重新调查两名孩子的死因。在召开大量座谈会、调查会后，辽宁方面对两名孩子的死因做出了最终结论，认为就是县电镀厂排放的氰化物废气引发两名孩子中毒身亡，并协调电镀厂对崔家进行赔偿。

虽然未曾谋面，但这些年来，我的脑海里总会浮现出崔家两个小孩模糊的形象。责任重于泰山，也正是老百姓的这些诉求激励我沿着环保的道路走下去。

现在回过头来看，国务院环境保护领导小组成立之后的一段时间内，还是有相当的作为的，特别是对污染严重的地区开展了重点治理，包括官厅水库、白洋淀、桂林漓江的水污染治理，以及淄博、沈阳等城市大气污染治理。其中，官厅水库和桂林漓江治理决心最大，成效也十分突出，不仅保护了当地的山山水水，也为今后的污染治理摸索了一条路子。

在治理官厅水库污染的过程中，周恩来总理指示要成立一个跨省市的领导机构，指导全流域的治理，并指派刚刚"解放"的北京市市委书记万里同志担任领导小组组长。

万里担任治理小组的组长,并不只是挂个虚名,他曾多次带队,对官厅水库的污染情况进行实地调查,并亲自参与制定了一系列的整治方案。

官厅水库水源保护领导小组成立以后,围绕上游污染源的治理,北京、山西、河北等地都展开了一场污染源的"围剿"战。官厅水库水源保护重点治理工程项目三批共计七十七项,涉及四十二个工厂。总投资二千六百八十一点五万元。其中由国家计委安排资金一千三百三十五点五万元。燃化部、轻工部和冶金部安排资金一千零二十九万元,地方和企业自筹三百一十七万元。这在当时是很大的数字。

总的来说,1972年至1975年官厅水库水源保护工作进行得还是有条不紊的。到1975年年底,各项监测数据都显示,水库的水质有了明显的好转。

尽管官厅水库的治理有了巨大的成绩,但在治理的过程中还是发生过一起老百姓因污染问题与污染企业沙城农药厂发生纠纷的事件。这大概算得上是我经历的第一起环境污染导致的群体性事件。

1974年7月1日19时至2日11时,张家口地区怀来县良田屯生产大队千余农民包围、冲击了沙城农药厂,砸了厂革委会办公室,冲击了生产调度室,造成工厂停产十二天,损失近五十万元产值。

两天后,河北省环保办公室、官厅水库水源领导保护小组办公室和燃化部环保办公室派出调查组进行调查。

熟悉官厅水库污染情况的人都知道,以生产DDT和烧碱为主的沙城农药厂紧邻水库,建厂时,没有配套完备的污水治理措施。1970年全面开厂以来，不仅污染了官厅水库，也对下游良田屯生产大队造成了严重危害。致使该村六十二口水井全部污染，不能饮用，不能浇灌。

1972年以前，由于喝了污染的井水，有些老百姓患上了头晕、恶心、四肢无力的症状，一直不能完全恢复。老百姓养的驴猪鸡兔等都发生过大量死亡的现象。污染给农业生产和人体健康造成了损害。

国家启动对官厅水库的治理后，沙城农药厂曾被停产治理，DDT、氯化苯、三氯乙醛在污水中的含量已经达到或接近了国家排放标准，但随着DDT酸性污水的解决，烧碱车间的碱性污水危害突出，特别是因设备不配套，不能平衡生产，造成非正常排放强碱性危害突出。几年来，多次发生废水烧伤老百姓牲口的事件。此外，还使下游百余亩庄稼被烧死。

这也成为了沙城农药厂和当地老百姓之间不可调和的矛盾：农药厂方面认为自己已经治理了，没有污染；但事实上，对老百姓来说，由于碱的污染问题没有解决，他们还能感受到来自工厂污染的危害，所以认为，农药厂宣传自己没有污染了是在弄虚作假，欺骗领导，是为不赔偿农业损失制造借口，如果再沉默下去，就要永远受农药厂的污染危害。

老百姓与沙城农药厂的矛盾愈演愈烈，不满的情绪就像已经装满了炸药的火药库，而最终的导火索是一起"污水烧驴蹄"事件。

1974年4月21日，良田屯三十九头毛驴过污水沟时，蹄腕被污水腐蚀烧伤，影响了春耕使用。当老百姓找到农药厂后，厂方不承认与污水有关，还声明绝不承担赔偿责任。6月29日又发生了第二次烧伤驴蹄的事件。

7月1日，良田屯干部、社员二十八人牵着烧伤的毛驴到农药厂交涉。在争论中，农药厂一干部说，我厂污水已经达到国家排放标准，引起农民不满，并动手强行将该人扭往良田屯，去喝喝达标的毒水。这就导致了一方揪人，一方保护的厮打，并互相有伤，使矛盾更加激化。到晚上就发展到千余农民分批次地冲进工厂，进入各车间捉拿打人凶手和说污水无毒的人。

农民冲厂后提出了解决条件，要农药厂必须在短期内根治污水，不然，要么农药厂迁厂，要么良田屯迁村。否则就将强行堵药厂排水管，不得向下游排放污水。

有关部门的调查认为，良田屯的村民对沙城农药厂的严重不满情绪是群众冲击农药厂的基本原因。

我记得当时万里同志在听了调查组的汇报后说，"这个企业弄得人家过不下去了，该砸。"他还要求公安部门立刻把因冲击农药厂被抓的老百姓放了。

后来，经过地方部门的协调，沙城农药厂承诺要进一步加强污染治理，另一方面给农民一定的赔偿，给污染较重的良田屯重新打井，在打井之前由厂方负责拉洁净水给村民饮用。

这件事情给不少污染大户都上了一堂课，让有污染的企业真正认识到，如果环境保护做不好，污染的问题处理不当，不仅会使当地老百姓的生产生活受到损害，而且工厂自身的发展也难以为继。

在"文化大革命"混乱的形势下,工业建设和生产活动很多都处于停顿状态,而官厅水库治理却取得了很大成功。我认为主要有两个原因值得借鉴:一是,指挥有力。刚刚被"解放"出来的万里同志担任组长,他深入调查,周密计划,敢抓敢管;二是,实现全流域统一规划,统一领导,各省市区分别治理,提供了流域治理的成功经验。

命运的又一次转折
——转战国务院环境保护领导小组

如果说1972年随中国代表团去斯德哥尔摩参加人类环境会议，还是临阵磨枪、仓促上阵的话，那么在开了眼界回来之后，我更加认识到环保事业的重要性，对这份事业的关注也与日俱增，总觉得自己的人生将会和这项伟大的事业有所交集。

可在当时的政治背景下，环保问题并不被人们认可，国家也没有设置专门的环保机构，我只得继续留在国务院计划小组工作。在日常的工作中，我处处留心环境保护的问题。另外，由于国务院计划小组工作的领导曾指定我兼管有关环保方面的事，所以各部委和各地报上来的污染问题都送到我这儿来，一次次目睹那些层出不穷的环境问题后，我心急如焚，总觉得应该有个专门的部门尽快把环保的事管起来。

没想到，后来发生的一件事，居然意外地促使我全身心地投身环境保护，立志要在这个领域干一辈子。

那大概是1973年前后的事儿。当时江青为了拍样板戏，亲自抓"染印法"电影胶片的研发。演员出身的她，对这种胶片的关心到了邪门的地步，花了大量的人力物力，就是要研制出国产染印法胶片，好把电影事业推进到她所谓的"辉煌的江青时代"。

"染印法"胶片最早是英国人研制的，胶片本身呈现的是黑白效果，彩色是后期染上去的。染色的过程十分复杂，不过最后出来的效果十分鲜艳，并且长久不褪色。但是在当时，这种胶片的生产始终靠手工操作，没有实现工业化生产。江青很欣赏这种胶片的色彩，从抓样板戏开始，就决定研制这种胶片。她说，英国人没有实现工业化生产，中国人要把这件事做成。于是，从军工、化工部门、科研机构抽调了一批人开始研制。但几年过去了也没有成功。

江青意识到，要把"染印法"胶片的染色实现工业化生产并不是件容易的事，她改变了做法，指定国家计委负责这件事，而且研制的进展必须向她汇报，每个环节都要向她请示。当时的国家计委主任余秋里无法违抗，便四处寻觅一个能在研发彩色胶片上挑大梁的人。

有人向余秋里推荐说，曲格平是最适合的人选。理由是，他在保定胶片厂干过，又在大学学习过化学，还研制过电影胶片，虽然不是染印法胶片，但一时找不到比他更适合的人了。

能做江青喜欢的事、攀上这根政治的高枝儿，对一些人来说或许是求之不得的。但对我来说，这个消息简直就是晴天霹雳，让我不寒而栗。因为对江青的蛮横无理，我不仅有所耳闻，而且还亲眼见到过，对江青肆意妄为的一些场景至今记忆犹新。

有一次，江青因为不满染印法胶片的研制进展缓慢，在人民大会堂的一间会议室大发雷霆。尽管当时在场的都是政治局委员和为她研发电影彩色胶片的负责人以及有关工业部门的领导人，但江青训斥起这些高级干部来，一点都不留情面。

我还记得，一开始江青就严厉地问到，为什么还拿不出成品来。有人忙着回答说，有些研制材料拿不到。

江青接着问，谁不给？那位同志赶紧回答说，这要问问胶片生产协作组的组长。听了这句话，江青随即转向那位组长、一位部级干部咆哮着说："你过来，站在我面前。好大的胆子呀，专门与老娘作对？"接着又是讽刺挖苦，又是训斥恐吓，骂了好一阵子。

那位五六十岁的部级干部，站在江青面前，浑身抖成一团，似乎随时就要倒在地上。当时的国家计委副主任顾明带着我，作为染印法的研发组成员就在现场，目睹了这令人毛骨悚然的一幕。

我把这些所见都向余秋里进行了讲述，并恳求地对他说，自己在他领导下工作了四五年，相处很愉快。我感到您爱护我，不会让我去研发什么彩色电影胶片。

江青多次流露出对余秋里的不满和攻击，只是碍于他在周恩来总理身边工作，还没来得及收拾。余秋里对江青的为人可是一清二楚。

我也借机向他表达了我想做环境保护工作的心愿。我说，在接触了一段环保工作之后，感到这是一项利国利民的伟大事业。

余秋里听了之后，由沉默变得高兴起来，说："对，对，对！环境保护工作是周总理交办的，这是件大事情，你要坚持做下去。电影胶片的事，另选人。"

1974年下半年，我正式离开国家计委时，余秋里同志特别鼓励我要努力学习，争取早日成为内行，还叮嘱说："你工作上遇到什么大困难可以找我。"

这个时候正好中央决定成立国务院环境保护领导小组，周恩来总理批示，建议这个新机构里多有一些年轻人。当时的我人到中年，又兼着做了几年的环保工作，便顺理成章进入了这个小组工作。

现在回想起来，这是我生命中最重要的转折点，从一个综合部门转到环保专业领域，开始了我的环保生涯，有机会与中国的环保事业一起成长。

其实，成立国务院环境保护领导小组是1973年全国第一次环保会议上确立的工作目标，但因为诸多原因，直到1974年才尘埃落定。

北京的秋季总是一年中最美好的季节，酷暑已经走远，天高云淡的气候让人神清气爽。1974年10月25日，一个万里无云的晴天，国务院环境保护领导小组正式成立。

领导小组组长余秋里主持了领导小组成立的会议。有关负责同志在会议上宣读了周恩来总理、李先念副总理对组建国务院环境保护领导小组的指示。没有彩旗迎风飘扬，也没有锣鼓喧天，平常得就犹如一个普通的会议。

但那个简朴的成立仪式却让我心潮澎湃，永远铭记。

环境保护不仅利在当代，功在千秋，是一项积德的事业，更是我热爱的事业。

这次会议讨论通过了《环境保护规划要点和主要措施》《国务院环境保护机构及有关部门的环境保护职责范围和工作要点》。会议结束后，这两份文件下发到各级政府和中央各部门，意味着我国的环境保护进入到有章可循的阶段，也明确了各个相关政府职能部门在环境保护领域内的职责。

即便在今天看来，《环境保护规划要点和主要措施》《国务院环境保护机构及有关部门的环境保护职责范围和工作要点》这两份文件中的很多内容都还有较强的现实意义。

比如，在《环境保护规划要点和主要措施》中，分别对水系、工业企业、城市的治理都提出了明确的目标，抓住了要害。在水系治理这部分提出，对渤海、长江、黄河、松花江、滇池、太湖等河流湖泊的治理要做到在三至五年内基本控制污染，十年内根治。目标提得高了一些，但可以看出当时的决心。为了实现这个目标，规划还提出，各主要水系都要建立管理机构，并会同有关地区和部门制定防治污染的规划。

规划要点的价值还在于对农药和食品安全、环境监测等问题提出了工作目标。要知道，当时"文革"还尚未结束，"左"倾思潮影响下，我们根本不承认社会主义国家有污染，但这份规划不仅指出了水系、企业、城市存在的污染问题，而且还承认了农药过度使用的潜在风险,以及对食品安全隐患的担忧。可以说认识是超前的。

《国务院环境保护机构及有关部门的环境保护职责范围和工作要点》则可以看作是环境保护工作在各个部门最早的"三定方案"。文件对国家计委、国家建委等十多个部门分别该承担怎样的任务进行了分工。

这些部门的环保任务少的有四五项,多的有八九项。比如,冶金部被要求管好钢铁的综合利用,轻工部要管好造纸和酿造的污染等等。这些新任务对很多部门也都是挑战,要新设置部门,配备人员。虽然有的部门工作开展得好一些,有的迟缓一些,但不管怎么说,这也是首次在中央各个职能部门中搭起了环境保护工作的框架。

随着环保工作越来越多,特别是国务院环境保护领导小组的成立,我的办公室从中南海搬到了国家建委的大楼里,1974年下半年又搬到了位于北京西城区二里沟的国家建委后院,办公室就是临时搭建的简易房、地震棚。随着人员增多,办公室过于拥挤,又租用了海淀区的一座大车站。办公环境简陋拥挤,但我依然干得很起劲儿。一想起,中国的很多环境问题的解决已经迫在眉睫,都觉得自己的时间不够用。

当时还有很多人说我傻,放着国务院计划领导小组这个位高权重的部门不待,非要去一个冷门的、前途未卜的部门。但我自己义无反顾,在我看来,那是一个我践行理想的地方。

之后的几十年,中央层面与环保相关的机构分分合合,我个人也随着部门的整合与分家,在多个部门工作,但不变的是,从未离开过环境保护领域。别看当时的国务院环境保护领导小组蜗居在几间简陋的办公室,但却扎扎实实地办成了几件大事。在污染治理方面,有对白洋淀、渤海湾、桂林的治理;在生态保护方面,找到了被称为日本神鸟的朱鹮,设立了大熊猫的保护基地,还让离开祖国一个多世纪的麋鹿得以回归。

也正是有了国务院环境保护领导小组那几年的默默无闻的准备,才为十一届三中全会之后环境保护能迅速起步奠定了基础。

我记得1981年8月25日,国务院环境保护领导小组向中央书记处和国务院做了《关于环境保护工作的报告》,介绍了该小组成立以来,特别是十一届三中全会之后,全国环境保护工作取得的进展和存在的问题。

报告说,这几年,通过开展宣传教育、建立法规,进行监测评价,编制一些城市的环境规划,加强了对环境的管理和重点污染源的治理,一些地区的环境质量有了初步改善。渤海、黄河的石油污染初步得到控制。官厅水库、桂林漓江、杭州西湖等的水质有了不同程度的好转。兰州、沈阳等城市空气的严重污染有所缓和。北京市的酚、氰、镉、砷和上海市的汞、镉、氰等几种有毒有害物质的排放量明显减少。

许多工业部门的工矿企业,通过加强企业管理、改革工艺,提高资源、能源的利用率,开展综合利用,减少了"三废"的排放量。1980年,冶金工业"三废"综合利用的产值达到八亿多元，比1976年增加了一倍。其中回收冶炼烟气生产硫酸八十三万吨，占全国硫酸产量的百分之二十，回收有色金属五万多吨，取得了较好的环境效果和经济效果，为企业污染治理摸索出了好的经验。

报告也指出，我国的环境问题仍然是经济和社会发展中的一个突出问题。长期以来，由于经济工作受"左"的影响，只讲生产，不顾生态，光污染，不治理，环境问题欠账很多。近年来，一方面由于老企业的污染治理进展缓慢，另一方面由于新建项目"三同时"执行得不好，老企业生产能力不断扩大以及街道和社队企业迅速发展等原因，新的污染源持续增加，因此，环境污染有加重和扩大的趋势。1980年工业废水排放量比1979年增加了百分之九点七，大于同期工业生产百分之八点七的增速。有些地区，环境污染从城市向农村蔓延，由点到面形成了更大范围的区域污染。

工业污染对农业生产造成了很大的危害，工农之间的污染纠纷日益增多。湖南株洲市近六年来因污染损失破坏农田二十三万亩，减收粮食两千四百万斤，工农纠纷约六百三十二起，污染赔款三百四十二万元。1981年上半年，又发生纠纷四十二起，矛盾越来越突出。

城市居民对工厂企业的严重污染扰民问题反映强烈。上海市因污染环境同周围居民关系紧张的工厂有六百五十二家，1981年头七个月共发生四十六起纠纷，三十六个工厂合计被迫停产一百二十天，损失产值八百五十万元，致伤二十人。许多城市饮用水源污染严重，黄浦江、海河、第二松花江哈尔滨江段、淮河蚌埠河段等水源地的污染问题长期得不到解决，群众意见很大。城市地下水普遍过量开采，不少城市地下水位大幅下降，地面下沉加剧。天津市下沉面积已到七千三百多平方公里，市区五个沉降中心自1958年以来，沉降速度逐年增加，已累计下沉一点六米。

由于滥伐森林、盲目围垦等原因，自然生态系统的破坏很严重。云南西双版纳的森林覆盖率，1949年为百分之六十九点四，1980年下降到百分之二十六，大规模毁林开荒现象一直未得到制止，1980年一年就达十五万亩。全国水土流失面积比解放初期扩大了百分之三十，达到一百五十万平方公里。土地沙化面积平均每年以一千万亩的速度扩展。今年一些地区遭受特大洪水灾害，其中重要原因之一是水系上游的森林破坏严重，水土流失加剧，造成一遇暴雨，山洪暴发的恶果。

可以说，这份《关于环境保护工作的报告》比较清晰地描述出了"文革"之后百废待兴之时中国的生态环境状况。从这些数字可以看出，中国并不是如"文革"中"左"的思潮所认为的那样没有环境问题，而是环境问题日趋严重。

在那样的背景下，这份工作报告特别提出，"着重考虑如何在国民经济调整中，解决一些突出的环境问题，保护人民健康，促进国民经济调整任务的实现和经济的持续发展……"

具体来说有四个方面的工作：调整国民经济的部署，

把环境保护和发展生产更紧密地挂起钩来；结合加强企业管理生产技术改造，采取减少工业污染的措施，减轻对环境的污染；在抓好城市环境保护和工业三废治理的同时，要考虑整个国土的环境保护问题，加强对自然环境的保护；为了从根本上解决我国环境问题，需要着手进行全国环境规划。

这四点具体的工作在当时看来都是我们对环境治理认识比较大的突破，而且放在今天看也不过时。

比如，"在调整国民经济部署，把环境保护和发展生产更紧密地挂起钩来"这部分提到，要会同有关部门，促使那些资源能源浪费大、污染扰民严重的工厂实行治改并转迁，尤其要把那些容易引起厂群污染纠纷、工农污染纠纷、影响生产和社会稳定的"矛盾尖锐户"，提到首要的日程上来解决。对那些工业密集、环境污染负荷过重的城市，要通过加强环境管理，鼓励发展无污染、轻污染的消费生产行业，限制发展污染严重的行业。

事实上，我们当下的很多环境问题，正是由于超越了环境与资源的承载能力，伤及到群众的健康，由此引发了各类群体性事件。

白洋淀——华北明珠的重生

"要问白洋淀有多少苇地？不知道。每年出多少苇子？不知道。只晓得，每年芦花飘飞苇叶黄的时候，全淀的芦苇收割，垛起垛来，在白洋淀周围的广场上，就成了一条苇子的长城。"这是孙犁的《荷花淀》描写的一个场景。

我个人比较喜欢"荷花淀派"代表人物孙犁的作品，尤其是他的这篇代表作《荷花淀》，文章中那些关于白洋淀景致的描写，总会把我的思绪带到那个蒲苇随风摇曳荷花满淀盛开的场景。上个世纪六十年代，我曾在保定电影胶片厂工作过一段时间，那里离白洋淀不远，闲来也去过几回。我也认为这是华北平原上的一颗明珠。

没想到后来做环保工作，竟然因为要解决白洋淀的污染问题，多次造访白洋淀。而且我曾经工作过的保定胶片厂就是造成白洋淀污染的十大污染企业之一。眼见着曾经的华北明珠变成了一潭黑水，确实心痛。

一直以来，白洋淀的水质都很好，淀水清澈见底，曾是天津市的重要补给水源。关于白洋淀的形成，在当地还有一个美丽的传说。说是相传很久以前，一个中秋夜晚，嫦娥仙子偷吃仙药，身不由己，飘飘然离开月宫，就在她将要落入凡间的一瞬间，猛然惊醒，这一惊非同小可，随身宝镜落入人间，摔成了大大小小的一百四十三块，形成现在的一百四十三个淀泊。

传说也好，"华北明珠""北方江南"等溢美之词也好，已经足以证明白洋淀三百平方公里水面对华北平原的意义。但进入七十年代以后，工业污水大量入淀，而且上游来水又相对减少，这片曾经的人间仙境遭遇了干涸、淀水臭气熏天、野生鸟类只能远走高飞，生态破坏越来越严重。

白洋淀是现代文学"荷花淀派"的诞生之地，"荷花淀派"的代表作《荷花淀》等文章也曾被收入中学的语文教材中，如果这样的美景被污染破坏得荡然无存，我们的后代去哪里找寻那些诞生了诸多美文的原产地？

国务院环境保护领导小组自1974年10月成立之后，第一个大规模的治理项目就是对白洋淀的整治。

事实上，从上个世纪七十年代就开始，一直到九十年代，白洋淀历经了几次大规模的治理。几十年间，污染与治理来回拉锯，留下了不少值得反思的经验教训。

白洋淀盛产鱼、虾、蚌、菱角、莲藕、芦苇产品等，是北京天津等城市的水产品供应基地和出口水产品供应基地。由于其特殊的地理位置，中央领导人也很关注白洋淀。早在1972年，周恩来总理就亲自过问白洋淀的发展问题，并用"缓洪滞沥，蓄水灌溉，渔苇生产，综合利用"十六字方针给白洋淀勾画了未来的模样。

周恩来总理是在一次听取国务院有关部门关于白洋淀的汇报时提出的这十六字方针。总理对环境问题的认识是很到位的，我记得他当时说，华北地区就这么一个大的天然水库，是古人留给我们的遗产，不能在我们这代人手里给毁了，干涸的问题，污染的问题都要高度重视。要是干了、污染了，对整个华北地区都有影响。

因为总理提出了这个问题，所以各个部门对白洋淀的问题都还比较重视。

可事与愿违，白洋淀的污染一天比一天严重，甚至在1973年，还出现过白洋淀的一个生产队社员因为喝了淀里的水，三百多人中毒的恶性事件。这已经不单单是一般的污染，已经威胁了当地老百姓的饮水安全，是很严重的事件了。

因为发生了饮水中毒事件，国家建委派出一个调查组去白洋淀进行调查。后来据参加调查的小组成员向我回忆，他们只能用"触目惊心"来形容在当地的所见。三百平方公里的白洋淀不见了，到处沟沟坎坎，臭水横流。哪里还是芦花飞舞、鱼翔浅底的芦苇荡，简直就是臭水沟、臭水潭。原来清亮的淀水已经发黑发臭，不见鱼游，也听不见鸟鸣，没有任何的生机。

根据检测数据，调查组得出的结论是，白洋淀的水质受到严重污染。受污染面积已达三分之二，严重污染的面积为三分之一。

最棘手的问题是，淀里的老百姓祖祖辈辈就靠水吃水，水里的鱼虾养育着他们，现在不仅谋生的路给断了，连基本的饮水安全都保障不了。

由于污染和干旱，白洋淀水产量大幅下降。1965年前，白洋淀地区鱼的年产量一般都在一千万斤以上，最高年产量为一千七百多万斤。1965年以后，只有一二百万斤，下降了百分之八十以上。鱼的品种，过去有几十种，到了七十年代，只剩下几种，鳜鱼、河鳗、白鳝等已经或基本绝迹。这些数字触目惊心地出现在调查组的报告中，让人悲从中来。

据河北省环境监测站的调查，白洋淀的主要污染物是酚、砷、汞。水中酚的含量超过标准五倍，砷的含量超过地面水允许标准的一半。底泥中的汞含量也比非污染地区的高。因此，水生物质比较普遍地含汞。一些鱼类体内的汞含量已经超过日本、美国、加拿大等国家允许的食用标准。

看到这些数据，我不禁想起之前我组织专家编写的那套全球公害事件的小册子。其中最著名的一起事件就是日本的骨痛病事件。那起公害事件就是因为河水受到汞污染引发的人和动物的中毒事件。没想到，原来编译这些公害事件时是作为批判资本主义国家的反面教材，而今，这些问题已经悄无声息地降临。

了解了白洋淀的主要污染物之后，调查组又追根溯源查找污染物的来源，最后确定大部分污染源都来自白洋淀西部的上游地区——保定市。

保定市距离白洋淀四十五公里，市内多家企业的污水和居民的生活污水没有经过任何处理就直接排放到白洋淀，让白洋淀不堪重负。

我对保定市有些了解，市里的工业企业大多数没有污染治理设施，即便少数几家企业有，也是闲置不用的。后来我还专门去了解了保定几家重点企业的情况，造纸厂排水口黑液滚滚，而且厂里的领导说，他们并没有治理的打算，也没有治理的经费。在那个年代，企业负责人普遍缺乏环保意识，认为企业跟人一样，吃了就得往外拉，不拉怎么办？还有我曾经工作过的保定胶片厂，虽说还对污染治理设备进行改扩建，但就是没有落实买设备的经费，似乎能拖一天是一天。

调查组掌握了白洋淀污染的困境后，给国务院提交了一份《白洋淀污染严重，急需治理》的报告，引起了中央领导同志的高度重视。

李先念副总理专门在这份报告上批示说："这个问题必须迅速解决，否则工厂应停。我建议国家建委派一个得力的工作组去协助河北、保定限期解决这个问题。因为这是关系到人民生活的大事，决不能小看。解决的办法和解决的时间要报告中央。"

这个时候，正好国务院环境保护领导小组成立了。于是，就以国务院环境保护领导小组牵头，会同国家建委、国家计委、轻工部、冶金部、机械部等一些国务院部门组成联合工作组。李先念同志专门提出，要指派我作为调查组组长，负责此次调查，并且要尽快拿出方案。

当时，李先念对治理白洋淀污染还是很有决心和魄力的。有一次开会，我们给他汇报白洋淀周边污染企业的问题，其中提到有一家印钞厂污染较重，但这家企业自恃地位很重要，对污染问题不太重视。李先念听了以后，态度很坚决地说，没有什么企业是管不了的，一定让他们把污染解决了。

我带着这个调查小组在白洋淀工作了不短的时间。大多数情况下都是白天走访调查，晚上开会讨论治理的方案。白天走访时看了场景，可谓触目惊心，令人心痛。原来辽阔的水面已经没有了，只剩下一些小沟、小坑，臭水熏天，没有生机。晚上开会，大家讨论也很激烈。对一个地区大规模的治理，在当时我们是缺乏经验的，只能摸索着来。讨论后我归纳为：既要有治标之策，又要有治本之道。治标，就是白洋淀周边所有的企业都要有污染治理设施，确保水质达标后才能排放；治本，一是要实现淀污分离，再有就是要保证入淀的水量。

在我们对周边企业进行调查的过程中，还遭遇了很多白眼。有一家规模非常大的合成纤维厂，是前苏联援建我国的一百六十个项目之一，他们的污染很重，但由于企业的地位在那儿，根本不把我们这个调查组放在眼里，甚至明确表示没有工夫来治理污染。我们把相关的情况报给李先念同志，他的态度出乎我们意料的坚决。他说，不治污，就撤了他的厂长。我们赶紧补充说，那位厂长是很高级的干部。李先念又说，再高级，也能撤。他还进一步补充说，不仅厂长能撤，污染太重，也可以考虑把厂子给关了。

在那个年代能对环境保护的重要性有如此深刻的认识，实属难得。每次我们跟李先念汇报白洋淀的问题时，他都要叮嘱，白洋淀的问题事关人民群众的利益，决不能小看，解决的方案和解决的时间要随时上报中央。

后来，河北省也仿照中央层面的调查组格局组成工作组，我们两家合并，进一步调查了白洋淀水域的污染和部分工厂排放污水的情况。

这次调查更加细致，对问题和原因也分析得更加清楚：白洋淀污染虽然已经相当严重，但是只要认真对待，采取积极措施，污染的状况还是可以改变的。经过专家的讨论，对白洋淀的治理提出了一个"工厂根治，淀污分离，截蓄灌溉，化害为利"的原则。

之所以提出这四句话的原则，就是依据当时调查组调查的情况，反复讨论后得出来的。"工厂根治"就是污染物的排放要达到规定的标准；"淀污分离"，就是考虑到污水治理短期内难以奏效，但是又不能把污水再排入白洋淀，办法就是利用河道把入淀的污水存起来；"截蓄灌溉"就是指当时污染指标高，污水不用于灌溉了。这是就当时的实际情况提出的标本兼治的几句话，是临时性的应急措施。

由于白洋淀的污染主要还是上游企业无序排污造成的，所以调查组在与地方会商后认为，当务之急就是要对上游污染企业的排污进行根治。

调查组还给工厂污染治理提出了一个目标，所有企业一方面要减少排污总量，另一方面要治理污染，排出的污水要达到可以养鱼的标准。那时候，我国还没有相对系统完整的企业排放标准，只得用治理以后的水是否可以养鱼来作为标准。

考虑到治理设备需要的投资不一定能及时到位等原因，调查组建议，企业的治理分两步走：1976年年底前，工厂所有排放的污水要达到农业灌溉标准，用于浇灌保定市区的农田；1979年年底前，要达到地面水标准，就是达到渔业无损害的程度。

位于保定西郊的胶片厂等十家工厂的污水排放量占全市污水量的百分之八十以上，调查组还建议这十家企业要加速治理，提前实现第一步的水质要求。

当时这些企业的经济状况也不是很好，治理的投入怎么办？另外，保定市的生活污染也得要进行治理，那部分钱又从哪里来？为解决这些问题，调查组报请国务院批准的方案是，"谁的孩子谁抱走"——胶片厂、六〇四纸厂、化学纤维厂、热电厂等企业，分别由各自的主管部门，比如燃化部、轻工部列入部门的规划中解决。

至于城市管网和生活污水处理设施的投资，保定市提出需要六千六百万元，这个数字在当时的财政状况下，无异于天文数字。调查组建议，根据轻重缓急，分期分批地纳入有关部门和河北省1975年的计划以及中长期规划。国家财政可在1975年基本建设投资中安排两千万元，用于保定市区污水管网改造和截蓄工程，以及补助保定市的工厂治理。

1975年1月29日，国务院对环境保护领导小组提交的白洋淀治理方案进行了批复，要求河北省、保定市要以"只争朝夕"的精神开展工作。十个大厂及保定市区的污水处理工程，一定要限期完成，力争尽早达到规定的工业废水设计排放标准。批复还决定，从1975年国家基本建设投资中拿出两千万元，作为污染治理的补助投资。

国家与省市联合调查组提出的治理目标不算高，而且做出了分期、分批的安排，上报后得到国务院的批准，其中包括申请的资金。河北省、保定市对治理规划认真落实，国家各部委对在保定的企业给予大力支持，加之"国环办"的不断督促，治理方案基本上得到实施，这在"文革"的一片混战中，是极其难能可贵的。

在保定实施治理方案的过程中，我曾去保定和有关的县区、河道、工厂检查过，所看到的都是治理污染热火朝天的场面。白洋淀河道治理就有数百人，干劲十足，场面宏大。这就说明，只要是利国利民的事，把道理讲清楚，工厂的职工和老百姓都会愿意去做。在那个混乱的年代，国务院环境保护领导小组在白洋淀治理上的牛刀小试，让我备受鼓舞。

监测数据显示，从1975年至1978年，在白洋淀的治理中，国家财政共投资三千四百二十万元。由于工厂治理取得一定的成绩，而且实施了排水清污分流，除灌溉使用部分外，高浓度污水大部分由污水库存蓄。随后的几年间，白洋淀水质明显好转，1984年前未发生过严重污染事故，渔业生产也有一定的恢复。

白洋淀污染治理工程，是我参与的环境污染治理的第三项大工程，在此之前，就是万里同志指挥的官厅水库污染的治理工程和国务院领导的由广西桂林组织的桂林漓江污染的治理，都取得了比较好的效果。漓江的水质一直保持得比较好，而官厅水库和白洋淀的治理有反复，但最终变好了。

朱鹮——东方宝石的重现

国务院环境保护领导小组成立之后，不仅启动了类似白洋淀治理这样一系列的大型治理工程，而且还做了一些生物多样性保护的工作。有的工作可以说本是无心插柳，却促进了人们对环境保护多元性的认识——环境保护不仅仅是污染治理，还有生态保护的内涵。

我们对"东方宝石"朱鹮的保护就是这样一个无心插柳柳成荫的例子。

1978年，"文化大革命"刚刚结束，一切百废待兴，中日两国间的关系正在复苏，特别是民间的交往开始活跃。这一年的六月，日本一位名叫大鹰淑子的国会议员来中国访问。这位出生在中国的日本议员中文名字叫做李香兰。

大鹰淑子这个名字并不为中国人所熟悉，但要提起李香兰，在上个世纪三四十年代出生的那代人中，可以说是家喻户晓。她既是歌唱演员，又是电影演员，据说当年在上海十里洋场的演出总是一票难求。日本国会派大鹰淑子访华，也正是借着她在一代中国人心目中的影响力来促进中日邦交正常化。

她那次访华一个很重要的目的就是来询问，中国境内还有没有朱鹮存在，如果有的话能否送一只给日本。

当她把这个需求告诉外交部后，外交部立即上报国务院，国务院领导也非常重视，指派国务院环境保护领导小组来和大鹰淑子对接，看看日本的需求能否满足。

之前我从没见过，也没听说过朱鹮这种鸟。在和大鹰淑子会谈后才知道，朱鹮有着鸟中"东方宝石"之称，历来被日本皇室视为圣鸟。朱鹮的拉丁学名直译过来就是"日本的日本"，以国名命名鸟名，足见朱鹮对于这个国家的重要性。

这种鸟原来在前苏联、朝鲜半岛、日本和中国都有分布。但前苏联和朝鲜半岛早在上个世纪五六十年代就宣告这种鸟在这些地区已经绝迹。而大鹰淑子1978年访华时，日本野生的朱鹮也几乎绝迹，只有动物园里还有屈指可数的几只，而且已经丧失了繁殖的能力。对日本来说，国鸟不复存在，是皇室和国民都难以接受的，所以恳请中国能支援他们一下。

听了大鹰淑子的介绍后，我马上联系林业部，向他们打听有关朱鹮的事情，但他们也表示没朱鹮的相关信息。我又转向求助中国科学院动物所，那里专家聚集，很快有了答复。

动物所研究鸟类的专家告诉我，朱鹮是一种体态优美，羽色艳丽的鸟，很可爱。不仅被称为日本的国鸟，而且在生物学上也有重要的价值，它们从六千万年前就开始生活在地球上，是比人类历史还要久远的"古老之鸟"，但由于其所生存的环境不断被人类蚕食和破坏，从上个世纪六十年代开始数量急剧减少，已经濒临灭绝。

1953年和1959年中国的鸟类学家还曾在甘肃武都、康县采到过朱鹮标本。有资料记载的鸟类学家最后一次见到野生朱鹮是在1964年。而后，再也没人见过朱鹮的踪迹。当时，向我做介绍的鸟类专家说，他们只在中科院动物所的标本室里见过朱鹮，不知道现在究竟还有没有。找寻这种鸟的意义很大，但需要大量的经费支持，专家们希望国家层面能出台一个文件，确保能有充足的经费来完成这项任务。

后来，国家拨出一笔经费，支持中科院动物所成立了"中国朱鹮专题考察队"，专门找寻朱鹮的踪迹。我记得，1978年的秋天，中科院动物所的鸟类学家刘荫增带着考察队从北京出发，开始在朱鹮曾经生活过的区域进行科考。

在随后的两年多里，这支考察队的足迹遍布我国东北、华北和西北三大地区，跨越了九个省区，行程五万多公里，但一直没有朱鹮的踪迹。而日本那边，大鹰淑子也经常给我打来电话，询问寻找朱鹮的进展。两年多的时间里，没有任何的进展，我也暗暗着急，难道这种鸟真的已经灭绝？果真如此，不仅是日本的遗憾，也是整个人类的遗憾呀。

功夫不负有心人，1981年5月的一天，我突然接到朱鹮考察队的电话，他们告诉我一个天大的喜讯，在陕西的洋县发现了七只朱鹮，四只成鸟，三只幼鸟。专家特意在电话里说，有幼鸟说明这两对成鸟还有繁殖的能力。

电话里，我听到的是考察队员兴奋而激动的声音。对他们来说，两年多来的风餐露宿终于有了结果。事实上，整个寻找的过程一波三折，充满了艰辛。如果不是他们的坚守，说不定就在洋县和朱鹮失之交臂了。而且，如果他们再晚一点发现，很可能最后的朱鹮也只能定格在标本状态。

据考察队的鸟类专家刘荫增介绍，他最先是在陕西洋县金家河村的水田中采集昆虫标本时，偶然邂逅了第一只朱鹮。当时，一块四周围着灌木丛的水田中有一只美丽的大鸟也在觅食昆虫，他定睛一看，居然正是他找寻了千万里的朱鹮。

两年多的时间里,考察队制作了大量的幻灯片教会农民认识朱鹮,对刘荫增来说,更是早就把朱鹮的各种体貌特征烂熟于心,当这只体态优美的大鸟出现在面前时,他就断定,正是他们苦苦寻找的朱鹮。正当他举起相机拍摄时,它突然飞走了。但这似乎开启了寻找朱鹮的幸运之门,考察队随后在更深的山林中,找到了两只成鸟。

遗憾的是,听当地老百姓说,金家河村的这对成鸟,原本有四只幼鸟,在考察队抵达前不久,一户章姓人家为了给老人做棺木,砍倒了朱鹮筑巢的那棵大树,巢覆雏亡,两只成鸟在天空盘旋悲鸣,久久不愿离去。

当考察队再往大山深处行进时,在金家河村临近的另一个村庄姚家沟村找到了另一对成鸟和他们的三只幼鸟。

四只成鸟,三只幼鸟,构成了一个物种最后的血脉。从而宣告在中国重新发现朱鹮野生种群,这也是世界上仅存的一个朱鹮野生种群。

消息传到北京后,国务院环境保护领导小组十分重视,马上要求陕西省把七只朱鹮严格保护起来。在当时,要做到保护鸟类还是很困难的。当地老百姓抱怨说,这些鸟啃食庄稼,一旦发现,他们就要猎杀。另外,从上个世纪六七十年代开始,农民已经大面积地使用农药化肥,这也给野生鸟类的生存带来威胁。其实猎杀、误食,都是造成野生鸟类数量急剧减少的重要原因。

为了有效地保护这七只岌岌可危的朱鹮,国家决定,如果庄稼被啃食,财政将对农民进行补偿,对因不使用农药化肥造成的粮食减产,财政也相应补偿。

国家层面的重视也让地方很看重朱鹮的保护。在发现朱鹮的几天之后，洋县政府就发布了一份紧急通知，明确提出"四不准"，即不准在朱鹮活动区狩猎，不准砍伐朱鹮营巢栖息的树木，不准在朱鹮觅食区使用化肥农药，不准在朱鹮繁殖巢区开荒、放炮。

对仅存的七只朱鹮来说，光有保护措施是不够的，还需要有科学的方案辅助他们繁殖。为此，中科院动物所派出了一个专家团队常年驻守在洋县，在每棵巢树下搭建观察棚进行二十四小时监护，研究朱鹮的习性，认真观察记录朱鹮的产卵、孵化、育雏全过程，甚至还要进行人工干预，防止蛇、鼠等天敌偷吃鸟蛋和幼雏。

当我把消息告诉大鹰淑子后，她恳请说，能否送给日本一只。我说一共就七只，怎么可能送，当务之急是要保护为重。日本方面商讨之后向中方提出，日本愿意出资帮助中国进行朱鹮的保护。于是，1981年10月，日本环境厅和中国国务院环境保护领导小组确立了两国协力拯救朱鹮的意愿。这也开启了我国在生物多样性保护领域国际合作的篇章。之后，发现朱鹮的洋县还被确立为国家级保护区，当地的生态得到进一步的保护，朱鹮的数量也随之提高，从几只，到几十只，再到上百只。

当朱鹮的种群数量达到一定规模之后，我们也考虑是否可以赠予日本一只。经过多方磋商，1985年10月，朱鹮"华华"第一个走出国门，走向大洋彼岸的日本，首开国际联姻先河。

麋鹿——离家一个世纪后的回归

如果说朱鹮是我国科学家踏破铁鞋无觅处、费尽周折找到并让之得以重新繁衍的物种的话，那么麋鹿的重现，则是一个原本中国独有物种，在游历海外多年后，像游子一般归来的历程。

毫无疑问，对朱鹮和麋鹿的保护，注定是上个世纪七八十年代，中国为丰富全世界的物种多样性所作出的贡献。

中国的历史上，麋鹿因为头脸像马、角像鹿、颈像骆驼、尾像驴，而被老百姓称为"四不像"，曾经广泛分布在中国长江中下游沼泽地带，以青草和水草为食物。

根据相关资料的记载，这种长相颇有特色的动物其实早在汉朝末年就已经难觅其踪迹。到了元朝，为了供皇室游猎，全国残存的一些麋鹿都被捕捉运送到皇家的猎苑内饲养，可以说在自然界，麋鹿已经灭绝。

皇家饲养麋鹿的历史一直延续到十九世纪。当时，在清朝的皇家猎苑内有一群仅存的麋鹿，据说有两三百头。那个猎苑在北京的南郊，有人叫它南海子，也有人叫它南苑。

遗憾的是，在八国联军烧掳之后，原本残存在南苑皇家园林中的一群麋鹿居然不翼而飞，之后很长时间内，麋鹿都在九百六十万平方公里的神州大地上消失了。

史料记载，在这批鹿群神秘消失之前，他们已经被外国人窥视许久。据说，1865年的秋天，一位名叫大卫的法国传教士在北京南郊游玩时,无意中发现了南海子皇家猎苑中的麋鹿。麋鹿"四不像"的长相引起了他浓厚的兴趣,他意识到,这个从未在书本上见过的物种可能是尚未在动物分类学上被记录的鹿类,于是就想方设法得到麋鹿的相关信息。

这位传教士花了二十两纹银,买通皇家猎苑的守卫,弄到了两只麋鹿。他把麋鹿做成标本后,寄到巴黎自然博物馆。经过博物馆组织的鉴定,麋鹿被确定为一个从未发现的物种,是鹿科动物中独立的一个属。

由于这个物种标本最初由传教士大卫送到西方世界,所以动物学家给这个物种命名时,把它称为"大卫鹿"。当消息传回中国后,在华的外国人通过或明或暗的各种渠道,从南海子皇家猎苑中运走了几十只麋鹿,经过颠沛流离的历程,饲养在西方不少国家的动物园中。

另据史料记载,1894年,北京永定河泛滥,洪水冲垮了猎苑的围墙,许多麋鹿逃散出去,成了饥民的果腹之物。1900年,八国联军攻入北京,南海子麋鹿被西方列强偷偷带上了开往欧洲的轮船,一些老弱多病的麋鹿则被一杀了之。

此后将近百年的时间内,麋鹿在中国本土灭绝。但在欧洲大陆上,原产于东亚的麋鹿却开始了在新家园的繁衍。尤其是英国的贝福特公爵家族对麋鹿的繁衍发挥了极其重要的作用。

从1898年起,对麋鹿有着浓厚兴趣的十一世贝福特公爵出重金把原先饲养在巴黎、柏林等地动物园的十八头麋鹿全部收归囊中，饲养在贝福特家族在伦敦以北的乌邦寺庄园中，让它们繁衍生息。

这十八头麋鹿也被认为是当年世界上所有麋鹿的祖先，可以说，目前分布在全球的麋鹿绝大部分都是这十八头麋鹿的后代。二战时，乌邦寺内的麋鹿达到二百五十五头，它们在占地三千亩的乌邦寺庄园中怡然自得地生活。后来，贝福特公爵家族害怕战火烧到乌邦寺庄园，危及麋鹿的生存，就向其他国家的动物园转让了部分麋鹿。那次转让，实际上让麋鹿在更广泛的地区得以生存和繁衍。不仅在欧洲大陆，在美洲大陆都有麋鹿的种群在繁衍。遗憾的是，麋鹿的故乡中国却暂时失去了它们，直到上个世纪八十年代。

八十年代初期，英国乌邦寺庄园的主人、贝福特公爵家族的继承人，通过英中两国的外交部，向中国表达了希望送麋鹿回家的愿望。由于有了之前寻找朱鹮的案例，国务院又把承接麋鹿的工作交给了国务院环境保护领导小组。

我们研究了一下，认为这是件好事。麋鹿本来就是中国特有的物种，只不过由于之前战争等原因，完全在中国绝迹，现在如果能顺利回归并繁衍，对丰富中国生物多样性有着非常重要的意义。

后来，经国务院同意，我和北京市的同志专门去了一趟伦敦，会见贝福特公爵家族的成员，与他们商议麋鹿回归的事宜。之所以叫上北京市的同志，是因为，麋鹿如果回归，肯定需要给它们找到合适的栖身之所，我们研究后认为,它们早先的家园——北京南海子一带应该比较适合。麋鹿回归后,最好交给北京市来负责。

乌邦寺庄园是一座典型的英式庄园,有富丽堂皇的宫殿,也有广阔的林地,丰茂的水草。当我们步入庄园时,就能随处可见麋鹿们三五成群地悠闲漫步着。

我们第一次去的时候,公爵先生外出了,接待我们的是公爵夫人。她感谢我们不远万里专程到乌邦寺洽谈有关麋鹿回家的事宜,并邀请我们参观了乌邦寺庄园。

在参观庄园的过程中,我们一行有机会近距离地观看这些流落在异乡的动物。麋鹿其实是一种非常容易受惊的动物,看见有人靠近,赶紧撒腿就跑,躲到更远处的草丛中或是灌木丛中,用惊恐的眼神观察着四周。公爵夫人介绍,听家族里的长辈说,最早的一批麋鹿刚刚运抵英国时,其实是很闷闷不乐的。麋鹿也跟人一样,有思乡的情结。经过了几代的繁衍,它们才逐渐适应了新的环境。

这些像马、像鹿又像驴的动物,还真是很招人喜欢。在近距离观察它们之后,我真是很喜欢它们,也暗自在心里说,一定要把它们带回祖国。

当天晚上,贝福特公爵夫人居然杀了一头麋鹿招待我。当麋鹿肉端到桌前,贝福特夫人向我介绍时,我吓了一大跳。在中国,麋鹿已经绝迹,那就算是珍贵的稀有动物,我是来接它们回家的,怎么能当作菜肴,简直是暴殄天物。另外,我当天下午才刚刚跟它们接触,对这些命运多舛的动物心生怜爱,怎么下得了嘴。我急得对公爵夫人连连摆手,边摆手边说:"不能吃!不能吃!"

公爵夫人明白我的意思后解释说，宰杀做菜肴的都已经是老弱病残的麋鹿，属于要淘汰的。另外，现在乌邦寺庄园的麋鹿太多了，有点"鹿满为患"，吃一点也没关系。尽管公爵夫人解释了很多，但我还是无法说服自己去吃一块。

在随后的几天，我们双方就麋鹿回归的事宜进行了很细致的商讨，包括第一批送回多少头麋鹿、用什么交通工具等等。

时至今日，我都得说感谢贝福特家族周到的安排。在我们讨论到送多少只合适这个话题时，他们的答复是，已经请专家测算好，二十二头是首批回归中国比较理想的数目。既考虑到麋鹿是否适应的问题，也考虑到了最佳的种群繁衍的比例，所以决定，首批最好是二十二头。

贝福特家族还表示，为了让麋鹿归家后能很快适应，他们还将派出一个饲养的专业团队一起前往中国，帮助它们度过最初适应的阶段。听了贝福特家族的安排，我由衷地表示感谢。

1985年8月的一天，二十二头麋鹿乘坐专机从英国伦敦起飞，经过近二十个小时的飞行后，在北京首都机场降落。随后，它们被送往位于北京南郊的南海子原皇家猎苑，重新回到差不多一百年前它们的先辈开始流离失所的故地。已经荒芜的南海子皇家猎苑从此又开始一点点恢复生机。

当第一头麋鹿踏上南海子的草地时，眼睛里充满了恐惧，能看得出，它们正慢慢地适应着环境，小心翼翼地观察着周围。一步两步……发现没有任何威胁后，它们才放松警惕，开始舒展起身体，似乎有一种久违的熟悉。

其实，和麋鹿同机抵达的还有贝福特公爵。为了感谢贝福特公爵为麋鹿回家所做的贡献，时任副总理李鹏专门在人民大会堂接见并宴请了他。在那次招待会上，不胜酒力的我因为太高兴了，竟然喝下了满满一杯红葡萄酒。

1986年8月，第二批共三十九头麋鹿从英国经上海运抵江苏省大丰市，麋鹿重新回到它的野生祖先最后栖息的沿海滩涂。

做环境大使

1975年底，主持国务院工作的邓小平再次被批判，一度好转的国民经济又急剧恶化了。在这种形势下，环境保护也就无从谈起了。当时在选派驻联合国环境署代表人选时遇到困难，既要懂业务，又要适合外事工作要求，这样的人一时不好找。一位领导同志问我：你能不能先去干一段，找到合适的人就换你回来？我说可以，反正现在环办开展工作也很难。于是国务院于1976年1月11日任命我出任中国常驻联合国环境署代表处首席代表。在我向外交部国际司讨教如何做环境外交时，一位领导同志对我说："首先要向你祝贺，你是新中国，不，是中国有外交史以来国家派出的第一位环境大使。"在场的人鼓起掌来，我也感到很荣幸。

联合国环境规划署是1972年斯德哥尔摩人类环境会议后新设立的，是协调解决国际环境事务的机构，曾被称为"联合国的环境良心"，人们对其寄予很大期望。这个机构集中了来自各大洲的官员和专家，并且拥有世界各国环境方面的大量资料。我除了与环境署的工作联系外，把全部精力放在拜访专家和查阅资料上。我拜访了许多国家的专家。当时与我交往最多的专家是美国人、日本人和欧洲人。这份任职给了我一个认识和研究世界环境问题的机会。经过学习和研究，我对如何进行环境管理得到了这样的认识：

世界上存在两种环境管理模式：一是苏联为代表的社会主义"计划经济模式"；二是资本主义"市场经济模式"。社会主义计划经济模式的经典理论是"有计划、按比例"发展。按照这个理论，经济社会发展都会合理地协调起来，不会出现畸形现象，特别是不会产生环境污染、生态破坏问题。这个理论模式有极大的诱惑力，西方有些经济学家曾认为这是解救西方经济危机、摆脱严重环境问题的出路。

随着苏联经济持续衰退特别是环境污染问题的大暴露，这个美梦也破灭了。我年青时曾对"有计划、按比例"的发展理论很欣赏。但是随着这几年我参与编制国民经济计划的实践，才认识到这个理论只是个"理想目标"，但这样的"理想目标"是可想而不可及的。当时的苏联没有做到，中国没有做到，资本主义世界也做不到。

世界上存在形形色色的市场经济形态，但在进行环境保护管理的模式上却大都是相似的，并且都取得了相当的成功。这个模式的要点是：政府对环境保护进行干预，制定规划和相应的法律、法规和标准，并切实监督实施；同时，运用经济手段对环境污染或破坏者实行激励或者约束；除了政府的干预之外，动员公众广泛参与也很重要，从一定意义上讲，环境保护是一场全民运动。我认为可以从这种模式中学到东西。联合国环境规划署（UNEP）是一座知识宝库，是如何进行环境管理的一所大学校，我在那里的学习和研究心得，对我探索中国式的环境保护有很大帮助。以后，在中国环境立法和政策、制度的建设中，我们借鉴了不少国外的经验。从内罗毕卸任回北京后，我与北京大学金瑞林教授、法学界的文柏屏、马骧聪教授和一些专家们经常就环境法进行研讨，一致意见是尽快出台环保法。"国环办"很快成立了环境法起草小组，我也成为其中的一个成员。

在内罗毕期间，我不仅结识了许多外国朋友和老师，还结识了一位中国科学院的专家——杨含熙先生。他到内罗毕开国际会议，我们都住在大使馆的大院子里。他是一位愿与人交流的人，一位大名鼎鼎的生态学家。我借机向他求教有关生态学方面的知识，他耐心地介绍了他在国外做的一些科学实验，并介绍了生态学的变化发展，也对中国开展这方面的研究与我交换了意见。因为有共同语言，很谈得来，我们很快就成为朋友。他对我有问必答，是一位诲人不倦的老师。

以后，在北京我们常常见面，成为知心的朋友。

新中国第一部环境法律出台

　　1976年10月,"四人帮"被粉碎。在全国一片欢呼声中,我卸去中国常驻联合国环境署代表职务,以极其兴奋的心情从内罗毕回到了北京。我在内罗毕期间,对西方国家环境政策及其效果做过一些了解和研究,并结合中国情况有过一些考虑,认为必须从环境立法开始,通过适当规划和严格的监督管理,促使环境状况向好的方面转化。为此,国环办曾提出过不少建议,虽然有些建议脱离实际,比如提出了"五年控制,十年解决"的环境治理目标。但是,还有许多建议是经调查研究和论证后提出的,是符合实际的。然而,由于种种原因,这些建议被束之高阁了。从"四人帮"被打倒到1981年的五年间,总的来说,环境保护工作无大起色。

　　在这个期间,唯一值得记述的是环境保护立法的进展。当时认识到环境法制对环境保护的重要性,成立了环保法起草小组,我参加了这项工作。

　　在总结几年环境保护工作经验的基础上,借鉴国外的一些好的做法，经两年的起草和广泛征求意见，1979年9月五届全国人大常委会第十一次会议原则通过了《中华人民共和国环境保护法(试行)》，从而结束了中国无环境保护法的历史。在这部法律中，明确了环境保护的范围，规定了环境保护的任务，并对自然资源开发利用和防治环境污染做出了若干具体规定。这部法律所提出的基本原则和框架都是好的，其中有四点特别值得一提，因为这四条规定在中国环境保护的发展中发挥了重要作用。

一是设立环境保护机构并确定其职能。在多年的工作实践中，我们深切意识到：如果不建立起环境管理机构体系，再好的规划，再好的主意也难被执行，环境保护事业就只能停留在一般号召上，难于打开局面。经过积极争取，在得到全国人大和国务院有关部门的支持后，建立环保机构被写进了环保法。环保法中规定：国务院设立环境保护机构，各省、自治区、直辖市设立环境保护局。市、自治州、县、自治县根据需要设立环境保护机构。除国家一级没有按照该法及时设立正式机构外，各省、市、区都相继设立了环境保护局，市、州、专署、县也大都设立了环保局，为环保事业提供了组织保障。同时，也培养了一批有事业心、熟悉业务和有很好组织才能的干部。不仅对当时，而且对以后的环保事业的发展，都起到了十分重要的作用。

二是明确环境责任，建立排污收费制度。从1973年开展环境保护工作以来，工厂和工业部门认为排放污染物是理所当然的事，记得当时工业界曾有这样的话：人要吃饭拉屎，工厂生产也要排污。认为治理环境污染是政府和社会的事，不是他们的责任，而当时许多地区的环境管理部门又在从事污染治理。各级环境管理部门，包括国环办在内都存在着"治理"和"管理"之争。环境责任划不清，就难以推动环保事业前进。起草小组认为，这是必须首先解决的问题。为此，在环境保护法中做出规定："谁污染，谁治理。"这是从市场经济国家"污染者负担"原则借用过来的。从而划清了环境污染治理的责任，也明确了环境管理部门的责任，就是依照规划和法规进行监督管理。这对于推动污染防治和资金筹集都有着重要意义。同时，根据这条原则，还规定了征收超标排污费。这是一项创举。这项制度不仅促进了污染的治理，而且对于强化环境监督管理和环境机构的能力建设都发挥了至关重要的作用。

三是规定了环境影响报告制度。新建、改建、扩建工程时，必须提出对环境影响的报告书，经环境保护部门审批后才能进行建设。这是从出席国际会议中学来的。当时这种制度只在一两个国家施行。我们认为，先评价后建设制度，是预防环境污染的积极措施，故大胆地写进了法里，从而奠定了环境监督管理在工业建设和其他重大建设项目中的法律地位。在其后各地实行的"环保一票否决制"，就是这条法律的延伸。实践证明，这项制度对于改善工业布局和控制新的污染源都发挥了重大的作用。

四是规定了"三同时"制度。为了控制工业污染，从七十年代初试行一种"三同时"做法，即防治环境污染的设施，必须与主体工程同时设计、同时施工、同时投产。实践证明，这是控制工业污染的有效做法。我们在起草时，把这项中国土生土长的经验,作为一项制度确定了下来。从那时起直到今天,这项制度都成为控制环境污染的一项重要措施。

随着改革开放的不断深入和发展,中国的环境法律也随之面临着进一步完善立法,同时又要修改已不适应新形势下环境保护需要的原有环境法律的局面。

最先提上修改议程的法律是《环境保护法(试行)》。修订后的《环境保护法》于1989年颁布实施,首先在名称上与1979年的《环境保护法(试行)》不同,同时改变了1979年法律的结构,将7章33条改为6章47条,虽然少设了一章,但是增加了14条,突出了环境监督管理和法律责任的内容,使得环境保护的对象更加明确,条款更加规范,法律责任更加具体,也更加便于实践操作。

周恩来是新中国环境保护事业的开创者和奠基人

1969年，我调到国务院计划起草小组，有幸在周总理领导下工作。也就从那个时候起，我才接触环境保护方面的一些事情。从那以后到现在，我一直在从事环境保护工作。每当回忆起中国环境保护发展历程的时候，就非常怀念他。中国的环保事业是在周总理的重视之下开展起来的。他生前对环保事业非常重视，讲过很多话，作过很多的指示，今天我们国家制定的一些环境保护的方针、政策、基本思路，许多都是按照他的指示精神提出的。

一

二十世纪六十年代后期到1976年周恩来去世这段时间，中国正处在"文化大革命"之中。当时，国家机关瘫痪，学校停课，工厂停工，全国处于一片混乱当中。总理的大部分精力都是忙于处理"文化大革命"当中的那些事情。另外,国家方方面面的事情,外交方面的事情,也需要他来过问、处理,可以说日理万机。但就在这种情况下,他还是一直在想着关系到国家发展和民族未来的环境保护问题。他提出这个问题的时候,对于大多数人来说,甚至包括一些中央领导人,对环境保护这个词都感到陌生,不了解这方面的情况。但是他一再讲环境问题的重要性。他说,这个问题非常重大,在西方国家,环境污染已经对人民的生活和人民的健康造成很大的危害,激起了强烈的社会公愤,经济发展也受到很大的影响。环境问题对我们中国来讲虽然还是个新课题,但如果不注意,工业化搞起来,也可能会出现这种问题。他说:现在我们就应开始来抓这方面的事情。

我记得,当时我们很多人,包括一些领导同志,都觉得中国的环境问题不大,好像不必太着急。总理不同意这种看法。他说:这种看法不对,不要认为不要紧,我们对这个问题不能再等待了,从现在起就应该抓紧进行这方面的工作,防止环境问题出现。

那是1970年12月初,日本社会党前委员长浅沼稻次郎的夫人浅沼纯子到中国来访问。周总理在接见日本客人的时候,了解到随行的浅沼纯子的女婿是电视台一位专门报道公害问题的记者,就特意约这位记者作了长时间的谈话。他请这位记者详细介绍了日本公害的发展和危害的情况,以及现在日本采取的一些对策。谈话后的第二天,他指示我们要举行一次报告会,请这位记者来讲环境保护的问题。他还指示:除了请一些有关的科学技术人员来听这个课之外，国家机关的负责人和各个部委的负责人也都要来听这个课。所以，当时我们组织了一个报告会，请这位日本记者讲了一个下午。

我们在贯彻总理指示的过程中，遇到了难题。一些部委的军代表和部长们，来听一个外国记者讲话，感到接受不了，又不敢跟总理说。怎么办呢？于是我就想了个主意，坐在北京饭店小礼堂直接听的可以安排技术人员，中间拉根线到旁边的会议室，摆个喇叭，请部长们在会议室听。余秋里同志点头，当时也只能这么做。这也反映了当时的一种心态，好像身为一个大国的部长，听记者在那里讲话，不能接受。我们这种做法，也没敢告诉总理。

报告会结束后，总理打电话来问部长们听懂了没有？还指示要分组进行讨论，讨论的情况要向他汇报。在那个时候，"文化大革命"弄得他日夜奔忙，很多事情都顾不上了，但他对环境保护这件事情抓住不放，特别认真。我就传达总理的指示，请部长们组织听课的人，进行了分组讨论。讨论之后，向总理写了一份报告，汇报了讨论的情况。总理对报告作了批示，要求把这个文件发给出席全国计划会议的人，我们照办了。很幸运，现在我们把这个文件给查到了，这大概算是新中国历史上最早的一份关于环境保护的一个记录。从这件事情也可看出，总理抓住一切机会让我们的干部、让各行各业的领导人都来了解环境保护的重要意义。

我初步查了一下，总理为了唤醒各个方面对环境保护的注意，从1970年到1974年的五年间，他对环境保护作了三十一次讲话或批示。这仅仅是我这里有案可查的，是一个不完全的统计数字。但在"文化大革命"那样一种历史背景之下，对环境保护有这么多的讲话指示，也足以看出总理对这个问题的重视程度。

二

1971年3月，北京发生了一起污染事件，在北京市场出售的鲜鱼有异味。吃了这种鱼的人，感到全身无力，出现头痛、胃痛、恶心、呕吐这样一些中毒的症状。卫生部门把这个情况向国务院作了报告。周总理看到这个报告之后，非常重视，立即指示计划小组要查清原因。国家计委、国家建委立即组成调查组。调查的结果是官厅水库的水被污染了，污染源除了宣化地区以外，还有来自张家口、大同等一些地方的污水。调查组在六月份向国务院写出了报告。过了四天之后，总理就作了批示，要成立领导小组，开展污染治理，尽快改变被污染的现状。由北京、河北、山西、天津和国家有关部门组成官厅水库水源保护领导小组，指定组长为万里同志。我也是领导小组的成员。那时候万里同志刚刚被"解放"，一站出来工作就让他抓这件事。万里同志抓工作的一贯作风是敢抓敢管，勇于负责。先是进行调查研究，然后分期分批进行治理。前后经过两年的治理，官厅水库的污染被控制住了。这可以说是在新中国历史上，国家进行的第一项大规模的污染治理工程，取得了很大成功，为以后的水环境治理提供了重要的经验。

三

1972年，联合国决定在瑞典斯德哥尔摩召开一次人类环境会议。当时联合国派了会议的秘书长莫瑞斯·斯特朗到中国来，希望中国能够出席这次会议。周总理指示，中国派代表团参加会议。

在组团的过程中，外交部的建议是由卫生部组织。因为就当时的认识，一般认为环境污染危害人体健康，是个卫生问题。这样，就组织了一个以卫生部军代表为首的代表团，提了个名单。报到国务院后，总理说：这不行，环境问题不仅是个卫生问题，还涉及国民经济的很多方面。代表团回来要制订一些环境保护政策措施，卫生部做不了这些事，还得要综合部门来组团。总理要李先念和余秋里同志来办这件事。综合部门自然就是计委。当时余秋里同志指名化学工业部副部长唐克率代表团去出席。名单报到总理那儿，总理仍然认为领导力量还需要加强。他说：有工业、农业、水利、外交方面的人，还要有综合部门的人，再配一位副团长，由国家计委派出一位领导人。这样，余秋里同志指派计划小组为代表团准备一些主要发言稿，总理都一一过目。他并指出，对自己的成绩不要估计过高，也应该承认我们现在也存在环境污染问题，要注意学习国外一些好的经验。

当时在"文化大革命"当中，有些人不承认在社会主义制度下有环境污染，不认为国外有什么好的东西需要学。

在这种政治气候下，总理明确地提出来，要看到自己的环境污染问题，要注意向国外学习，表明了他一贯实事求是的态度。

会议结束后，代表团向总理作了汇报。汇报当中，在列举世界环境问题的同时，对照中国的一些情况，证实中国的环境问题已经相当严重，像大气污染、水质污染、固体废弃物污染、还有自然生态破坏等。在汇报中特别用了我归结的两句话："中国城市污染不比西方国家轻，自然生态方面的破坏，远在西方国家之上。"

总理说，我所担心的问题在我们国家还是发生了，而且还比较严重。他指示："立即召开一次全国性的会议，专题研究和部署环境保护问题。这个问题，不仅是国家有关部门要重视，还得让全国各级领导都要重视。"

1973年8月，在北京以国务院的名义召开了第一次全国环境保护会议。在这次会议上，大家汇集交流了全国环境方面的情况。

为了开好这次会，我们事先做了一次全国性的调查，并请各个省都来调查这方面的问题，还给一些省选定了一些突出问题的题目。其中比较突出的，像大连湾、胶州湾、上海、广州这一带，海湾的污染已经非常严重。我记得当时的大连有七处滩涂养殖场，由于污染，六处已经被关闭。胶州湾石油大面积地漂浮，触目惊心。再就是城市的大气污染，从东北一直到华南，几乎所有大中城市都面临这个问题。那时大气污染和现在比较的话，没有现在严重，但是与国外比较，已经比较严重了。还有，因为当时的工业布局比较乱，在风景区、在公园都可以开设工厂，工业污水不经过任何处理就随意排放，造成的危害非常突出。前面举的那起官厅水库死鱼的事件，就是工厂排出的废水有毒，特别是有个农药厂排出来的废水有剧毒，流入了水库造成的。像山东淄博，一百米以下的地下水都被污染了。在武汉，当时有一个很大的河湾，叫鸭儿湖，被工业废水污染得一塌糊涂，鱼类根本无法生存，并危及邻近的人民群众饮水。另外就是生态平衡被破坏。我们的森林覆盖率本来就不高，再加上不合理的采伐，数量已经不多了。"文化大革命"中，森林破坏达到空前严重的程度，草原退化的面积惊人，水土流失加剧，这些情况有关省市也都认可，情况一汇集，大家都大吃一惊。总理看了简报之后，指示把简报增刊，批转给中央各部部长和各个省第一书记阅看。会后又把这些简报扩大印发范围，发到全国各省、自治区、直辖市党政领导机关。

当时，上海是工业比较集中的大城市，上海的环境问题暴露得也比较突出，大气污染、水质污染都很严重。所以，总理曾对上海的同志说："你们喝喝北京的水，是不是比上海的水好啊。上海人对上海的水意见很大，有味道。黄浦江的污染不治理不得了。"周总理对北京的环境状况特别关心，他说："北京的大气污染已经很严重了。过去说'雾伦敦'，弄不好要成'雾北京'了。"他还说："北京是一个缺水的城市，要认真保护水源，污染水源的工厂不要再办了，不要因为没水吃，逼得迁都。"

第一次全国环境保护会议，是国人对环境保护从不认识中猛醒过来的一次会议。因为大家原先觉得中国的环境没有什么大问题，经过会议一摆，一对照，看到了问题的严重性。在"文化大革命"还在进行中，敢于揭发出中国环境问题，敢于揭露社会的阴暗面，与"四人帮"那伙人高唱的社会主义没有环境问题论完全唱反调，这太让人吃惊了。而且还在人民大会堂召开党政、人民团体等参加的万人大会，把环境问题公开于社会和世界，谁人有这样的气魄和胆量？只有周恩来。现在可以说，如果没有周恩来的胆略，环境问题摆上国家议程至少要推后十年。

但是，会议开始后的几天，出席会议的人讲的都是做了哪些方面工作，取得了哪些成绩。对存在的环境污染和生态方面破坏的情况，却很少提及。即使会前打过招呼的环境问题，也是轻描淡写地说两句应付话，不敢细讲。

会议领导小组开会研究如何才能摆出问题，找出原因。我说：现在还是"文化大革命"时期，大家揭发问题，不敢说社会主义中国有环境污染。为了打开局面，我建议把从对主要城市、地区调查中整理出的突出环境问题的材料，用"简报增刊"和"情况反映"印发，特别要用"国务院计划起草小组"的名义刊出，以表明国务院对环境问题的看法，这样大家就放心了。经过讨论，同意了我的建议，就用国家计委环境保护办公室的名义接连发出"简报增刊"和"情况反映"。

果然，这些简报让人们发生了震动，会议上纷纷表示：国务院对环境保护问题都表态了，我们还有什么可怕的。（人们把总理为组长的国务院计划起草小组看作是国务院了），纷纷摆出了大量环境问题。大体上实现了总理对会议的要求。

第一次环保会议的功绩，最主要的就是唤醒了国人，特别是各级领导人对环境保护问题的重视，使大家警觉起来。应该说这是会议的一个很大成功。

在这次会议的讨论中，大家都说周总理英明，站得高，看得远，因为他早在前几年就一再讲环境问题的重要性。他认为这是一个关系到国家、民族生存发展的大问题，现在如果不抓，就为时已晚了。就在这样一个认识的基础上，国务院批准了会议提出的环境保护工作规划，建立了一个环境保护工作机构，当时叫"国务院环境保护领导小组办公室"，把环境保护列入了议事日程。在"文化大革命"那样混乱的条件下，环境保护这项工作竟然被摆上国家的议事日程。这段历史也使我们可以看到周总理作为政治家，以其特有的远见卓识，预见到了中国未来发展中可能遭遇的环境难题并抓住环境保护问题不放。

四

今天我国环境问题的现状，证明周总理高瞻远瞩。他在讲话和指示中特别强调如何来治理环境，怎么来保护环境。他认为：控制环境污染最有效的方法应该是实施"预防为主"的方针，而不是在污染发生之后再去处理，要预先防止污染的发生才是积极的。对于出现了的问题，要能够马上去消除。"预防为主"的方针，原是卫生部门的方针，总理把它用到环境保护上来。总理关于环境保护的这一指导思想和方针，现在还是我国环境保护工作的一条基本方针。

周总理曾说："我们一定要重视环境保护问题，我们是工业化刚刚起步的一个国家，我们不能走工业发达国家'先污染后治理'的老路，要避免出现西方一些工业发达国家环境污染的情况。如果做不到这一点，社会主义制度的优越性怎么体现出来？还怎么能称得上是社会主义国家？我们应该在建设之初，从产品选择、厂址选择、技术设备的选择等方面开始，就注意环境保护的要求，要考虑到建起来之后，不要造成什么大的污染和破坏。我们搞建设，一定要想到人民的利益，想到子孙后代，不要做对不起子孙后代的事情。"他还说："这样做，可能投资要多花一些，但这是很值得的，为了人民的利益，为了国家的长远利益，都是非常值得的，应该这么做。"他还要求国家计划委员会在制定国家经济发展计划的时候，就要注意环境保护问题，支持各个省、市、自治区来抓这方面的问题。总理的这些指示由于"文化大革命"的影响，没有得到很好地贯彻执行。但是，他的这些思想对我们今天的现代化建设事业来说，依然具有极大的教育和指导意义。

周总理关于治理环境污染的另一个很重要的思想，就是开展综合利用。他认为：工厂排出的废水、废气、废渣这些东西，如果经过适当的处理，也可以把三害变成三利。周总理经常讲两句非常有名的话，叫做"化害为利，变废为宝"。这两句话，一直到今天还指导着我们的环境保护工作，仍然是我们的指导方针。周总理从人类发展的历史，从物质循环利用的角度，认为世界上不应该有什么废物，任何东西都是可以加以利用的。

　　有一次，总理在参观一个石油化工厂时，看到天空有一个烟囱在那里冒着黄烟。他就讲："这个黄烟是很有毒的，要赶快想办法，解决这个问题。"当时陪同他参观的人就说："我们准备把它烧掉。"总理说："烧掉是下策，放空是下下策，综合利用才是上策。"综合利用，总理讲得比较多。他认为很多东西是完全可以做到化害为利的。比方说："废水经过处理之后，至少可以灌溉，这就做到化害为利了。"我们当时根据他这个指示，曾经在全国对污水进行了一些治理，许多地方真的实现了这一条，污水经过适当处理之后，变成了农田的一种水源，收到了很好的成效。有些电厂把废渣变成了建筑材料。所以在二十世纪七十年代，环境保护工作虽然不能像总理指示的那样全面开展起来，但是在当时的条件之下，在综合利用方面还是做了大量的工作。中国环境保护的起步，主要就是根据总理的指示，从开展综合利用开始的。

　　现在联合国有关机构和世界上许多国家保护和治理环境的方针，都是强调资源的综合利用，认为这是一条根本途径，也就是我们今天讲的可持续发展。咱们中国有位大科学家钱学森先生，他就一再强调环境保护要搞资源的综合利用，要把有害环境的物质变成有用的资源，这是一条积极的出路。今天，资源的综合利用这一条，在全世界都取得了共识。可见总理在环境保护方面的主张，确实高瞻远瞩，深谋远虑。

　　在环境治理当中，总理提倡实事求是，不要夸大，更不要弄假。当时在北京有一家石油化工厂进行污水处理，称污水处理的程度非常高，能够养鱼。总理曾经陪着一些外宾去看过这个污水处理厂，确实看到鱼在水里游来游去，得到外宾的称赞。后来在一次会议上，总理得知这个厂弄虚作假，所谓处理后的污水能养鱼，完全是换上了自来水，并非处理过的污水。总理严厉批评了这件事情。总理说：一个国家干部，一个共产党员怎么能够做这种事情？怎么能够弄虚作假骗人？很要不得。而且他还指示外交部，要向那些看过这个污水养鱼的外宾去作检讨，说我们根本就没有过关，是欺骗了他们。总理批评的时候，我正好在现场。第二天，我把这个话向北京市作了转达。北京市很认真，立即向那个石油化工厂传达了。这个化工厂的负责人在全厂职工大会上作了检查，对自己的错误进行了自我批评，而且采取了一些纠正措施。以后，这个厂子在污水处理上还是做得很不错的，直到现在，还是环境保护工作做得比较好的一家企业。我想这跟当年总理对他们的一些要求和批评是分不开的。

第二章 十载磨砺成方略

我这十年

1982年至1992年是我任国家环保局局长的十年，这十年恰逢我国改革开放从起步走向成熟，这个过程也是全国的环境保护不断深化改革、提升水平的十年。

十年间，我国环境保护事业与时俱进，得到了全面而有成效的发展。这十年，中国的国民生产总值平均每年增长百分之九点六，而环境质量状况基本维持在比较平稳的状态。在工业污染防治、城市环境综合整治、生态保护方面都取得明显进展。环境政策、环境法制以及环境管理体系的构架初步形成。

应该说，那是我国环境保护事业实现重大转变的十年，也是我国环保事业极为艰辛、继往开来的十年，可圈可点！

走出了一条有中国特色的环境保护道路

今天，我们回顾二十世纪八十年代环境保护的这段历程，总结那十年的基本经验，最值得肯定的成绩大概是，经过十年的磨砺，我国走出了一条有中国特色的环境保护道路，为环境保护事业的发展打下了比较坚实的基础。

1. 确立了环境保护的国策地位

在总体战略上，确立了环境保护的国策地位，推出了"经济建设、城乡建设、环境建设同步规划、同步实施、同步发展，经济效益、社会效益、环境效益相统一"的战略方针。

1983年12月31日，第二次全国环境保护会议在北京人民大会堂隆重开幕。国务院副总理万里主持会议并发表重要讲话。国务院副总理李鹏代表国务院在报告中明确宣布：环境保护是我国必须长期坚持的一项基本国策。同时提出，在我国社会主义现代化建设中，要实施"经济建设、城乡建设、环境建设同步规划、同步实施、同步发展，实现经济效益、社会效益、环境效益相统一"的指导方针。这是国务院高瞻远瞩、统揽全局的决策。

国策，原为《战国策》的简称。这部千古不朽的丛书，汇集了春秋战国时期各国谋士所谋划的御敌、强国、富民的重大策略。中国历朝历代都把那些立国之本、治国之道、强国之路的"御侮之筹谋，济时之方略"称之为国策。

环境保护为什么被确立为我国的一项基本国策？这是根据环境保护自身的性质和我国的国情决定的。环境是人类生存与发展的根基。环境保护是强国富民安天下的大事，是关系到国家能否持续发展的大问题。二十世纪七十年代以来，随着我国人口的增长，经济的发展，人民消费水平的提高，使我国本来就已短缺的自然资源和脆弱的生态环境面临着越来越大的压力；日益严重的环境污染和生态破坏，已成为我国改革开放和现代化建设的突出问题。如果不能有效地阻止这种事态的发展，改革开放和经济建设就难以顺利进行，广大人民群众的健康水平和生活质量也难以得到改善。正是在这一背景下，环境保护被推上了国策的地位。

国策地位的确立，极大地增强了全民的环境意识，并把环境意识升华为国策意识。同时，还有力地改变着人们陈旧的价值观、生产观、发展观。这对当时还处于困难中的环保事业无疑起到了巨大的鼓舞和推动作用。

经济建设、城乡建设、环境建设同步规划、同步实施、同步发展，实现经济效益、社会效益、环境效益相统一的方针（以下简称"同步发展"方针），是我国环境保护战略的总方针、总政策。这一总方针、总政策，表达了环境与经济社会发展相统一的观念和战略思想，摒弃了"先建设、后治理"的道路，体现了建设有中国特色社会主义现代化总目标的要求，为正确处理环境与发展的关系指明了方向，奠定了基础。

应该说明的是，早在1978年12月31日《中共中央批转环境保护工作汇报要点的通知》中就明确指出："消除污染，保护环境，是进行经济建设，实现四个现代化的一个重要组成部分。""我们绝不能走先建设、后治理的弯路。我们要在建设的同时就解决环境污染的问题。"为贯彻中央这一《通知》精神，国务院环境保护领导小组办公室（以下简称国环办）在二十世纪八十年代初提出了经济建设与环境保护协调发展的思路，强调在制定国民经济计划时，要对环境保护统筹兼顾，综合平衡，达到协调发展的目的。经过三年多的实践，这一思路总结深化为"三同步、三效益"的思路，并作为与"国策"相配备的环境保护战略的总方针、总政策，写进第二次全国环境保护会议的报告中，并经国务院审定发布。同步发展的方针与协调发展的思路是一致的，只是更加强化了法制的特性，更具有权威性和可检验性。同步发展的方针，与五年后国际上提出的可持续发展的思想，在理念上、思路上是一脉相承的，有着异曲同工之妙。

第二次全国环境保护会议的召开，标志着我国环保事业由起始阶段跨进了一个重要的新的发展时期，在中国环保事业发展史上具有重要意义。选在1983年的岁末召开这次会议，既出于谋划，又恰逢巧合；既有纪念意义，又有传奇色彩。会议的第二天就是1984年元旦，正是送旧迎新的时刻。会议期间，各级环保工作者和与会的各界代表，看到党和国家对环境保护已作出了重大决策，把环境保护摆上了议事日程，兴奋的心情难以言表。

有位代表兴奋得彻夜难眠，赋诗一首：

一夜连双转，夜半两年分。
今岁今宵尽，明年明日辉。
寒随夜中去，春逐五更来。
展望环保业，喜庆满胸怀。

这首五言诗，可以说表达了与会代表与广大环保工作者的共同喜悦。这次会议开的时间比较长，讨论得也相当充分，直到1月7日闭幕。

2. 形成了环境保护三大政策与八项管理制度

第二次全国环保会议之后，全国环境保护工作以强化环境管理为中心全面展开。各级环保部门和广大环保工作者，团结一致，以新的面貌、新的姿态，在改革开放的舞台上，努力开创环保工作的新局面。在工作实践中，不少环保部门的领导不断总结、丰富自己的经验，提高自身的管理水平。

在此期间，国家环保局的领导集体，十分重视各地环保部门创造的经验，带领机关干部深入基层，深入实际，调查研究，把基层的一些具体做法和经验，通过筛选提升，选择一些有推广价值的做法和经验，在部分省、市进行试点，经过五年的摸索和实践，在总结试点的基础上，提升为政策和制度方案，在1989年第三次全国环保会议上，集中推出了三大政策和八项制度，从而使我国的环境管理由一般号召和行政推动进入到法制化、制度化的新阶段。这是一个重大的、具有根本意义的转变。应该说，从1983年到1989年的五年间，是探索中国式的环境保护道路最为活跃的一个时期。

为何将"预防为主""谁污染谁治理"和"强化环境管理"称为三大政策呢？大就大在三项政策均具有总体性、基础性和方向性的特征。我国许多环境经济政策、技术政策和管理政策，都是从这三项政策中衍生或延伸出来的。三项政策各有相对的独立性，但更具有统一性和系统性。三项政策中强化管理是中心、是主体，预防为主和谁污染谁治理为"两翼"，是围绕着强化管理这一中心展开的。

环境政策对全国环保工作有着导向和调控作用，使环保工作沿着一个正确的方向前进。三大政策的出台有先有后。预防为主是作为方针提出来的，谁污染谁治理是原则，强化管理是手段。

最早出台的是预防为主，是周恩来总理在上个世纪七十年代初期作为环保工作的方针提出来的，到七十年代中期就衍生出新建项目"三同时"制度和八十年代初期的环境影响评价制度。再后来的排污申报登记及排污许可证制度，以及到九十年代后期的总量控制制度，都是在这一政策指导下派生、发展出来的。

谁污染谁治理是七十年代末从国外引进来的，国外称之为"污染者负担"原则，为了通俗化、口语化、便于执行，确定为"谁污染谁治理"原则，并列进了1979年颁布的《环境保护法》中。依据这一原则实施了排污收费制度。这一制度出台时，中国还处于计划经济时期，由政府直接管理工业企业。把国外市场经济下的制度引入到中国计划经济中来，阻力之大是可想而知的。对企业收取排污费，意味着减少了国家和地方政府的财政收入，是强制从国家和地方财政中切出一块来治理污染。当时国务院环境保护办公室与财政部、国家经委反复协商，在"切块"的大小即财政负担的大小上争执不下。

环保部门根据河北、江苏、辽宁等地的试点推算，要使排污收费成为促使企业治理污染的经济刺激杠杆，全国收费总额每年应到十亿至十五亿元才能有效。财政部门认为口子开得太大，国家财政难以承受。可是，面对严重的污染形势，现在不开这个财政口子，到污染积重难返时，财政上就要开更大的口子。由于当时国家正处于三年经济调整时期，国家财政困难，为了尽快打破僵局，使征收排污费制度出台，经一再商讨，决定把收费标准定在全国每年征收五亿元之内，并上报国务院批准，于1982年2月颁布了《征收排污费暂行办法》，在全国正式推行了征收排污费制度。在征收的第一年，由于各级环境管理部门认真实施就突破了五亿元的限额。四年间，到1986年全国征收排污费已累计达到三十八亿元，平均每年接近十亿元。

实践证明，标准定低了，有些企业宁愿交纳排污费购买"排污权"，也不愿治理污染。但是，排污收费制度的建立，从法律、观念和道义上明确了企业治理污染的责任，这是具有积极意义的。同时，从收取的排污费中拿出一块作为环境能力建设资金，也大大提高了各级环境管理部门的监督能力。

强化环境管理，是依据对国情的深化认识而出台的。上个世纪八十年代初，我国的环境污染和生态破坏的势态非常严峻。究其原因，大量的环境问题是由于管理不善造成的。在我国经济、科技发展水平不高，国力有限的情况下，不可能靠高科技、高投入来解决环境问题，最有效的办法是依靠政府采取行政的、法律的和经济的手段，强化环境管理，以管促治理，以管促保护。在政企合一的情况下，我们的环保部门摆脱政府直接管理企业的束缚，不去直接管企业的污染治理，而是行使政府的监管职能，促其治理，这是我国环保工作在指导思想上具有历史意义的转变，在第二次全国环保会议上，得到了国务院的充分肯定。

八项制度中的"三同时"制度、环境影响评价制度、排污收费制度是1983年前推出的三项老制度；城市环境综合整治定量考核制度，环境保护目标责任制度，排污申报登记和排污许可证制度，限期治理制度和污染集中控制制度五项制度，是1983年后推出的新制度。当然，国家在1987年曾分两批下达过三百六十七项污染源限期治理项目，在《环境保护法》（试行）中，对限期治理也作出了规定，但没有得到普遍重视。鉴于这项制度的重要性，所以仍列入推行的新制度之列。集中控制制度出台时，不少人认为不能够构成制度，只应算是一项措施。所以全国第三次环保会议后，有一段时间把"八项制度"称为"八项制度和措施"，其中的"措施"就是指这项制度而言。后来实践证明，特别是通过城市环境综合整治证明，在国家经济具有一定能力和城市发展到了一定阶段之后，城市（包括乡镇）集中控制污染，便成为防治污染，推进城市现代化建设的必由之路。污染集中控制作为一项制度，便顺理成章了。

第三次全国环境保护会议的最大贡献，是把第二次环境保护会议制定的大政方针，具体化为"三大政策"和"八项管理制度"，这是对有中国特色的环境保护道路的新开拓、新发展。三大政策和八项制度把不同的管理目标、不同的控制层面和不同的操作方式组成为一个比较完整的政策和管理体系，基本上把我国主要的环境问题置于这个体系的覆盖之下，建立起一个充满活力而又灵活有效的环境管理机制。这是立足于国情，总结多年环境管理的实践经验，学习和借鉴外国先进管理经验的产物，也是我国环保工作改革开放、创新奋进的重大成果，是我国环境管理从理论到实践逐渐走向成熟的重要标志。

3. 建立和完善法律体系，把环境保护建立在法制基础上

1978年12月党的十一届三中全会，是新中国成立以来党的历史上具有深远意义的伟大转折。全会果断地把全党工作的重点转移到社会主义现代化建设上来，作出了实行改革开放的伟大决策，加快了民主化、法制化的进程。邓小平同志在题为《解放思想，实事求是，团结一致向前看》的讲话中，阐明了加强法制建设的重要性，明确提出："应该集中力量制定刑法、民法、诉讼法和其他各种必要的法律。"并将《森林法》《草原法》《环境保护法》列举到"必要"制定的法律中。

1978年3月全国五届人大颁布了新修订的《宪法》。修订后的《宪法》中，第一次列进了环境保护的条款，即"国家保护环境和自然资源，防治污染和其他公害。"

有了《宪法》的依据和十一届三中全会的精神，国环办于1979年初即组织了环保法起草小组，在总结我国环境保护经验和众多热心环保法律专家的指导下，很快拿出

了法律文本的送审稿，经国务院审定后，提交1979年9月五届人大常委会第十一次会议审议通过，以《中华人民共和国环境保护法》（试行）（以下简称《环境保护法》）颁布实施，成为我国历史上第一部环境法律，也是十一届三中全会后颁布最早的少数几部法律之一，推动了我国环保事业的发展。

《环境保护法》虽然是试行法，有些法律条款也不甚规范，缺乏法律的强制性，但作为环境保护的主体法，该法不仅明确了我国环境保护的任务和对象，而且对环境监督体制、基本原则和制度、污染防治及自然保护的基本要求，以及环保部门建设、法律责任等，都作出了相应的规定。《环境保护法》的颁布实施，对推动全国环境保护工作走向法制轨道起到了极大的作用，为中国环保历史增添了光彩的一页。

1982年11月，五届全国人大第五次会议通过了新修改的《中华人民共和国宪法》。新的《宪法》以1954年《宪法》为基础，纠正了1978年《宪法》中存在的缺点，内容更加完备，增加了许多适应改革开放和社会主义现代化建设的新内容。在有关环境保护条款中，也将原来的一条增加为两条，这就是："国家保护和改善生活环境和生态环境，防治污染和其他公害。""国家组织和鼓励植树造林，保护林木。"（第26条）"国家保障自然资源的合理利用，保护珍贵的动物和植物。禁止任何组织或者个人用任何手段侵占或者破坏自然资源。"（第9条）

《宪法》是国家的根本大法，具有最高的法律权威。

《宪法》在总纲中列进了环境保护与资源保护的条款，这就明确了环境保护与资源保护的法律地位，为制定中国的环境与资源法律提供了依据。

新《宪法》颁布后，城乡建设环境保护部环保局于1983年成立了《环境保护法》修订小组，依据环保法试行中出现的各种实际问题，以及环保工作中特别是强化环境管理中的新鲜经验和试验性制度，对试行法从内容到结构作了整体上的修改，直到1987年才形成了新的《环境保护法》送审稿，由国务院提交全国人大审议，于1989年12月26日七届人大第十一次常委会通过颁布实施。这是我国环境法律建设的一个重要的里程碑。新的《环境保护法》与原试行法相比，有以下特点：

（1）在体系结构上更加合理。新的《环境保护法》删去了"环境保护机构和职责""科学研究和宣传教育""奖励和惩罚"三章，新设了"环境监督管理"与"法律责任"两章。全法共设总则、环境监督管理、保护和改善环境、防治环境污染和其他公害、法律责任及附则六章。结构比较合理，内容比较齐全，法律条文的语言也比较规范、严谨。

（2）对环境管理实践中的新经验、新做法，在法律中尽量地加以确认。例如，在法律中规定的"各级人民政府，应对本辖区环境质量负责"等条文规定，就是从实践中总结出来的重要经验。

（3）突出了环境管理。单列了"环境监督管理"一章，对多年实施强化管理的内容、制度、政策措施作了集中规定，在法律上予以确认。

（4）法律责任明确具体，规范性和操作性强，对违反法律规定行为，明确了处罚措施，维护了法律的严肃性。

在制定和修改《环境保护法》主体法的同时，还加快了环境、资源保护方面的单行法的立法进程，截止1992年底，我国在环境法方面颁布实施的单行法有《海洋环境保护法》（1982年）、《水污染防治法》（1984年）、《大气污染防治法》（1987年）三部法律；在资源法方面颁布实施的有《土地管理法》（1986年）、《森林法》（1984年）、《草原法》（1985年）、《渔业法》（1986年）、《矿产资源法》（1986年）、《水法》（1988年）、《野生动物保护法》（1988年）、《水土保持法》（1991年）八部法律。

此外，十年间，由国务院制定颁布的国家行政法规（条例、规定或办法）二十三件，如《噪声污染防治条例》《征收排污费暂行办法》《水污染防治法实施细则》等；由国家环保局单独或与有关部门联合发布的规章有二十六件。另外，国务院环境保护委员会也发布了二十多件具有法规权威的"决定"。根据《宪法》和地方组织法的立法体系，各省、自治区、直辖市及授予立法权的省会市、计划单列市和特区市的地方人民代表大会及同级政府，为实施国家环境保护法律、法规，结合本地区的实际情况，也制定了一批地方性的环保法律和政府行政性规章，据不完全统计，有近六百件。

各类环境标准是环境法律体系中的一个特殊的重要组成部分。环境标准有国家和地方（省一级政府颁布）两级标准。有地方标准的地区实行地方标准、法律规定，地方标准要严于国家标准。标准分为环境质量标准、污染物排放标准、环境基础标准及方法标准。截至1992年底，仅国家一级各类环境标准就达二百六十三项。法律规定，环境质量标准和污染物排放标准为强制性标准，凡违反这类标准，必须承担相应的法律责任。

为了加强环境保护的国际合作，维护国家的环境权益，同时也承担应尽的国际义务，截至1992年，我国先后缔结和加入了二十多项国际环境公约、协定和议定书等。主要有：《保护臭氧层维也纳公约》《控制危险废物越境转移及其处置巴塞尔公约》《防止倾倒废物及其他物质污染海洋的公约》以及《濒危野生动植物国际贸易公约》等。根据我国《宪法》的规定，这些经过按立法程序批准、加入的国际公约、协定和议定书，与国内法具有同等的法律效力。我国《环境保护法》还规定，如遇国际条约与国内环境法有不同规定时，应优先适用国际条约的规定，但我国声明保留的条款除外。

以上情况说明，我国环境法制建设的速度是很快的。短短十年间，就初步形成了以《宪法》为基础，以《环境保护法》为主体，以各项环境单行法和各项资源法为依托的法律体系，使我国环境保护工作逐步走上了法制轨道。

4. 把环境保护纳入国民经济和社会发展计划，实施国家计划指导下的宏观管理

1982年初，国务院环办专门下发了《关于加强环境保

护计划指导的几点初步意见》的通知，提出环境保护计划应做好四项计划的平衡工作，即：工业生产排污量与环境容量之间、基本建设项目与污染防治设施之间、城市人口增长和经济发展与社会发展（包括城市环境改善）之间、自然资源开发利用的数量与资源保有量及可更新资源的再生增殖数量之间的平衡。同时推出了八项计划指标与六项环保措施，广泛地征求各省、市环保部门的意见，为"六五"期间把环境保护纳入国民经济社会发展计划，做好前期工作。

经过一再地争取和做工作，国家"六五"计划终于把环境保护作为一个独立的篇章列入计划之中，实现了多年梦寐以求的突破。

万事开头难。国家"六五"计划把防止新污染的发展、努力控制生态环境的继续恶化、抓紧解决突出的污染问题、继续改善北京、苏州、桂林等城市的环境状况，作为"六五"期间环境污染控制的奋斗目标，规定了计划期内要控制与完成的六项指标：工业废水排放量与处理量、有害气体排放量与处理量、工业废渣产生量与综合利用率。计划还提出了主要政策措施。

由于计划中的环境指标没有落实到各工业部门和地方政府的年度计划中，环保投资没有进到国家财政的"笼子"里，"六五"环保计划的目标任务未能实现。但是，环境保护被纳入国民经济计划中就是一个重大突破，一个良好的开端，并从中总结出了许多宝贵的经验。

国家"七五"计划（1986年至1990年），环境保护被顺利地纳入，环境保护的目标、任务比"六五"计划具体了，并对计划指标凡是可以量化的都作了具体量化，增强了计划的可比性与可操作性。"七五"计划的主要特点是：

（1）除在环境保护的篇章中（第五十二章），规定了"防治工业污染""保护江河湖泊水库和海洋水质""保护重点城市环境""保护农村环境"以及"改善生态环境"五个方面的任务外，在社会发展的大栏目中，也把环境保护和国土整治列为社会事业发展的总体战略目标之一。

（2）在工业、农业、交通、能源、水利、城建等各项经济发展的计划中，都兼顾到环境保护的要求，提出了环境保护的相关内容。这表明，我国经济、社会与环境保护"同步发展"的方针在国民经济发展计划中得到了初步体现和认定。这是我国经济计划工作在指导思想上的一个进步。

（3）有相当多的省和市，在制定本地区"七五"计划中，第一次列入了环境保护的内容，提出了本地区"七五"期间环境保护的目标、任务和措施。

"七五"计划的改进，对全国环境保护宏观调控的作用有了明显的加强，加大了对控制环境污染的投入，对环保工作有很大推动。但是，由于环境保护仍未列入国民经济和社会发展的年度计划，环保投资难以在计划中落实，环境保护进入国民经济发展主干道的问题仍然没有完全解决。

从1989年开始，国家环保局在国家计委的支持下，开展了环保年度计划编制的研究工作，并在一些省、市进行了试点。与此同时，在编制国家"八五"计划中，国家环保局和国家计委要求各级地方政府，各工业主管部门，农业、林业、水利部门，按照"同步发展"的方针，在编制本地区、本部门、本行业的"八五"计划中，都要列入环保的内容，提出具体的目标、任务、措施，并分解到年度计划中落实。

国家"八五"计划（1990年至1995年）在发展战略中，突出了环保的国策地位，提出了环保的战略目标，专列了环保篇章；同时，编制了国家环境保护"八五"专项计划。专项计划把反映防治污染的二十一项污染物总量控制指标，分解到全国三十个省、自治区、直辖市和十四个计划单列市；对五十个环保重点城市，也下达了七项环境质量指标。这一专项计划，作为国家"八五"计划的重要组成部分，由国务院直接下达各地区、各部门、各行业组织实施。"八五"期间，在一些省、市编制环保年度计划试点工作取得成熟经验的基础上，于1992年在全国推行实施了环境保护的年度计划工作。至此，我国的环境保护事业才真正被纳入国民经济计划体系，置于国家计划指导下的宏观调控和管理之中。

5. 建立与健全国家环保机构，逐步形成以各级环保部门统一监督管理的环境管理体制

1982年，国家进行机构改革，国务院环保领导小组及其办公室撤销，成立了城乡建设环境保护部。至此，国务院环境保护机构结束了长达十年的临时状况，由一个临时

机构变成了国务院的一个主管部,并将"环境保护"冠之于部的名称。

很显然,城乡建设环境保护部的建立,国务院意在加强全国的环保工作。但事与愿违,没过多久,便朝着与国务院意图相反的势态发展,暴露出其明显的不适应。由于环境保护涉及各个部门和行业,是一项综合性、协调性很强的监督管理工作,国环办撤销后变为城乡建设环境保护部的一个专业局,不能直接行使组织和监督管理全国环保工作的职能,与国家有关部门和地方政府的联系渠道中断了。随后,在地方政府的机构改革中,为了上下对口,各省市政府也纷纷撤销了原有的环保局,变成城建部门的一个二级局,甚至变为一个处,极大地削弱了环保工作,使全国环保工作陷入困境之中。为了摆脱这种困境,经过一再努力,城乡建设环境保护部的环保局由专业局改为全能局,取得了一些工作的主动权,但仍没有摆脱被动的局面。

借召开第二次全国环境保护会议之机,我们把会前研究拟定的加强环保工作的意见报告国务院,国务院领导赞成这些意见。遂于1984年5月8日,国务院发出《关于环境保护工作的决定》。

《决定》明确指出,各级政府的环保机构是环境保护方面的综合、协调、监督部门,各地在机构改革中,应按照中央、国务院关于对经济、技术综合、协调、监督部门不要削弱的精神,加强和完善环保机构。已进行机构改革的地方,如果不符合这一精神,应作适当调整,使机构设置趋于完善合理,以承担起组织、协调、规划和监督环境保护工作的职能。《决定》还决定成立国务院环境保护委员会（以下简称国务院环委会），其主要任务是：研究审定有关环境保护的方针、政策，提出规划要求，领导和组织、协调全国的环境保护工作。国务院的决定，再一次确立了环境保护的国策地位，十分明确地把各级政府环保机构定位在综合、协调、监督、管理部门的行列之中。这是使全国环保工作摆脱困境的一个极为重要的文件。

国务院《决定》下达后，1984年7月，国务院环境保护委员会成立，委员会由李鹏副总理兼任主任，副主任由国家计委、国家经委、国家科委与城乡建设环境保护部主要领导兼任。环委会的办事机构设在建设部，由环保局代行。随后，全国各省、市及部分地、县政府也相继成立了地方政府的环境保护委员会。国务院《关于环境保护工作的决定》以及国务院环境保护委员会的建立，促使各省、市、区重新考虑环境保护管理机构的设置。全国大部分省、市两级政府很快恢复了独立的环境保护机构，多数恢复了一级局建制的环境保护局。

1984年12月，国务院将城建环境保护部环保局提升为国家环境保护局，仍隶属于部的领导，但计划、财政单列，人事相对独立，并能直接对外行文，组织、协调和指导全国的环境保护工作，使被动局面有所改变。

随着国务院环委会和各级地方政府环委会的成立，国家环境保护局的建立及地方各级政府环保局的恢复，全国环境保护工作走出困境，获得了新的生机与活力。

1988年4月，国家实施第二次机构改革。由于环保工作的深入开展和强化环境管理的需要，国家环境保护局顺利地由部属局升格为国务院直属局，成为行使主管全国环境保护工作的领导机关。同时，仍然保留国务院环委会，领导和组织协调全国的环境保护工作。在这次机构改革中，各级政府管理机构大量合并精简，而环保管理机构却普遍得到加强，有三分之二以上的省、市、自治区及其直辖市，均建立了一级局建制的环境保护局。

两次机构改革，使国家与地方政府的环保机构建设虽然走了一个"马鞍形"，但均使国家和各级地方政府的环保机构从总体上得到了加强并趋于完善，这是很不容易的，说明国家对环境保护的重视。

回顾这一段历史可以看到：党和国家对环境保护很重视，有关加强环境保护的意见和建议，只要把情况摆明了，道理讲清楚了，国务院都给予支持。同时，我们也深深感到，越是在困难的时候，全国环境保护工作者越是上下一致，精诚团结，自强不息，千方百计地把环保事业不断推向前进。

这一事实充分说明，我国环保战线经过十多年的磨炼，已经造就了一支热爱环保事业、勇于创新、开拓进取的干部队伍，特别是省市一级的领导骨干队伍。这支队伍在创建有中国特色的环境保护道路上，做出了历史性的贡献，这是难能可贵的。这批领导骨干，如今虽然已先后离开了环境保护的领导岗位，但他们的艰苦奋斗、与时俱进的精神，给我国环境保护事业留下了宝贵的精神财富。

历史经验与体会

1982年至1992年间，广大环保工作者在解放思想、实事求是的思想路线指引下，勇于克服困难，善于开拓创新，扎扎实实地做好各项打基础的工作，比较全面地推进环保事业的发展，取得了许多宝贵的具有历史性的经验。

1. **党和国家领导人对环境保护工作的关注，是引导我国环保事业前进的强大动力**

十一届三中全会后，全党恢复了解放思想、实事求是的思想路线，顺利地把工作重心转移到社会主义现代化建设上来。邓小平、陈云、李先念等老一辈无产阶级革命家和以江泽民同志为核心的党的第三代中央领导集体，十分关注我国经济发展中出现的环境问题，适时作出了一些重要的指示，为环境保护工作指明了方向。

邓小平同志针对1981年七八月间四川发生的特大洪灾，指出："最近发生的洪灾，涉及林业问题，涉及森林的过量采伐。""中国的林业要上去，不采取一些有力措施不行。"他还提出开展全民义务植树的倡议，发出了植树造林、绿化祖国、造福后代的号召，并且亲自带头，在每年三月的植树节到京郊植树。小平同志还针对桂林市的污染问题，指出："要保护风景区。桂林那样好的山水，被一个工厂在那里严重污染，要把它关掉。"他还特别关心北京的环境问题，多次提到，北京要搞好环境，种树种草，绿化街道，管好园林。

陈云同志针对上海市出现的酸雨问题向国务院建议："治理费要放在前面，否则后患无穷。"1988年8月，陈云同志在看了新华社和人民日报社记者反映本溪市和四川省环境污染状况的两篇报道后，心情沉重，立即给国务院领导李鹏、姚依林等同志写了一封信，信中指出："治理污染、保护环境，是我国的一项大的国策，要当作一件非常重要的事情来抓。这件事，一是要经常宣传，大声疾呼，引起人们重视；二是要花点钱，增加投资比例；三是要反复督促检查，并层层落实责任。"

李先念同志在中央财经领导小组听取第二次全国环境保护会议汇报时，完全赞成把环境保护确立为国策，赞成在国家计委、经委等经济综合部门设立环境保护机构，增加对环保的投入，实施经济与环保的统筹兼顾、综合平衡。他还亲自主持会议，审议一些大型建设项目的环境影响，改变了原定的厂址。在他担任国家主席时，他还为《中国环境报》创刊一周年题词：让子孙万代永远生活在美好环境中。

万里同志在担任国务院副总理和全国人大常委会委员长期间，十分重视环保工作。环境保护作为一项基本国策，首先就是得到他的支持后被确立的。他在城市规划与建设方面作出了许多重要指示。他指出：管好城市，首先要做好规划，创造一个良好的工作、生活和生产环境。他对北京、西安、桂林、杭州、苏州许多历史文化名城的规划，直到建设风格都作过具体指示。他特别重视国家的绿化事业，多年兼任国家绿化委员会主任。他指出：要广泛植树造林，还要种草、种灌木、种花，要放宽政策，除国家、集体外，要把绿化荒山、荒坡、荒沟承包到户，发展林草专业户，改造山河，治穷、致富。他对北京市的饮用水源给予特别的关注，亲临水源现场视察。在他的指点下，北京市政府对密云、怀柔两座水库的水源采取了严格的保护措施。

以江泽民同志为核心的党的第三代中央领导集体，以宽广的眼界观察全球环境与发展问题，把握时代特征，把可持续发展作为我国社会主义现代化建设的重大战略。二十世纪九十年代以来，江泽民同志发表了一系列重要讲话，对环境保护的战略地位、环境保护与可持续发展的关系，以及如何加强环境保护等基本问题，作出了深刻的阐述，他的"破坏资源环境就是破坏生产力，保护资源环境就是保护生产力，改善资源环境就是发展生产力"的论点，丰富并发展了生产力的理论。

李鹏同志在1983年担任国务院副总理（1984年至1988年他又兼任国务院环境保护委员会主任）和1987年接任国务院总理以来，十分重视环境保护工作。在这期间，国务院作出了许多加强环境保护工作的决定：1984年5月《国务院关于环境保护工作的决定》、1984年9月《国务院关于加强乡镇、街道企业环境管理的规定》、1988年国务院决定把从属于城乡建设环境保护部的环保局分出来，成为国务院的直属局、1990年12月《国务院关于进一步加强环境保护工作的决定》。另外，国务院环委会还作出了一些规定：《国务院环境保护委员会关于城市环境综合整治定量考核的决定》（1988年）、《国务院环境保护委员会关于促进环境保护产业发展的若干措施》（1992年）等。我国环境保护政策、制度和管理体制的形成，都是在这个期间建立起来的。

宋健同志作为国务委员分管环境保护工作，特别是1988年担任国务院环境保护委员会主任以来，对环境保护事业十分热心，倾注了大量心血。在他的领导下，国务院环委会成为重要的决策机构，作出了一系列重大决定，推动了环保事业的不断发展。1992年联合国环发大会之后，在他的领导下很快编制出《中国二十一世纪议程》，并报国务院批准，成为指导和推动中国可持续发展的纲领性文件。他在工作中注意调查研究，并以现场会的形式督促解决像本溪、白洋淀等地的严重污染问题，都取得了很好的效果。他勤于思考，善于总结，写出了大量有关环境保护的文章，对指导建设有中国特色的环境保护事业做出了重要贡献。

2. 把握好改革开放的契机，紧紧围绕经济建设这一中心开展工作，是各级环保部门必须牢牢把握的方向

我国是一个人口众多的发展中国家，必须把发展作为主题，各项工作都要以经济建设为中心来进行。环境保护作为国民经济和社会发展的重要组成部分，要始终围绕社会主义现代化建设的总目标，更好地为促进经济健康发展、社会进步和改善人民的生活质量服务；同时在经济发展中，把握好改革开放的契机，适时地推出有关环境保护的政策

措施，使环境保护工作置身于全国改革开放和经济建设的大潮之中。

1982年，中央提出了以提高经济效益为中心，对工业实行调整改组，进行技术改造，以逐步实现将外延扩大生产转向以内涵扩大生产为主的方针。当时，城乡建设环境保护部环保局通过调查研究，在1982年8月召开的全国工业污染防治经验交流会上，及时地推出了《关于结合技术改造防治工业污染的几项规定》（以下简称《规定》）。《规定》的中心内容是：对工业企业进行技术改造时，要把防治工业污染作为技改的重要内容，纳入技改的规划、计划，列入技改项目的投资方案之中，通过技改，最大限度地将可能产生的污染物消除在生产过程中，在提高产品质量、扩大经济效益的同时，解决工业企业的污染问题。为此，《规定》作出了既明确又具体的十条规定。这一《规定》于1983年2月由国务院发布实施，是国务院直接发布的第一个有关环境保护的国家行政法规。这一《规定》，指明了工业技改和技术进步的方向，对控制工业污染，起到了积极的推动作用。

1984年10月，中共中央作出了《关于经济体制改革的决定》，明确提出实行政企职责分开，"城市政府应该集中力量做好城市的规划、建设和管理，加强各种公用设施的建设，进行环境综合整治。"国家环境保护局在调查研究、总结一些城市经验的基础上，及时争取国务院环委会的同意，以国务院环委会的名义于1985年5月在洛阳市召开了全国第一次城市环境保护会议，作出了加强城市环境综合整治的决定，确立了综合整治的方向、目标与任务、指导思想与原则、政策与措施，并通过吉林省的试点，创立了城市环境综合整治定量考核制度，在全国普遍推行，极大地推进了全国城市环境综合整治。考核的范围包括环境质量、污染控制、环境基础设施建设三个方面，计有大气、水、噪声、固体废弃物和绿化共五类二十项指标。这一制度的实施，促使城市政府加强了对环保工作的领导，发挥了环保部门统一监督管理的职能，调动了各部门通力合作履行职责的积极性，这对推动我国城市的环境保护工作，加强污染防治，提高环境质量，改善城市生态环境，起到了巨大的推动作用。

1988年9月，党的十三届三中全会根据我国近年来的经济过热、通货膨胀加剧、社会经济领域特别是流通领域秩序混乱的趋势，提出了治理经济环境、整顿经济秩序、全面深化改革的方针，决定把1989年、1990年两年改革和建设的重点突出地放到治理整顿上来。

国家环保局抓住治理整顿的机会，作出部署，要求各级环保部门要顶住经济过热的压力，严格地行使法规赋予的权力，把好基建项目环境影响评价的审批关，理直气壮地控制那些布局不合理、污染严重的项目，绝不让其通过环保审批关，这就是"一票否决"的起源。对那些生产效益低下、长期亏损而又污染严重的企业，包括乡镇企业，依据环保法律和产业政策，促其关停并转。这一审时度势地强化环境管理的指导思想和措施，使环境保护工作完全融入了国家治理整顿、深化改革的方针之中。通过各级环保部门的依法管理和严格的环保审批把关，对压缩基建规模，调整经济结构，防止经济过热起到了积极的遏制作用；同时，对维护国家环境法律的尊严，建立新的环境管理秩序，提高环保部门的权威，无疑也起到了良好作用。

实践证明，我国的环境污染和生态破坏是在经济发展中产生的，也必须在经济发展中解决。离开了经济发展，孤立地就环保抓环保，或者脱离了国家经济发展和国力的实情，提出过高的要求，都是行不通的。环境保护与环境建设的目标，必须与同期国民经济发展的速度相适应。改革开放给我国环境保护注入了新的活力，带来了契机，要善于抓住每一时期的重心，及时地提出与改革开放的大政方针相一致的环保政策措施，把环保工作的监督管理融入到改革开放的大环境之中，只有这样，环保事业才能不断地前进。

3. 建立以合理开发利用自然资源为核心的环保战略，是推进我国生态保护与生态建设的必由之路

自然资源与生态环境是一个整体。不合理的开发利用自然资源，是造成生态环境的破坏与恶化、形成严重的环境问题的主要根源。我国森林的锐减、草原的退化、水土流失的加剧、沙漠化的扩展以及珍贵的野生动植物的濒危，都和滥伐、滥垦、滥围、滥采等不合理的开发利用自然资源有着直接的关联。因此，从1982年起，我国的环保工作逐步把合理开发利用自然资源作为生态环境保护的一项重要战略，放在突出的位置，提出了开发利用与保护增殖

并重的方针。

鉴于森林、土地、草原、河流、矿藏以及野生动植物均有专门的资源管理部门，环境保护部门主要是从生态环境保护的角度，对各种资源的开发利用实施监督性的管理与协调，从而尽力避免破坏性、掠夺性的开发利用资源，造成生态破坏的灾难，并把工作重点放在农业环境、水环境、海洋环境以及生物多样性的保护上。

保护农业环境，主要是倡导并参与组织发展绿色农业，进行生态农业的试点，在发展农业生产的同时，保护和改善农业生态环境。截至1990年初，全国生态农业县级规模的试点有二十九个，乡级一百三十八个，村或农场级的有一千多个，分布在全国各省、自治区、直辖市。发展生态农业的核心，是合理开发利用与保护农业资源，防治对农业环境的污染和破坏，避免对土地生产力的过度开发利用，防治水土流失，在改善农业生态环境的基础上，加速农业资源的增殖和能量转化，促进传统农业经济向高效持续生态农业经济的转型，实现农业生态产业化经营。

保护水资源和水环境的生态安全，历来是环境保护工作的重中之重。环保部门与水利部门合作，建立了跨省区的七大流域水系保护领导小组及其办事机构；发布了松花江、太湖、长江、黄河、淮河、海河等水系水资源保护条例及管理法规、标准；开展了水系流域的污染防治规划工作，其中长江、黄河、海河、淮河、珠江及松花江流域的防治规划于1989年完成，辽河流域及太湖水资源保护规划于1990年完成。这些规划方案都是在进行了前期科研工作的基础上，从流域的环境、经济、社会综合效益整体优化出发，制定了环境目标和实施方案，提出了政策措施。各水系的省、市政府依据规划，积极开展了一些污染防治工作，实施了一些水污染防治工程。

  我国的海域辽阔，海岸线漫长，海洋资源丰富。合理开发海洋资源，保护海洋环境，对我国经济社会发展具有十分重大的作用。1982年8月，颁布了《中华人民共和国海洋环境保护法》（以下简称《海洋环境保护法》）。这是我国最早的一部环境保护的专门法律。鉴于海洋资源的开发利用涉及交通运输、渔业、石油、矿产以及船舶工业等诸多部门，条条江河通大海，陆上的污染物，最终通过湖泊、河流被海洋所接纳。因此，海洋环境的保护不仅在海域，而且要在海岸、沿海城市以及入海河流进行保护。为了贯彻实施《海洋环境保护法》，国家环保局组织有关部门参照国际有关海洋保护的公约，起草了一系列关于海洋保护的国家行政法规、标准。其中，上报国务院审批颁布的有《防止船舶污染海域管理条例》（1983年）、《海洋石油勘探开发环境保护管理条例》（1983年）、《海洋倾废管理条例》（1985年）、《防止拆船业污染海域环境管理条例》（1987年）、《防治陆源污染物污染损害海洋环境管理条例》和《防治海岸工程建设项目污染损害海洋环境管理条例》（1990年）；同时，还颁布了一系列海洋环境标准，如《渔业水质标准》《海水水质标准》《船舶污染物排放标准》《船舶工业污染物排放标准》《海洋石油开发含油污水排放标准》等。以上情况说明，我国的海洋环境法律体系，是环保法律体系中形成最早，并且比较完善的一个法律系统。

二十世纪八十年代后期，国家环保局组织各有关部门和沿海省市政府编制了全国海洋环境保护规划，实施了海域功能区划工作，加强了渤海、黄海、舟山等重点海域的污染防治和海上污染损害应急处置工作，参与了联合国环境署组织的西北太平洋区域海洋环境保护行动计划。十年间，各级环保部门与国家海洋局及有关部门，分工合作，密切配合，为保护我国的海洋环境，促进海洋资源的管理与开发利用，进行了不懈的努力。

生物多样性的保护是我国自然资源保护的一个重要的领域，从八十年代以来，首先开展了调查研究和开展了规划工作。各级环保部门十分重视自然保护区的建设，与林业部门一起对那些急需保护的生物资源，抓紧建立保护区。截至1991年底，全国已建立自然保护区七百零八个，面积五千六百零六点六六万公顷，约占国土面积的百分之五点四。这些自然保护区，分别保存着国家各种类型的重要的自然生态系统和丰富的野生动植物资源，成为濒危野生动植物的避风港和保护伞。

与此同时，国家环保局还十分重视珍稀濒危动植物保存繁育中心和引种基地的建设。到1991年，国家环保局及林业、农业、海洋等部门，已建立了野生植物保存基地二百二十五处，野生动物人工繁殖场二百二十七个，珍稀濒危物种保存繁育基地二百多处。在全国各地还建设了一批作物品种资源库和动物细胞库、动物精子库、配子库、胚胎库。一些濒危野生动物，如大熊猫、金丝猴、麋鹿、朱鹮、东北虎、扬子鳄等的种群数量得到逐步增加；一些珍稀濒危植物，如金花茶、银杉、珙桐、普陀鹅耳枥、无目铁木等，通过人工繁殖也已获得成功。

自然资源和生态环境保护，涉及各个经济领域和多个管理部门，是一项极其复杂的综合性、协调性的管理工作。二十世纪八十年代以来，国家环保局克服体制上的困难，精心设计，在确立大政方针、制定法律法规、编制规划计划方面，实施了宏观上的监督管理，充分发挥自己的积极性，尽量避免大的经济活动和大型自然资源的开发建设工程对生态环境的破坏。

4. 加强环境科学研究，发展环保产业，把我国环境保护建立在科技进步和具有比较先进的技术装备的基础之上，是我国环境保护事业发展的重要保障

科学技术是第一生产力，而且是先进生产力的集中体现和主要标志。进入二十世纪八十年代，随着全球环境科学的兴起和我国环保事业的发展，掀起了我国环境科研的热潮，形成了中国科学院系统，高等院校系统，各工业、农业、交通产业系统，环境保护管理系统，四支环境科学队伍，开展了多学科、多领域的科学研究。环境科研的一些重大课题，被纳入了国家科技"六五"和"七五"计划之中，组织了科技攻关，取得了一些重要突破。主要表现在：

在基础和应用研究方面，从自然科学和工程技术范围

扩展到经济、管理、法学、哲学、社会科学范畴；从污染防治研究扩展到生态系统、自然资源保护以及全球性环境问题的研究；开展了环境背景值、环境容量、环境标准、环境质量评价、环境与人体健康、生物多样性保护、全球气候变化与臭氧层破坏发展趋势及其对中国生态环境、经济发展、人群健康的影响研究等。同时，在西南、华南两个典型地区开展了多学科的酸沉降综合研究，初步掌握了我国酸雨形成与分布规律，提出了综合控制对策。

在污染防治技术研究方面，由工业"三废"治理技术扩展到综合治理技术；由点源治理技术扩展到区域综合防治技术；研究开发出一批无污染或少污染的清洁原料、清洁能源、清洁生产工艺和产品以及"三废"资源化技术等。这些技术的开发、应用，不但取得了明显的环境与经济、社会效益，而且也推动了工业技术的升级换代和产业、产品结构的调整。

在自然生态保护方面，多次组织区域性生物资源的大规模多学科的综合考察，对典型生态区域破坏现状和恢复利用、荒漠化综合防治、草原改良、湿地保护、农业区划、生态农业的示范推广、农村沼气的利用、自然保护区建设，以及野生濒危动物的驯化和濒危植物的引种栽培等，都取得了可喜的成果。

在环境管理方面，密切结合中国的实际并借鉴国际经验，开展了环境战略、环境政策、环境预测、环境法律法规体系、环境经济手段、环境管理体制与制度，以及协调经济与环境关系、纳入国民经济社会发展计划和国民经济核算体系等研究，都取得了显著的进展，为建立符合中国国情的环境管理战略、政策、法律体系做出了积极贡献。

二十世纪八十年代初，我国从事环保治理建设的咨询服务单位只有少数几家，专门从事环保设备生产的厂家也很少。为了推动我国环保产业的发展，1984年1月成立了中国环境保护工业协会；同年三月，广州国际展览中心举办了第一届国际环境保护工业展览会。这一展览会，国家环保局组织了各级环境保护部门和企业界领导近三千人参观，国外的环保先进技术与设备，使与会者大开眼界，受到了启发，得到了鼓励。这次展览会，为我国环保产业的兴起擂起了舆论上的战鼓。此后，特别是1984年10月党的十二届三中全会发布《关于体制改革的决定》之后，扩大了企业的经营自主权，一些机械、电子、军工企业纷纷投入环保装备、监测仪器的生产，使我国的环保产业像雨后春笋般地发展起来。到1991年，我国已有从事环保技术开发、生产和经营的企事业单位两千五百多个，职工总数三十二万人，年产值三十八亿元，使我国环保产业的发展有了一个初步基础。

5. 加强环境保护的宣传教育工作，提高全民的环境意识，是我国环境保护事业发展的传家之宝

我国的环境保护事业是靠宣传工作起家，靠宣传工作开路的，也是靠宣传把环境保护的理念深深扎根于广大人民群众之中。改革开放以来，随着经济建设的发展，我国的环保事业越来越显现出其重要性。但是，由于环境保护

事业起步较晚，尚未被广大干部群众，特别是一些领导干部所认识。因此在发展生产、进行开发建设、作出经济决策中，往往忽视了对环境的保护，造成了环境污染和生态破坏。因此，国家环保局把提高全民的环境意识，特别是各级领导干部的环境意识，放在重要的位置。

一是在各级党校安排环境保护的讲座，利用党校培训各级领导干部的机会，组织有关专家讲授环境保护方面的知识，阐明环境保护与现代化建设的关系。各级党政领导干部，处在经济、政治的决策地位，其环境意识的高低，直接关系到各级政府和决策部门综合处理环境与发展能力的强弱。有鉴于此，国家环保局领导并推荐有关院校、教授定期与不定期到中央党校授课，收到了比较好的效果。

二是创办《中国环境报》，建立环保舆论阵地。《中国环境报》以高起点、大发行量创刊以来，始终围绕各个时期环境保护的中心工作，大力宣传环境保护的基本国策、方针政策、法律法规，报道全国各地环保工作的动态和典型经验，实施正确的舆论导向和舆论监督，发挥了重要的作用，成为我国环保事业强大的宣传舆论阵地，在国内外产生了广泛的影响。

三是建立了宣传机构和一支比较精悍的宣传队伍。1985年8月，国家环境保护局在秦皇岛市召开了宣传工作座谈会，决定在全国省、市、自治区及其直辖市组建宣传教育中心（以下简称"宣教中心"），开展本地区的环境宣传教育工作。会后，各地环境保护局积极响应这次会议决定，在各地政府的支持下，很快建立了省和市一级的"宣教中心"，形成了一支具有一定素质的环境保护宣传队伍。有条件的地区和单位，还拿出资金，给"宣教中心"建设了办公及活动场所，购置了现代化的宣传设施，运用音像、影视、多媒体等电教手段，进行形象化的宣传教育，增强了环境保护宣传的效果。

四是建立中国环境科学出版社，出版了大量的环境科学理论与工程技术方面书籍；支持各地办好环境科学、科普方面的刊物，加强环境科普知识的宣传。

五是充分发挥国家、地方报纸、刊物、广播、电视等媒体的宣传作用，开展社会化的宣传。从1986年起每年的"六五"世界环境日和"地球日"，在全国都要开展丰富多彩、声势浩大的群众性的纪念宣传活动，造成强大的环境保护的社会舆论。

保护环境，教育为本。从二十世纪八十年代起，我国的环境教育事业取得了长足进展。推进了高等、中等院校的环境专业教育。据统计，到1990年，我国有七十九所高等院校设置了多门类的环境学科或专业，像北大、清华、同济、南大、南开、北师大、武大、中山等著名学府，都设立了环境工程、环境法律、环境经济、环境规划及生态学方面的科系专业，共有在校生一点一万人。同时，还有一百零七个硕士授予单位，三十八个博士授予单位，以及十多个博士后流动站，在校的各类研究生已达五百多人。高等院校的环境专业教育，为我国环保事业的发展源源不断地输送了各类专业人才，成为环保战线上的一支重要的生力军。

开展了中小学的环境教育。"环境教育从娃娃抓起"是当时十分流行的一句口号。从八十年代起到九十年代初，我国中小学环境教育由点到面，异常活跃，已经在全国中小学校普遍开展起来，渗透到课堂、课外的各项教学活动中。中小学生是科学知识、个性倾向、思想道德观念形成的关键时期，也是中华民族的希望之光。开展中小学校的环境教育，对中国未来的环境与发展，无疑是一个极其重要的环节。

加强了职业教育和成人教育。建立和健全了干部职工的业务轮训、业务考核及持证上岗制度，组织编写了一套比较完整的基础教材，使继续教育、成人教育和岗位培训向制度化、规范化迈进。

环境宣传教育工作，是环境保护事业的一项立足现实、面向未来的长期而又艰巨的任务。我们深深感到，应该把环境宣传教育事业作为我国环境保护的基本建设，作为传家之宝，一代一代传下去。

万里拍板，环境保护被列为基本国策

如果说1973年的全国第一次环境保护工会议解决了我们对环保问题的认识的话，那么十年之后1984年年初召开的全国第二次环境保护工作会则解决了环境保护要做什么的问题，这是我国环境保护历史上又一次里程碑式的会议。

最重要的是，在这次会上，环境保护被正式列为我国的一项基本国策，环境保护工作的重要性被提到了空前的高度。

会上，时任国务院副总理李鹏代表国务院做报告，他在报告中指出，环境保护是现代化建设中的一项基本保证条件和战略任务，是一项重大国策。也正是这份报告确立了环境保护在四个现代化建设中的战略地位，不仅鼓舞了低迷中的环保工作者，而且对环境保护事业的发展具有深远的意义。

时至今日，在共和国七十年的历史上，被列为基本国策的工作只有两项，计划生育和环境保护。

环境保护从作为概念被引入我国，到被确立为基本国策，只用了十年的时间。

但事实上，在这十年间，环境保护工作在我国并没有得到应有的重视，尤其是"四人帮"猖獗的那几年，环境污染、生态破坏都不能放到桌面来讨论。

1982年，我被任命为刚刚建立的城乡建设环境保护部下属的环保局局长，感到责任重大，认为有必要向国务院报告我国真实的环境状况。

口说无凭，尤其是全社会刚刚从"文革"极左思潮的束缚中解放出来不久，要讲清楚我国的环境问题，必须有理有据，有科学的结论。正好有关机构刚刚完成了一项重要调查，能有数据说清楚环境污染给国民经济造成的损失。

这个数字在当时已经被认为是"耸人听闻"：环境污染和部分生态破坏的经济损失每年达到九百亿元以上，占同期工农业总产值的百分之十四。环境问题已构成对国民经济发展的重大制约和威胁。

1982年秋天，时任国务院副总理的万里同志主持国务院会议，听取了我们的汇报，国家有关部门负责人和经济专家也列席了会议。专家们认为，我们做出的结论是站得住脚的，甚至还有专家认为我们提出的一些环境污染损失算少了。

我们的汇报使在座的领导人感到震惊。万里同志当即表示，环境问题已经成为现代化建设中突出的问题。如果不能及时阻止这种事态的发展，经济建设就难以顺利进行。像计划生育一样，环境保护也是一项基本国策，必须摆上重要议程，认真加以对待。

但是，国务院领导人在对待环境问题上存在不同的认识。有的认为环境污染和生态破坏是现代化建设中不可避免的，发达国家走过的先污染后治理的道路，很多发展中国家也在走，概莫能外。很显然，这种分歧带有根本性质。

为此，国务院曾在一次常务会议上专题讨论了这一问题，我有幸被邀列席。

我记得，万里同志发言指出，先污染后治理是一条弯路，环境污染生态破坏与社会主义现代化建设不相容，中国现代化建设不能走这样的路。

这次会议上，万里同志点名让我也介绍一下相关情况，我在发言中说，西方国家因先污染后治理付出了惨痛代价，我国应引以为戒，应走经济建设与环境保护协调发展的路子。许多部门的负责人和专家也相继发言，大都不赞成先污染后治理的论调。

辩论是激烈的，但气氛是和谐的。我欣喜地看到了国家领导人的决策意识在发生变化。可以说这次会议，对中国环境保护事业的发展有着重要意义。

最终是万里同志拍板把环境保护列为基本国策，但更深层次的背景是，十一届三中全会之后，中央层面关于环境保护重要性的共识是在不断上升和凝聚的。

一个最典型的事例是，1978 年 12 月 31 日，党的十一届三中全会刚开过，中央就批转了国务院环境保护领导小组《关于环境保护工作汇报要点》，并在批复中明确指出，消除污染、保护环境，是进行经济建设，实现四个现代化的一个重要组成部分，是非抓不可的一件大事。要在建设的同时就解决环境污染问题。这是在历史转折的关头，以党中央名义第一次对环境保护工作做出方针性的指示，对推动我国环保事业有着重大意义。

党的十一届三中全会拨乱反正之后，和全社会其他工作一样，环保工作也开始走上正轨。我曾经总结过改革开放之后给环保带来的重大变化，正是这一系列的变化，为1984年的第二次全国环保会议顺利召开，以及环境保护写入基本国策奠定了基础。

在我看来，当时社会上有这样几个转变值得关注：

第一个转变是认识上的转变。这个转变经历了由浅入深，由"小环境"到"大环境"，由片面到全面的过程。如果说1973年组建环境保护机构之初，经常谈论的是"三废"治理和综合利用，而对环境保护概念的理解还比较狭窄的话，那么，从1979年开始，已经逐步认识到了环境保护工作不仅要治理"三废"、防治污染，而且要保护自然环境和自然资源，维持生态平衡，把环境保护看成是现代化建设中具有战略意义的大事和一项基本国策。从中央到地方，从城市到乡村，人们的环境意识有了明显提高，出现了愈来愈多的人关心环境保护的新局面。

广泛宣传，不断提高广大人民群众特别是各级领导人的环境意识，是促成这种转变的一个重要条件。

第二个转变是战略思想的转变。新中国成立之后，经济建设的实践证明：凡是实行稳定的发展方针，经济就持继发展，环境也得到一定程度的保护。反之，凡是实行冒进的发展方针，经济发展就迟缓，甚至倒退，环境也就受到很大冲击和破坏。因此，经济发展战略对环境保护事业也同样具有决定的意义。在总结历史经验的基础上，国家开始转变经济发展战略，实行了注重效益，提高质量，协调发展，稳定增长的新方针，并且明确提出了在发展中要注意环境保护，维护生态平衡。各级负责干部特别是经济部门、决策部门的干部，开始认识到经济发展不仅要遵循经济规律，同时也要遵循自然规律。否则，就会浪费和破坏自然资源，甚至形成恶性循环，受到客观规律的惩罚。

总结出这样一条历史经验，对于把环境保护纳入经济建设轨道有着十分重要的意义。正是在这个基础上，国家有关部门在讨论大政方针时，都把环境保护当作一条战略方针来对待。比如，当时国务院的政府工作报告就已经提出，国民经济发展的方针要包括"防治污染和保护生态平衡"。

这次会议通过并公布的"六五"计划中的第三十五章，是环境保护的专门篇章，规定了环境保护的目标、重点和任务以及实现目标和任务的措施，从而在新中国的历史上第一次把环境保护纳入了国民经济和社会发展的五年计划之中。从1988年开始执行的第七个五年计划中，继续把环境保护作为经济社会发展的重要内容。

第三个转变是环境管理思想的转变。从1979年开始，中国的环境保护已由一般的号召，逐步发展到依靠法规进行管理。1979年9月，第五届全国人民代表大会常务委员会通过的《中华人民共和国环境保护法（试行）》以及以后陆续颁发的《海洋环境保护法》《水污染防治法》《大气污染防治法》以及一系列相配套的规定、制度和标准，标志着中国的环境保护事业开始走上了法制的轨道。同时，在不断总结经验和不断深化对国情认识的基础上，提出了在当前把环保工作的方针放在管理上，就是通过法制建设和机构建设，强化环境监督管理；努力控制环境问题的发展，这条方针取得很大成功，在一定程度上缓解了环境保护资金不足的矛盾。

这三个重大转变，为把环境保护作为中国的一项基本国策奠定了基础。

也就是在这次会议上，走有中国特色的环保之路的思想被以会议文件的形式确定下来。同时会议还总结了我国环境保护十年的经验，制定了经济、社会与环境协调发展的指导方针，明确提出了"预防为主、防治结合；谁污染、谁治理以及强化环境管理"等三大政策体系，使"有中国特色的环保之路"这一精辟的思想有了具体的行动指南。

值得一提的是，"谁污染、谁治理"这一政策把许多市场经济体制下的思想和措施引入到了中国的环保工作中。

在全国推行的八项环保制度中，有一半是从市场经济借鉴来的。这在当时的政治、社会背景下不能不说是一个了不起的壮举。八十年代初期的中国，"市场经济"还是一个敏感而危险的禁区。也正因为如此，在今天也可以说，在我国逐步建立有中国特色的社会主义市场经济的过程中，环境保护领域是走在了前列的。

当时在讨论的过程中，我曾表示说，所谓中国特色的环保之路，也是借鉴了很多西方市场经济下的东西，此言一出，当即有好心人私底下劝我，这话千万别那么说，只那么干就行了。

发达工业国家走的都是一条"先污染后治理"的道路，几大公害事件，虽然后来也有改善，但这些改善都是以巨额资金和人民健康为代价的。在人口众多、经济基础薄弱的中国，这条"先污染后治理"的道路能走得通吗？经过认真研究和反复思考，我认为，中国应该走一条有中国特色的环境保护道路。

二十世纪八十年代到九十年代初，是我国改革开放，加速发展的时期，出现了前所未有的大好形势，环境保护事业也得到了很大发展，工作局面为之一新。这个时期，政策思想日趋成熟，环境管理走上了制度化轨道，环境污染治理取得了明显进展。

如何理解环境保护是一项重大国策[1]

在今年（1984年）初国务院召开的第二次全国环境保护会议上，国务院副总理李鹏宣布：环境保护是现代化建设中的一项基本保证条件和战略任务，是一项重大国策。充分说明了环境保护在社会主义建设中的重要地位。

如何理解环境保护是一项重大国策呢？

所谓国策，就是立国之策，治国之策。只有那些对国家经济建设、社会发展和人民生活具有全局性、长期性和决定性影响的谋划和策略，才可称为国策。环境保护就具备了这样的性质。因此，它是一个重大国策问题。把环境保护作为重大国策不是为了强调它的重要性而夸大其词，任意拔高，而是由我国的国情所决定的。

---

[1] 本文发表在1984年3月6日《中国环境报》，也是当时我对把环境保护列为基本国策的思考，起到了一些宣传的作用。今天与读者分享，回忆那个时代环境保护工作发展的脉络。

一、防治环境污染，维护生态平衡，是保证农业发展的基本前提。

我国人口众多，人均资源不丰富，特别是人均生物资源很少。我国人均耕地一点五亩，只有世界人均量的百分之二十七；人均草地四点三亩，只有世界人均量的百分之三十八；人均林地一点八亩，只有世界人均量的百分之十二。而且，随着人口的增加，到本世纪末人均占有量还要进一步降低。像我国人均生物资源这样少，在世界上是不多见的。

我国人均生物资源如此贫乏，对于解决吃饭问题，尤其是使粮食达到富裕程度，不能不说是一大障碍。我国的有限耕地除了种植粮食作物外，还要种植经济作物，为工业提供原料。因此，精心保护有限的生物资源不遭污染和破坏，就成为一项重大的国策。

世界上也有人均生物资源不多，而经济高度发展的国家。如以耕地来说，与我国接近的像英国（一点八亩）、联邦德国（一点八亩）、比利时（一点三亩）、荷兰（一点零亩）、日本（零点六亩），都是经济发达的国家，人民生活水平都很高。但是，这些国家与我国的国情都不相同。第一，这些国家在工业发展的过程中，都有程度不同的剥削和掠夺殖民地的历史，他们的生活品和工业原料往往不受本国资源多寡的限制；第二，它们都是高度发达的工业国，拥有很大的国际市场，外贸收入占国家收入的很大份额。即使本国粮食无收，也完全可以靠进口来解决；

第三，也是很重要的一点，就是除日本国外，都是人口不太多的国家（四国总人口只相当于山东、江苏两省的人口），靠进口粮食和其他食物过活，不仅经济上有能力办到，而且国际市场上也有那样多的粮食可买。

事实上，以上所举国家并没有因为工业的高度发展而不注意保护自己的环境。恰恰相反，他们都是很认真地在保护生物资源的，他们的环境状况特别是自然环境状况都是比较好的，农、牧、林、渔业都很发达。

印度的国情和我国有许多相似之处，也是大而穷、人口多、底子薄。

但是，就一些生物资源来说也比我国多。如人均耕地五点五亩，森林覆盖率达百分之二十点五，而且气候条件也很优越，他们在环境上的宽容度也比我们大。

我国的国情与工业发达国家不同，与有些发展中国家也不同。因此，改善人民生活和发展国民经济都必须要立足国内，立足于本国资源。不要说在目前工业不够发达的情况下解决吃饭问题要靠自己，就是到了工业比较发达，实现了四个现代化之后，也要靠自己。我国这样多的人口，如果不靠自己，而要靠进口粮食和其他食物过活，不仅拿不出那么多的外汇，而且世界上也没有那么多粮食可买。

马克思主义认为，地理环境不是决定社会发展的主要因素。但是，地理环境的优劣、资源的多寡却可以加速社会的发展，或是妨碍、延缓社会的发展。因此，我国人均生物资源不丰富这一特点，决定了我们必须十分重视环境保护工作，把有限的资源充分地、合理地使用起来，使之永续利用，不断增殖，以保证人民食物供应，并促使国民经济稳定持续地发展。

二、制止环境进一步恶化，不断改善环境质量，是促使经济持续发展的重要条件。

我国的环境污染已经很严重，是世界上污染物排放量最多的国家之一。1982年污水达三百一十亿吨，废气中污染物排放总量达四千一百万吨，废渣达四亿吨。大中城市环境质量不断恶化，许多地区相继出现了酸雨污染，江河湖海等水域水质下降，农药污染在增加。

环境污染不仅影响了人们的生活和工作，日益成为一个突出的社会问题；而且把宝贵的能源、资源浪费掉，在经济上造成了重大损失。仅污水一项每年造成的直接经济损失就达三百多亿元，如果将其他污染损失都计算在内，那损失还要大得多，环境污染已影响了经济的顺利发展。

我国的自然环境也受到了比较严重的破坏。我国是一个少林的国家，森林覆盖率只有百分之十二点七，在世界上排列到一百二十位以后。由于过量采伐、毁林开垦、乱砍滥伐，使森林资源一再遭到破坏，造成许多地区出现气候异常，生态平衡失调和频繁的灾害。我国有可利用草原三十三亿亩，是一项重要的生物资源。但由于不合理开垦、滥樵、超载放牧，使草场普遍退化、沙化。动植物资源遭到严重破坏，使生物生产量急剧下降。由于植被的破坏，加剧了水土流失，年流失的土壤土五十亿吨以上，成为世界上流失量最多的国家之一。每年随土壤流失的肥料，相当于数千万吨化肥。另外，在水资源、矿藏资源、野生动植物资源等方面的破坏也很严重，造成了巨大的经济损失。

上述情况表明，我国的资源、能源特别是有限的生物资源遭到比较严重的污染、浪费与破坏，成为我们振兴经济特别是发展农业生产的一大障碍。很明显，不改变这种状况，我国的现代化建设就不能高速度发展。因此，必须采取有力措施，制止环境的继续恶化，为国民经济的顺利发展扫清道路。

三、创设一个适宜的、健全的生活环境和自然环境，是"四化"建设的重要目标。

力争在本世纪末实现工业、农业、国防和科学技术的现代化是我们国家的一项根本任务。全国人民都兴高采烈地投入到这个伟大斗争的行列里来。振兴中华，实现四化已成为全国人民的共同心声。

我们要为之奋斗的是一种什么样的现代化呢？在我们的面前有过资本主义的现代化，这种现代化所造成的各种社会弊端是大量的、尖锐的、深刻的。别的不论，就以对环境造成的严重污染和破坏来说，就是一种不可效法的现代化。在西方国家实现现代化的过程中，几乎无一例外的都出现了严重的环境污染和破坏，空中烟雾弥漫，江河污水横流，垃圾遍地，噪声震耳，把许多文明古城变成人间魔窟。人们的物质享受虽然有了很大提高，但生活质量却很低下。广大人民为争生存，不断掀起声势浩大的反公害运动，发出了"还我阳光""还我蓝天""还我清水"的强烈呼声。统治集团迫于人民的反抗，不得不采取许多治理措施。他们先后用了十多年的时间，付出了巨大的经济代价才开始改变了那种恶劣的环境状况。他们的现代化走的是一种"先污染后治理"的道路。

我们要争取实现的现代化是社会主义的现代化。这种现代化的根本目的，不是像资本主义国家那样为了攫取最大利润，也不是为了建设而建设，为了现代化而现代化，而是为了尽可能满足人民群众的物质和文化生活的需要，为了让全体人民过最美好的幸福生活。基于这样的目的，因此，在发展方式和目标上就有区别于资本主义的现代化。

在发展方式上我们必须走一条新的路子，就是在经济和社会发展中要实行全面规划和统筹兼顾的方针，既要发展经济，又要保护环境；既要取得良好的经济效益和社会效益，又要取得良好的环境效益，使经济、社会和环境得以协调地发展。坚持这样的发展方式，就可以在实现现代化的同时，创建一个清洁的、优美的生活环境和自然环境。

在现代化的目标上，我们不只是要实现物质利益的一种目标，而是同时还要实现文化和精神的目标，就是既要实现高度的物质文明，又要实现高度的精神文明。清洁、美好和健全的生活环境和自然环境，是两个文明建设所不可缺少的组成部分，是实现社会主义现代化的重要标志。

总之，我们要实现的现代化是社会主义的、中国式的健全美好的现代化。

按照上述要求，我们还存在着很大差距。我们在经济建设中，开始注意经济规律，却往往忽视自然规律；只注意经济效益，却往往忽视环境效益。因此，造成了严重的环境污染和生态破坏，实际上沿袭了资本主义"先污染后治理"的老路。这就要求各级计划经济部门，遵照"保护环境是重大国策"的要求，在安排建设和生产的时候，要真正把目的性弄清楚，端正发展方向，把环境保护推向与生产建设同步发展的轨道。

四、远近结合，统筹兼顾，既要看到今天，又要想到后代，是我们社会主义建设的基本方针。

我们保护环境的目的，不只是为了保护资源，促进经济持续发展，更重要的还是为了人，为了保护广大人民的健康。这是我国的社会主义制度所决定的，是我们党和国家"一切从人民的利益出发"宗旨的重要体现，是我们区别于资本主义的最根本之点。周恩来总理曾经指出过：把环境搞好了，人民身体健康了，就是保护了最大的生产力，是最大的财富。因此，对于危害人民生活和健康的环境污染问题的态度，就成为检验我们对广大人民群众态度的一个标尺。

正确的态度只能是积极地去治理，以期为人民群众建立一个适宜的生活环境和工作环境，同时在一切发展和建设中都采取防治污染的措施，不再造成新的环境问题。

在我们要为当代人的利益着想的同时，也要想到后代人的利益，要为子孙后代保存一个比较健全的环境，使我们的后代在这块九百六十万平方公里的土地上生活得更加幸福和更加美好。这是我们应该有的人生观和世界观。如果只顾眼前利益，而不顾长远利益，那就是鼠目寸光，是一种无前途的、没落阶级的人生观，是我们要摈弃的和反对的。因此，这就要求我们在安排经济和社会发展的时候，瞻前顾后、统筹安排，正确处理眼前利益和长远利益的关系。对于那些只对当代人谋福利，但却严重危害后人的事情，就坚决不去做。要知道，只顾眼前，不顾长远，对生态环境造成严重破坏的事例举不胜举。比如黄土高原，在历史上曾是"草绿林茂，沃野千里"的绿洲。由于历代的屯垦，毁草弃牧，毁林从耕，植被遭到严重破坏，造成了大量的水土流失和生态失调，成为今天一个十分贫瘠的地带。解放后，在我们的建设中，也不断犯过类似的错误，如毁林开荒、毁牧种田、围湖造田以及将大量有害废弃物乱堆、乱埋、乱放等等。这些不顾后果的开发，已经或即将对我们和子孙后代造成苦果。这些历史教训，我们应该牢记。在今后的开发和建设中，不要再做出这种贻害子孙的蠢事。

　　总之，把环境保护作为一项国策是我们的国情所决定的，是完全正确的，十分必要的。李鹏同志讲：如果我们现在不注意，不抓紧环境保护工作，到二十世纪末，我国的环境污染和生态破坏的状况也许会像今天的人口问题一样，成为一个非常难以解决的问题。

　　我国环境问题同人口问题有着非常相似的情况。过去，我们对人口问题长期不认识，没有采取积极的对策，以至酿成了今天这种极为被动的局面。要改变这种局面，需要几十年以至上百年的时间才有可能，这是一个惨痛的教训。

如果我们现在对环境问题也掉以轻心，不要到2000年，就是到1990年就有可能达到严重的地步。环境问题也像人口问题一样，一旦造成污染或生态破坏，要想恢复它，不仅要耗费巨额资金，而且要付出很长的时间，有的甚至难以恢复。把环境保护作为现代化建设的战略方针和重大国策，是我们认识上的一大进步，是指导思想成熟的表现，我们要把这种战略思想进行广泛的宣传，让广大人民群众特别是领导干部都懂得，都能主动地去抓环境保护工作，实现环境建设与经济建设、社会建设的同步发展，创建一个社会主义的、具有中国特色的、健全美好的现代化。

早餐桌上磨出的国务院环委会

1982年之前，我国的环境保护工作主要依托于国务院环境保护领导小组及其办公室。从第一次全国环保大会之后就运行的这个机构，尽管一直处于临时状态，但是靠着"国务院"这个大牌子对各部门各地区进行组织还是很有成效的。

1982年国家进行机构改革，清理了一些非常设机构，国务院环保领导小组及其办公室也在撤销之列，但对环保工作并入国家建委后，改成一个什么名字有多种方案，其中一个就是在部的名称里加上"环境保护"四个字。

国务院最终采纳了这个意见，确定了城乡建设环境保护部。在该部下面内设环保局，从而结束了环境管理延续了近十年的临时状态，进入到了政府序列，这是很有意义的。

这也是我国历史上，第一次在一个中央部委的名字中，出现了"环境保护"的字眼，很多人认为这是一种进步，环境保护的临时机构终于变成国家正式机关了，可以看出国务院要加强环保工作的意图。可实践下来，才发现在"八字部"的牌子之下，环境保护的工作开展起来反而举步维艰，事与愿违，没过多久，便朝着与国务院意图相反的态势发展，暴露出其明显的不适应。由于环境保护涉及各个部门和行业，是一项综合性、协调性很强的监督管理工作，环境保护领导小组撤消后变成城乡建设环境保护部的一个专业局，不能直接行使组织和监督管理全国环保工作的职能，与国家有关部门和地方政府的联系渠道中断了。随后，在地方政府的机构改革中，为了上下对口，各省市政府纷纷撤销了原有的环保局，变成城建部门的一个二级局，甚至变为一个处，极大地削弱了环保工作，使全国环保工作陷入困境之中。

为了摆脱这种困境，经过一再努力，城乡建设环境保护部的环保局由专业局改为全能局，取得了一些工作的主动权，但仍没有摆脱被动的局面。一个是与各部门各地方的联系中断了，而且工作的程序复杂，特别是受权限所限，要想发个文件都特别困难。环境保护是涉及各行各业和各级地方政府的大事，不解决组织协调问题，环保工作难以开展。

我一直在琢磨，这个问题该怎么解决，机构改革才刚刚结束，要设立一个跨部门的协调机构很难，那么如果在国务院设立一个不上编制的环境保护委员会，专门组织和协调全国的环境保护工作，或许是一个最好的做法。

有了这个想法以后，我专门去找了国务院的领导。我清楚地记得，那段时间领导的日程安排得很满，在秘书的协调下，我只得利用领导吃早饭的时间，匆匆向他汇报了当前环境保护工作遇到的困境，以及我关于设立国务院环委会的建议。领导边吃早饭，边对我说，机构改革刚刚结束，要新设立部门是不可能的，但如果在国务院层面设立一个不占编制的机构还是有可能的。他建议我去找分管机构改革的田纪云副总理和分管环保工作的李鹏副总理再具体商议。

几位国务院的领导都认可成立国务院环境保护委员会的动议，又恰逢第二次全国环保会议召开，这个议题也在会上得到充分讨论，于是在会议后上报国务院的《国务院关于环境保护工作的决定》草案中，提出了这一建议。

李鹏和田纪云都非常支持和重视这一建议。当时，国务院正在大力清理撤销非常设机构，但国务院领导还是把环保作为一个"特例"，决定成立国务院环境保护委员会，并在决定中指出，委员会的任务是研究审定环境保护方针、政策、提出规划要求，领导和组织、协调我国的环境保护工作。

时任国务院副总理万里专门指示说："设立这个委员会不能流于形式，要切实把国家的环境保护工作转起来。"

国务院确定李鹏副总理兼任这个委员会主任，国家计委、经委、科委、城环部等二十四个部门领导人组成委员会，办公室设在环保局，由我做办公室主任。后来，随着工作的需要，委员会的成员单位由二十四个增加至三十九个。

委员会每三个月开一次例会，每次会议都由办公室做好充分准备，提出会议文件和决议草案，李鹏和后期接任主任的国务委员宋健在会前都要听取汇报。

从 1984 年至 1997 年，委员会共召开了三十七次工作会议，研究审议了八十多项涉及国家和地方重大环境问题的规划、政策、规定、条例、决定等等。每次会议上都指定国家有关部门和地方领导人做专项环保工作汇报。在委员会的要求和督促下，有关部门和各地方把环保工作摆上工作议程，做了大量富有成效的工作。

国家环保局凭借"国务院环境保护委员会"这个平台，冲破自身职责限制，把环境保护做得有声有色。环保政策、管理制度和机构建设，基本上都是这个期间建立和健全起来的。

《国务院关于环境保护工作的决定》和国务院环境保护委员会的成立，促使各省市区重新考虑环境保护管理机构的设置。全国大部分省市两级政府很快恢复了独立的环境保护机构的设置，多数恢复了一级局建制的环境保护局。

我曾经在国务院环委会运行四周年的时候写过一篇文章，总结了这个特殊的机构在我国环境保护特殊的年代所发挥的不可替代的作用，至今看来也仍有价值。

这个机构至少有四方面的作用值得点赞：确立了强化管理工作的方针；推动了城市环境保护工作的开展；树立了办实事见实效的好风气；发挥了高层次的组织协调和指导作用。

一、确立了强化管理工作的方针。1983 年 12 月 31 日开幕的第二次全国环境保护会议明确提出，把加强环境管理作为工作的中心环节，通过加强管理控制环境问题的发展。那之后，从国务院环境保护委员会第一次到第十二次会议的四年期间，每次会议都会一再强调加强环境管理的重要意义，并按照这一思路去安排工作和指导工作。

事实上，大量的环境问题都与我们对环境缺乏管理或管理不善有关。在当时我国财力有限，技术比较落后的情况下，更要通过加强管理来解决环境问题。而且，有许多环境问题，不一定需要花很多钱，通过加强管理就能解决。各地区、各部门坚持贯彻这一方针，使严重的环境污染得以初步控制。几年来以大气和水体为代表的主要环境质量达标无波动，开始扭住了以往那种经济迅速发展，环境质量也相应恶化的趋势。

这一事实说明，在我国社会主义制度下，只要加强领导，采取符合中国国情的政策，就可以避免先污染后治理的局面。

所谓强化管理主要有三条措施：第一，提高各级领导同志的环境意识，加强对环境保护工作的领导；第二，建立健全环境保护的法规、条例、标准，使法规得以贯彻执行。

直至今天看来，强化环境管理也是符合我国国情的积极的工作方针，我们应该继续贯彻下去。

二、推动了城市环境保护工作的开展。在那个年代，我国的城市环境污染已经普遍严重，但是并未引起城市人民政府的充分注意，也缺少积极的环境保护的工作方针。针对这一情况，1985年10月国务院环境保护委员会在洛阳召开了全国城市环境保护会议，会议总结和推广了洛阳、哈尔滨等二十多个城市开展城市综合整治的经验，从而明确了城市环境保护要走综合整治的道路，市长要对城市的环境质量负责，并把这种指导方针写进《关于加强城市环境综合整治的决定》之中。

在这次会议的推动下，一大批城市的人民政府把环境综合整治提到了议事日程上来。在市长的指挥下，统一规划，明确分工，掀起了环境综合整治的热潮，涌现出一批热心环境保护的市长、副市长，城市环境状况发生了可喜的变化。

三、树立了办实事、见实效的好风气。1984年7月国务院环境保护委员第一次会议就特别强调，一定要提倡干实事的好风气，对于广大群众关心的一些环境问题，要一件一件地去解决，不能只停留在规划、议论上。省长、市长、县长和部长都要在任期内为人民做几件保护环境的好事情。根据这一精神，环境保护委员会把"办实事"当作重要工作方法，从1985年开始，在全国各省市县连续安排了办实事计划。

根据不完全统计，1985年至1987年的三年中，各地共办环境保护实事四千七百多件，更新改造了近四万台锅炉，建设了六百多个烟尘控制区，整治了三百四十多条河流、河段和湖泊，兴建了近四百个噪声控制区，取得了明显的经济、社会和环境效益。

四、发挥了高层次的组织协调和指导作用。环境保护涉及国民经济的各方面，做好这项工作，光靠环境保护部门不行，需要各有关部门的共同努力。国务院环境保护委员会在组织协调和指导方面发挥了重要作用。

国务院环境保护委员会这一组织形式之所以发挥了积极作用，主要是，领导重视并形成制度。环境保护委员会每三个月召开一次会议，每次会议研究通过一两项对全国环境保护工作有重要指导意义的决定。为便于会议审议有关文件，每次会议都邀请两三个地区或部门的代表到会做典型发言。这种好的工作制度和作风推动了我国环境保护的工作，并对全国产生了积极影响。

当时的国家环保局规格虽不高，但凭借国务院环委会这个平台，监督管理工作做得有声有色，这充分说明，像环境保护这样涉及经济社会方方面面的事业，建立强有力的协调机制是十分重要的。

所谓"强有力的协调机制"，就是说在法律制度尚不健全的情况下，应该要有重视环保事业并且具有权威的领导人来亲自抓这件事情。令人欣慰的是国务院环境保护委员会先后两任领导都具备这样的品格。有关部门对委员会也很重视，派了比较得力的领导人参加委员会的工作。在委员会成员中，先后有四人被选为中共中央政治局常委，其中三人担任了总理。

国务院环境保护委员会在领导、组织和协调全国环境保护的十多年中，开创了环境保护工作的新局面，是一段特别值得怀念的时期。很可惜，1998年国务院环境保护委员会就撤销了。

新中国成立后，环境保护如何从无到有

1972年派出代表团参加人类环境会议，以及1973年召开全国第一次环保会议构成了我国环境保护的序章。在那之前，在"左"倾思潮的影响下，我国是不承认有生态环境破坏的。事实上，上个世纪五六十年代的"超英赶美"口号下的大炼钢铁等运动已经给我国的生态环境带来了大规模的破坏。此前我曾梳理过当时经济发展给生态环境带来的影响，现在重新编辑后作为史料供读者参考，也让大家了解1988年国家环保局正式成立之前我国的环境保护状况。

冒进发展伤害经济肌体，更损伤生态环境

在1957年之前，国家从医治战争创伤，恢复国民经济，到有计划地进行大规模的经济建设，在经济和社会发展的各个方面都取得了举世瞩目的成就，一批基础骨干工业建立起来。

1953年到1956年，工业总产值平均每年递增百分之十九点六，农业总产值平均每年递增百分之四点八，国民经济持续发展，经济效益也比较好。

在环境保护方面也做了许多工作，取得很大成绩。在法规建设方面虽然还没有环保的专门法规，但在一些相关法规中，比如1956年卫生部、国家建委联合颁发的《工业企业设计暂行卫生标准》和1957年国务院颁发的《中华人民共和国水土保持暂行纲要》，都包含了一些环境保护的要求，推动了环境方面的建设。

在城市基础设施建设，兴修水利，抗御自然灾害，植树造林，防治水土流失，开展废弃物资的综合利用，开展爱国卫生运动，提高全民族的健康水平等方面都取得了进展。经济在发展，环境也得到保护和改善，显示了社会主义新中国的强大生命力和优越性。

诚然，在这个阶段还谈不上什么环境意识。经济建设与保护环境之所以比较协调，主要原因是按照有计划、按比例的原则进行发展，比较正确地处理了重工业与轻工业和农业的关系，经济建设与改善人民生活的关系。

在工业建设中，注意了工业建设的合理布局，有污染危害的工业项目摆在离开市区的工业区内，在市区与工业区之间还建有以树林为屏障的隔离带，避免了工业排放物对市区特别是居民区的污染危害；许多有污染危害的工业企业还采取了一定的防治工程措施，如污水净化处理系统，消烟除尘装置等等。这些措施大大减轻了工业污染的危害性。

实践证明，"一五"期间的经济发展战略是正确的．这个阶段的主要问题是：一些工业企业特别是火电厂沿江河建设，没有处置"三废"的技术措施，把江河视作下水道，造成一定的污染。虽经多年补建防治措施，但是电厂的粉煤灰直接排入江河的污染问题却持续了很长时间。

在这个阶段经济发展战略发生了重大变化。在胜利完成第一个五年计划之后，在指导思想上开始滋长起一种骄傲情绪，夸大了主观意志和主观能动的作用，对形势作了不切实际的估计，宣称我国正处在"一天等于二十年"的伟大时期。对待经济发展不是坚持实事求是的态度，而是提出了许多不切实际的口号和目标，改变了原来稳步发展的战略，实行一种急于求成的冒进战略。

以高指标、瞎指挥、浮夸风、"共产风"为主要标志的"左"倾错误在全国严重地泛滥开来，使国民经济发生了严重困难，国家和人民遭受了重大损失，并且造成了一定程度的环境污染和比较严重的生态破坏。

在"大办钢铁"和"大搞群众运动"的方针指导下，小钢铁和其他"小土群"遍地开花。仅1958年下半年，各地就动员了数千万社员大炼钢铁和大办工业，建成了简陋的炼铁、炼钢炉六十多万个，小煤窑五万九千多个，小电站四千多个，小水泥厂九千多个，农具修造厂八万多个。工业企业由1957年的十七万个，猛增到1959年的三十一万多个。

在工业布局上，几乎冲破一切规章制度和禁忌，随心所欲，不顾环境保护的要求，任意布点，又没有采取控制污染的工程措施，加之管理混乱，工业"三废"的排放处于放任自流状态，使环境污染迅速地发展起来。在许多地方出现了烟雾弥漫、污水横流、渣滓遍地的局面。

在"大办"的冲击下，对矿产资源滥挖滥采，不仅造成了惊人的浪费，而且破坏了许多地方的地貌和景观。更为严重的是对生物资源的破坏，特别是使森林资源锐减，给生态环境带来了一系列严重后果。这是我国自然环境受到的一次大范围的冲击。

违背经济规律和生态规律的发展是不能持久的。这种冒进战略实行了三年就再也难以进行下去了，因为工业总产值虽有增长，但是农业总产值下降，国民收入下降，国民经济大幅度倒退，人民生活受到很大损害。

实践证明，"大跃进"战略是错误的。为了改变"大跃进"给经济建设和人民生活带来的困难局面，从六十年代初实行了"调整、巩固、充实、提高"的新方针。国务院在1963年接连发布了《森林保护条例》和《矿产资源保护条例》。

经过三年严重困难时期以后，从1963年起经济得到恢复，工业生产又出现了发展的新形势，经济效益提高，人民生活得到改善。对在城市市区盲目建立的工厂，实行了关、停、并、转，工业规模压下来了，1963年的工业企业数大体上又恢复到1957年的水平，城镇人口也减少了一千四百多万人。

随着工业的调整，混乱的工业布局得到很大纠正。但是，许多工厂的不合理布点已是既成事实，很难改变了，为以后急剧发展的不合理布局开了一个坏的先例。总之，通过国民经济的调整，减缓了工业对环境污染的压力。

如果说工业调整比较快地收到经济和环境效益的话，那么，自然生态环境的破坏却不是在短时间所能恢复的。

事实上，"大跃进"时期造成的某些生态破坏的影响，延续了数十年都没有消除。

十年浩劫，国民经济在崩溃边缘，环境问题贻害无穷

"文化大革命"的十年间，是新中国成立以来"左"倾错误发展最严重的时期，十年浩劫导致了一场全局性和长期性的灾难，国民经济到了崩溃的边缘，环境污染和破坏也达到了严重程度。我们后来面临的许多环境问题，都直接或间接地来自这个时期。

不幸中的万幸是，这一时期，周恩来总理高度重视环境问题，推动召开了第一次全国环保会议，提出了环境保护的方针、政策，从国家一级到各省、市、自治区初步建立了环境保护管理机构，在困难的条件下开展了污染源的调查和治理。

"文化大革命"使国家的政治生活、经济生活和社会生活陷入全面动乱之中。之前在工业、农业和城市等领域建立起来的极为有限的有利于环境保护的规章制度，被当作资本主义和修正主义的管、卡、压受到批判和否定，环境污染和自然生态破坏无遏止地迅速蔓延开来，达到了触

目惊心的程度。

这个期间造成的环境问题很多,主要是:

在工业建设方面,只强调数量,一味追求高产值,不注意经济效益和社会效益,不注意采用新技术,不注意合理布局,导致了原料和能源的大量浪费,造成了严重的环境污染。

在大办工业特别是"五小"工业的指导方针下,各地都热衷于搞"大而全""小而全"的工业体系,工业建设一哄而起。由于冲破了劳动保护和环境保护的一切规章制度的约束,不采取控制污染的措施,使城市环境质量迅速恶化。

在三线建设中实行了"靠山、分散、进洞"的方针。在这种方针指导下,把许多排放大量有害物质的工厂摆在了深山峡谷之中,由于扩散稀释条件太差,形成了严重的大气和水质污染,在分散的工业布局条件下,又难以形成一定规模的工业区,因此,也就难于建设区域性的防治污染的工程措施。这种错误的工业布局给环境污染的防治造成了极为困难的局面。

在城市建设方面,不加区别地提出了"变消费城市为生产城市"的口号,在许多文化古城建设了一批重污染型的工业,加重了对环境的污染危害;同时,在"先生产,后生活"的方针指导下,城市规划工作废弛,建设布局混乱,忽视基础设施建设,忽视清洁能源建设,使城市环境问题更加尖锐。

在农业生产方面,由于片面强调"以粮为纲",以至以牺牲林业、牧业、渔业作代价来发展粮食生产，甚至提出了"种田种到山顶，插秧插到湖心"等错误口号，毁林、毁牧、围湖造田、搞人造平原等等现象严重发展，投资很大，费力不小，但粮食增产无几，却破坏了粮食生产同其它经济作物相互依赖、相互促进的生态系统，导致了生态环境的恶性循环。

野生珍稀动物、植物资源滥采滥猎成风，许多珍稀生物临近濒危状态。

对于迅速蔓延开来的环境污染和破坏，引起了广大人民群众的关切，发出了保护环境的强烈呼声。但是，林彪和"四人帮"一伙人置若罔闻。不仅如此，对于议论环境污染的人，动辄扣上"给社会主义抹黑"的大帽子，压制人民群众对公害的揭露和批评。

以周恩来总理为代表的党和国家领导人，他们坚定地站在人民一边，对控制污染、改善环境质量作了许多指示，表现出他们的高瞻远瞩和对国家、对人民的高度责任感。然而在那动乱的年代，他们的指示很难得到贯彻。不过，靠了他们的崇高威望和广大群众的支持，在这个期间还是做了一些工作，取得了一定的成绩。

1972年发生的三件事犹如黑暗中的星星

1972年发生了三件有意义的事情：

第一件是治理大连湾污染。这一年大连湾污染严重，涨潮一片黑水，退潮一片黑滩，因污染荒废的贝类滩涂五千多亩，一年损失海参两万多斤，贝类二十多万斤，蚬子三百多万斤，港口淤塞，堤坝腐蚀损坏。类似情形在其他沿海城市也有发生。为了防治环境污染，国家计委请示国务院同意，之后不久就召开一次全国性的环境保护会议。这可以说是对环境污染敲响的第一声警钟。

第二件是治理官厅水库的污染。当时，北京市民反映，市场上出售的官厅水库的鱼有异味，经调查是水库受污染造成的。周恩来总理对此十分重视，国务院接连作出四次指示，并指定北京市、河北省、山西省、天津市和国务院有关部门组成官厅水源保护领导小组，积极开展治理。这是国家针对污染进行的规模较大的第一次治理。

第三件是1972年6月5日至16日联合国在斯德哥尔摩召开了人类环境会议。根据周恩来总理的指示，中国派代表出席了会议。通过会议了解了世界环境状况和环境问题对经济社会发展的重大影响，并以此作为镜子，认识到了中国环境问题的严重性。

周恩来和其他党和国家领导人在听取代表团的汇报后表示，对环境问题再也不能放任不管了，应当把它提到国家的议事日程上来。联合国人类环境会议不仅是世界环境保护的里程碑，也成为我国环境保护事业的转折点。

从1966年算起，到1973年虽然只有短短几年时间，但环境污染和自然生态的破坏达到了触目惊心的程度。在周恩来总理的指示下，1973年8月5日至20日在北京召开了第一次全国环境保护会议。

出席会议的代表反映了各地区各方面的环境污染和生

态破坏的大量事实。会议编发了十一期增刊简报，集中反映了这些问题，包括水域、大气、农药、街道工业污染以及珍稀动物遭破坏的情况。通过摆事实，讲危害，使会议代表认识到了环境问题的严重性。

"现在就抓，为时不晚"是会议作出的结论。会议审议通过了"全面规划，合理布局，综合利用，化害为利，依靠群众，大家动手，保护环境，造福人民"的环境保护工作方针和《关于保护和改善环境的若干规定》。

《规定》共十条，包括了广泛的领域和内容，是新中国成立以来第一个环境保护的综合性法规。国务院对这次会议很重视。

会议结束前在人民大会堂召开了由党、政、军、民、企业等各界代表参加的万人大会，强调了环境保护的重要性，要引起全党、全国人民的重视，把这项工作作为社会主义建设中的一件大事抓紧抓好。

这一年的11月，国务院批转了会议报告和规定，并指出：对现有城市、河流、港口、工矿企业、事业单位的污染，要迅速作出治理规划，分期分批加以解决，要在资金、材料、设备上给以保证。从此，环境保护事业被提到了工作的议事日程上。

以《关于保护和改善环境的若干规定》为指导，环境保护工作在全国逐步开展起来。

1974年5月成立了国务院环境保护领导小组，由计划、工业、农业、交通、水利、卫生等有关部委的领导人组成。下设办公室。1974年到1983年在这段特定历史时期内，国务院环境保护领导小组是起了积极作用的。

但是,领导小组很少活动,九年间只开过两次会。许多需要协调解决的问题没能组织研究,没有充分发挥这个领导机构的作用。不过,领导小组办公室积极开展工作,在组织、协调方面做了许多工作。各省、市、自治区和国务院有关部委也陆续建立起环境管理机构和环保科研、监测机构。一批管理干部和技术人员从国家机关、工交、农业、科研等部门被调到了环境管理岗位上,他们一面学习,一面工作,在极为困难的条件下艰苦创业,建立起了工作的初步基础。

很难想象在当时的条件下,国务院环境保护领导小组办公室还对我国的污染状况展开了一系列调查,为科学治理奠定了基础。1973年开展了北京西郊环境质量评价研究,1974年开展了蓟运河污染和白洋淀污染的调查,1976年开展了湖北鸭儿湖污染调查,1977年开展了渤海、黄海污染调查。

各地和有关部门也组织了污染源调查。通过污染情况调查,初步摸清了一些地方的环境质量状况。

在污染情况调查的基础上,开展了治理工作。主要集中在工业和城市两个方面。在工业方面,主要是开展"三废"的综合利用,变废为宝,化害为利,减轻了污染的危害。同时,采取了一些净化处理措施。

各地区都出现了一批治理污染的先进企业。如沈阳东北制药总厂、吉林造纸厂、上海燎原化工厂、江西赣州冶炼厂、湖南湘乡氟化盐厂、成都磷肥厂、浙江东风莹石矿、山东新汶水泥厂等等。

在1978年举办的第二次全国环境保护展览会上，由各地区推荐出的治理污染的典型项目就有七百多项，其中绝大部分是在1973到1976年间出现的。

在城市环境方面，主要开展了以消烟除尘为主要内容的治理。改进燃烧方式，采取净化处理措施，做了大量工作，象沈阳、北京、广州等城市在这方面都取得了一定进展。

"五年控制，十年解决"的目标落空了

1974年，国务院环境保护领导小组曾经提出了治理环境污染的目标："五年控制，十年解决"。

结果落空了，急于治理环境的心情是可以理解的，但是，低估了环境污染的复杂性和艰巨性。

在政治动乱的形势下，环境治理的一切努力，只能减缓某些地区和某些方面的污染程度，却无力阻挡污染急剧恶化的趋势。在城市，工业企业在盲目发展，工业企业由1965年的十五点八万个增至1978年的二十九点四万个，这些工业很多建在大中城市的居民区、文教区、水源地，甚至名胜游览区。这种不合理的工业布局，加重了污染的危害性。

"大跃进"时期工业布局的混乱还只是在部分城市的部分地区，而这个时期工业布局的混乱却发展到几乎所有的大中城市；三年"大跃进"时期的混乱布局很快在调整中被纠正，而这个时期的混乱布局一直在无阻挡地发展。

这就是我们今天城市面临的工业污染的重要根源。

由于工业企业数量大，要彻底改变这种不合理的布局绝非短时间所能办到。城市环境污染因此达到了严重程度。据一些主要城市的测定，每月每平方公里的降尘量在一百至四百吨之间，有的局部地区甚至高达上千吨。据四十四个城市地下水的调查，有四十一个受到了污染，其中污染严重的有九个。

除了环境污染的发展，自然生态破坏也在加剧。森林资源大量减少，草原退化、沙化，水土流失日趋加重。

另外，人口失去控制，数量猛增，由1965年的七点二亿增至1976年的九点三亿。城镇人口由一点三亿增至一点六亿。不管在城市还是在农村，都迅速增加了人口对环境的冲击和压力。

总之，"文化大革命"时期是我国环境污染和破坏急剧发展的时期，并铸成了积重难返的局面。

十一届三中全会是中国的转折点，环保事业也开启了新篇章

从1976年粉碎"四人帮"到1978年12月间的两年时间里，环境状况仍在继续恶化。这是因为在十年动乱所铸成的环境问题集中暴露出来了，同时，在经济发展中"左"的错误并未得到认真纠正。

1978年12月中国共产党召开了十一届三中全会，开始全面纠正"文化大革命"中及其以前的"左"倾错误，

作出了把工作重点转移到社会主义现代化建设上的战略决策，这是具有伟大历史意义的转折。这一转折也把我国的环境保护事业带入了一个新时期。

此后的十年间，国家确定了环境保护事业的大政方针和一系列的具体政策，在发展国民经济的同时注意了环境建设，建立健全了环境管理机构，强化了环境管理，环境保护事业有了很大发展。

1978年，我国环境保护史上出现了两件具有重大意义的事情。第一件是1978年3月5日第五届全国人民代表大会第一次会议通过了修改后的《中华人民共和国宪法》，在这部大法中规定：国家保护环境和自然资源，防治污染和其他公害。

这是新中国历史上第一次在宪法中对环境保护作出规定，为我国环境保护法制建设奠定了基础。

另一件事是，1978年12月31日，中共中央批转了国务院环境保护领导小组的《环境保护工作汇报要点》。在通知中指出："我国环境污染在发展，有的地区达到了严重程度，影响广大人民劳动、工作、学习和生活，危害人民群众健康和工农业生产的发展，群众反映强烈。""消除污染，保护环境，是进行经济建设、实现四个现代化的一个重要组成部分……我们绝不能走先建设、后治理的弯路。我们要在建设的同时就解决环境污染的问题。"

这是在我党的历史上，第一次以党中央的名义对环境保护工作作出指示，引起了各级党组织的重视，加强了领导，推动了我国环境保护事业的发展。

为了改变环境污染和自然生态破坏的严重状况，国家首先抓了环境保护法制建设。1979年9月，第五届全国人民代表大会常务委员会第十一次会议原则通过了《中华人民共和国环境保护法（试行）》。从此，结束了中国环境保护无法可依的局面，开始走上法治的轨道。环保法明确了环境保护的对象和任务，确定了基本方针和"谁污染，谁治理"的政策，规定了环境保护管理机构的设置和职责。环保法的颁布，推动了国家和地方的环境保护法规体系的建设，有力地推动了环境保护事业的发展。

做好环境保护工作，除了加强法制外，重要的是提高人们的环境意识。1980年8月在全国开展了环境保护宣传月活动。通过广播、电视、报纸、杂志、开会、展览等形式，向社会各界广泛宣传环境保护的重要意义。当广大人民群众对环境保护缺乏认识的情况下，集中一段时间，突击宣传是很必要的。从当时和以后的反映看，都收到了很好的效果。

党的十一届三中全会以后，为了恢复遭到"文革"破坏的国民经济，实行了"调整、改革、整顿、提高"的新八字方针，使经济很快得到恢复和发展，环境保护工作也得到重视。

1981年4月24日国务院作出了《关于在国民经济调整时期加强环境保护工作的决定》。《决定》指出：由于长时期生产建设与环境保护的比例失调，造成严重的环境污染和生态破坏，成为国民经济发展中的一个突出问题。《决定》要求在国民经济调整中，对新建工业企业，对原有工业和企业，对城市、自然资源和自然环境都要加强环境管理和监督，切实执行国家的有关政策和法规，努力改善环境质量。这个《决定》在国民经济调整中起了积极作用。

1982年5月，国家在机构改革中成立了城乡建设环境保护部，把原来不上编制的国务院环境保护领导小组办公室改为该部的环保局。这种改革意在加强对环境保护的领导与管理。但是，实际情形却相反，由于许多地区把原来直属省市政府管辖的、独立行使管理权的环保局并入城乡建设部门，出现了降格、减员，使本来就很脆弱的环境管理机构受到了一次很大的冲击。这之后，用了数年的努力，才基本上使环境管理机构得到恢复。

国民经济逐渐企稳回升，环境保护工作也相应提速

根据中央有关领导的指示，有关部门推广鞍钢自力更生、综合利用资源和能源，治理工业"三废"污染的经验，1982年8月，由国家经委和城乡建设环境保护部联合召开了全国工业系统防治污染经验交流会。会议总结出：调整工业不合理布局、结合技术改造防治污染、开展"三废"综合利用，提高"三废"排放物的处理水平和强化环境管理等五条经验，这五条经验是综合治理中国工业企业环境污染的基本途径。这些经验在全国工业系统很快被推广开来，推动了工业企业防治污染的深入开展。

除了工业治污逐渐起步之外，一些地方还加强了生态

保护的力度。为了加强对海洋环境的保护，1982年8月23日第五届全国人民代表大会常务委员会第二十四次会议通过了《中华人民共和国海洋环境保护法》。

同年12月4日，第五届全国人民代表大会第五次全体会议通过的新宪法中，对环境保护又作出了许多规定。国家对环境保护立法越来越重视了。

鉴于有机氯农药对粮食、蔬菜和其他经济作物污染日益加重的趋势，国务院决定从1983年4月全部停止六六六、DDT的生产，随后很快停止了使用。在国际上完全停止有机氯农药生产的国家并不多。中国作为一个发展中国家，以付出很大经济代价来停止有机氯农药生产，充分说明政府对人民健康的重视。

中国工业技术装备落后，导致了排放物多，污染严重。针对这一状况，国务院于1983年2月6日作出了《关于结合技术改造防治工业污染的几项规定》。

规定工业企业在进行技术改造时，要把防治工业污染作为重要内容之一，通过采用先进的技术和装备，提高资源、能源利用率，把污染物消除在生产过程之中。规定指出，凡是有污染的企业的技术改造方案，必须采取有效的防治污染的技术措施，改造后必须保证其排放物符合国家或地方规定的排放标准。对于不符合规定要求的技术改造方案，不能批准，已建成的不能验收，并对防治污染的资金作出了规定。这是一个比较严格的规定，也是一个有远见的规定，实践已证明，并将继续证明它的必要和正确。

党的十一届三中全会以后，农村经济开始活跃，乡镇工业蓬勃兴起，使农村经济迅速发展。但是，随之而来的是乡镇工业的污染。在总结广东省顺德县防治乡镇工业污染经验的基础上，1983年6月18日召开了全国县（区）环境保护工作经验交流会。会议总结出：选择无污染、低污染的工业产品结构，注意合理布局和对有污染工业实行"三同时"规定等三条基本经验。

随后，国务院根据这些基本经验作出了《关于加强乡镇、街道企业环境管理的决定》。这个决定抓住了防治乡镇、街道企业污染的关键，对促进乡镇工业的健康发展，具有重要的指导作用。几年来的实践证明，这个决定是及时的和积极的。

从1973年第一次全国环境保护会议到1983年，中国的环境保护事业走过了整整十个年头。为了总结这段期间的经验教训，确定今后的工作方针、目标和措施，国务院于1983年12月31日至1984年1月7日，在北京召开了第二次全国环境保护会议，李鹏同志代表国务院在会上作了重要报告。这是在社会主义建设时期召开的一次重要会议，会议产生了四项主要成果：

第一，确立了环境保护是我国现代化建设中的一项战略任务，是一项基本国策，从而确立了环境保护在社会经济发展中的重要地位。

第二，制定了我国环境保护事业的战略方针，即：经济建设、城乡建设和环境建设同步规划、同步实施、同步发展，实现经济效益、社会效益和环境效益的统一。这是"以防为主"环境保护方针的新发展，是处理与解决经济发展与环境保护之间矛盾的正确途径。

第三，初步规划出到二十世纪末中国环境保护的主要目标、步骤和措施。按照这个规划的要求，各地区、各部门也制定了自己的规划，纳入了国家和地方的长远规划和近期规划之中，并得到贯彻执行。

第四，确立了把强化环境管理作为当前环境保护工作的中心环节，通过管理去解决那些不花钱或少花钱的环境问题，在这条方针的指导下，我国的环境建设和环境管理都得到了很大发展。实践证明这是一条符合我国国情的正确方针。

第二次全国环境保护会议确定的方针政策，都是从客观实际出发的，具有鲜明的中国特色。这说明中国的环境战略思想开始成熟了。

高级别的国务院环委会解决了中国许多环境难题

1984年5月8日，依据《关于环境保护工作的决定》，我国成立了国务院环境保护委员会。其任务是：研究审定有关环境保护的方针、政策，提出规划要求，领导和组织、协调全国的环境保护工作。委员会由李鹏同志任主任委员，三十多个部委局的负责人为委员。委员会每三个月开一次会，每次会议讨论一两个问题，并作出决定。这个委员会的成立有力地推动了全国环境保护工作的开展，是上个世纪八十年代我国环境保护事业之所以得到很快发展的一个重要原因。

为了防治日益扩展开来的水污染，保障人体健康和水资源的有效使用，1984年5月11日，第六届全国人民代表大会常务委员会第五次会议通过了《中华人民共和国水污染防治法》，这是继海洋环境保护法之后在水环境方面的第二个法律。

1984年10月20日，在《中共中央关于经济体制改革的决定》中指出：城市政府必须实行政企职责分开，简政放权，把城市综合整治作为一条主要职责。同时指出：城市环境保护也要实行综合整治的方针。

1985年9月23日，在《中共中央关于制定国民经济和社会发展第七个五年计划的建议》中又进一步提出：要把改善生活环境作为提高城乡人民生活水平和生活质量的一项重要内容。要加强空气、水域、土壤污染和噪音等公害的监测和防治，注意环境保护，特别要使重点城市和旅游区的环境有显著改善。

为贯彻上述精神，把城市环境保护工作推向前进，国务院环境保护委员会于1985年10月11日至13日在洛阳市召开了全国城市环境保护工作会议。通过洛阳等城市的经验介绍，确定了城市环境综合整治工作的内容和做法，就是：根据城市总体规划的要求，积极调整工业布局，城市的建设改造与环境整治相结合，使城市建设与环境建设协调发展；发扬办实事的工作作风，有计划地每年为人民群众办几件保护与改善环境的好事；建立健全地方法规，强化环境管理；开辟多种渠道，筹集环境综合整治资金；加强对环境保护工作的领导，在市长统一部署和指挥下，组织有关部门共同做好环境建设。这次会议总结了经验，统一了认识，明确了任务和责任，有力地推动了城市环境保护工作的开展。

1981年至1985年第六个五年计划期间，是新中国成立以来环境保护事业发展最快和最好的时期。

首先，工业污染防治成就显著。"六五"期间用于技术改造的资金达一千四百七十七亿元，通过技术改造，降低了原料和能源消耗，减少了污染物排放量；1978年国家下达的一百六十七个污染源限期治理项目，在"六五"期间基本完成；通过调整不合理的工业布局，关、停、并、转、迁了一万两千多家能耗高、浪费大、污染严重的工业企业，各地区各部门安排的十二万个污染治理项目绝大部分都已完成，在工业产值增长百分之六十以上的情况下，主要工业排放物不仅没相应增长，反而在下降。

其次，城市环境质量急剧恶化的趋势初步得到了控制。据全国重点城市的统计，大气中除氮氧化物略有升高外，二氧化硫、颗粒物大体与1980年持平，降尘量普遍下降；城市地表水中汞、油、化学耗氧量普遍下降，其他指标变化不大。在人口和能源消耗大量增长的情况下，不是靠国家花费大量投资，而主要是靠加强环境管理控制了环境急剧恶化的趋势，是一个很大的成就。

第三，自然生态环境有了改善。由于调整了农业政策，促使农、林、牧、副、渔业的全面发展，改善了农业生态条件。为了保护珍稀生物资源，建立了一大批自然保护区。

第四，科学和教育事业有了很大发展。从事环境科学研究的单位发展到了二百多个，科技人员达到七千余人，取得了两千多项科研成果，在五十多所大学设立了各种环境保护专业，在校学生有五千多人，每年都有一批受过专门训练的学生走上环境保护工作岗位。

再有，环境管理得到了加强。"六五"期间国家颁发了《海洋环境保护法》《水污染防治法》以及八个环境方面的规定。另外，还颁布了几十项环境标准。"六五"期间向十多万个企业征收了排污费三十三亿元，促进了企业污染的防治。"六五"期间用于环境保护方面的投资达到了一百七十多亿元，比过去大幅度提高。

与之相适应的是，环境管理机构有了发展和加强。从1984年以后，各省、市加强了对环境保护工作的领导，健全了机构，充实了人员。省、自治区、直辖市以及所有城市普遍建立了环境管理机构，大约有一半的县也建立了管理机构，有些地区在乡镇和街道也设立了环境管理员。1982年机构改革受到的冲击又得到恢复和发展。从事环境管理的各类人员达到了四万多人，比1980年有了成倍的增长。全国建起了一千二百多个大气和水质环境监测站。另外，在国务院系统有二十七个部委设立了环境管理机构。在大中型企业普遍设立了环境管理机构，加强了对环境的管理。环境管理已初步形成了一个纵横交错的网络。

1987年10月25日，中国共产党召开第十三次全国代表大会。大会报告指出，环境保护和生态平衡是关系经济和社会发展全局的重要问题。在推进经济建设的同时，要大力保护和合理利用各种自然资源，努力开展对环境污染的综合治理，加强生态环境的保护，把经济效益、社会效益和环境效益很好地结合起来。指明了环境保护事业在现代化建设中的战略地位，强调了环境保护与经济建设协调发展的方针，提出了环境保护任务。在党的代表大会上这样阐述环境保护的意义还是第一次，具有重要意义。

在这个时期存在的主要问题是：环境保护虽然纳入了国家和地方的计划，但执行不力，特别是资金不落实，缺乏制度的保障；环境管理总的看来仍处于软弱无力状况，法规不健全，监督不严格，从国家一级到各省市管理机构的设置不适应形势发展的需要，不少地区的环境管理机构不健全，人员不充实，管理人员素质不高。

环境状况更不容乐观。在我们肯定从1979年以来特别是"六五"以来取得成就的同时，也必须清醒地看到当前环境问题的严重性。"六五"末期，我们说城市环境质量和主要水系的水质状况大体维持在1980年的水平上，但是，1980年的水平远不符合环境质量的要求，是一个很差的水平。

访美散记

1983年11月底,应美国环境署邀请,我们一行赴美对当地的环境保护情况进行调研。我记得当时洛杉矶的光化学烟雾事件震惊全球,我们一行当时也想在洛杉矶看看,那样的污染究竟是怎样的遮天蔽日。没想到数十年后,灰霾污染这个曾经成为重大公害事件的主角,居然一次次席卷了大半个中国,当我们还在为$PM_{2.5}$的治理挠头的时候,美国已经在大气治理方面取得了很好的成绩。今天重读我当年访美回来之后写的几篇散记,对当下的治理还颇有借鉴意义。

洛杉矶的光化学烟雾

1983年11月26日到达洛杉矶市,这是我们访美的第一站。

我是怀着很大好奇心到达这个城市的。确实,洛杉矶有许多令人好奇的东西。这里有世界闻名的迪斯尼游乐中心，它由米老鼠的发明人华德·迪斯尼先生创建，是个集古今历史景物、高山、湖泊、珍奇动物、热带雨林、各类商店、文化娱乐，直到宇宙航行、机器人表演无所不包的小世界，据说要花三天时间才能看完。举世闻名的好莱坞电影城也在这里，是控制美国电影业的中心，曾一度充斥世界影坛的美国电影多是在这里拍摄的。洛杉矶还是一座气候宜人、依山傍海、风景优美的城市，每年都吸引着大批游人。

然而，使我好奇的不是这些东西。我想要看的是它的另一奇观——光化学烟雾，它几乎像好莱坞一样名扬四海。这是一种对人极为有害的毒雾。我从图书、报刊上看到过许多描述，但却没有亲身领略过这种异彩奇光。

真是令人失望，在我们到达的两天内却没能看到这种光化学烟雾。

出现在我们眼前的是晴朗的天空、碧绿的草地和花丛。除了汽车散发的尾气外，看来空气还是好的。据陪同的人士说，因为刚下过一场大雨，天气又在刮风，所以出现了难得的好天气。

洛杉矶是一个庞大的城市群，人口有八百万，据说汽车也有八百万辆。除了老人和小孩之外，每人要占有一辆以上的汽车。因此，素有"汽车轮子上的城市"之称，是美国汽车最多的城市。市区道路宽阔，又有分层的立体交叉，但汽车依然密密麻麻地挤满了所有的道路，昼夜川流不息。光化学烟雾主要就是由这些汽车排放的废气造成的。

早在二十世纪四十年代，洛杉矶就出现了光化学烟雾。到了五十年代达到了严重程度，像伦敦一样，成为有名的烟雾公害城市。所不同的是，伦敦是燃煤引起的，洛杉矶却是燃烧石油造成的。为了防治光化学烟雾污染的危害，当地政府采取了一系列措施，除严格控制工业排放和推行清洁能源之外，重点放在控制汽车废气特别是氮氧化物的排放上。汽车都装上了催化分解有害排放气体装置，不符合标准的车辆一律不准行驶，违者罚以重金。由于推行严格的标准，在车辆不断增加的情况下，光化学烟雾却有了显著改善。据环境保护局官员告诉我们，在过去的十年中氮氧化物下降了百分之四十，超标天数由1965年的一百七十八天，降至1974年的一百零五天，超标时数由一千零五十小时降至五百二十五小时。看来，洛杉矶的光化学烟雾有了很大改善。改善的原因，首先要算是推行严格的排放标准，这也是全美国环境管理的中心环节；其次，要归功于科学技术的进步，汽车技术的不断改进，加上在能源危机后人们由乘六型轿车，改乘小型轿车，使得油耗和排放物显著降了下来。在六十年代，三百五十万辆汽车时就造成严重的光化学烟雾，而现在汽车增加了一倍，光化学烟雾却大幅度降下来，充分显示了科学技术在环境保护中的重要地位。

举世瞩目的第二十三届奥运会1983年7月在洛杉矶举行。从气象条件看，那时也正值光化学烟雾的严重时节，据说对运动员尤其是对需要耐力项目的运动员产生不利影响。运动员夺魁不仅要战胜各自的对手，还必须冲破光化学烟雾的干扰，这是对所有运动员的新考验。

五大湖污染的治理

经过四个小时的飞行,我们一行由阳光明媚的西海岸抵达风雪交加的东北部的芝加哥城,这是除纽约之外美国最大的城市。鳞次栉比的大厦矗立在碧波荡漾的密执安湖畔。据当地环保官员介绍,芝加哥是美国最早建造高层建筑的城市。一座高达一千四百五十英尺的大厦仍保持着全国最高纪录。在市中心一块二百多公顷的地面上,竟有四十多座几十层的大楼。街道犹如峡谷,阴风嗖嗖,给人一种压抑之感。

芝加哥是一座工业城市,除传统的食品工业外,机械、石油、化工、木材加工、钢铁、汽车制造、造船、煤炭、电子等工业都很发达。这个城市也是重要的交通枢纽,是全国最大的铁路中心。港口每年吞吐量达七八千万吨。机场也是全国最繁忙的,每年起落飞机六十多万架次,仅运送旅客就达三千多万人次。这样的工业城市,按说环境污染是突出的。但是,在市区除大量的小汽车造成的大气污染问题外,看来工业污染危害是不大的。这是因为他们实行了严格的环境管理,就是对工厂普遍实行污染物排放许可证制度,针对不同工厂分别制定了排放标准,工厂都必须严格执行,并规定工厂每个月都要如实地向环境保护部门报告执行情况。

据介绍,有百分之九十以上的工厂达到了排放标准要求。这样,工业污染就被控制在一个比较低的水平上。另外，工业区离市区四十多公里，工业污染对市区无大影响。除上述原因外，我想有利的气象条件也帮了这个城市的忙。据介绍，这里是有名的"风城"，大气中有害物质被风稀释吹散了。否则，这个城市的光化学烟雾是不会逊于洛杉矶市的。

在我们访问设在芝加哥城的美国环境保护局第五办公室的时候，主人们重点介绍了五大湖的污染治理情况。

五大湖位于美国和加拿大两国接壤处，各湖相互连通，总面积达二十四万多平方公里，储水量占全世界淡水总量的百分之二十，有"北美地中海"之称。在美国境内，毗邻五湖的有八个洲，风景优美，物产丰富。但是随着工业和城市的发展，大量污水排入湖内，致使沿湖水域受到了严重污染，水质恶化，渔业受到重大破坏。

为了防治五大湖的污染，由美加两国政府建立了一个联合委员会，各自负责治理本国境内的污染源。美国法律规定：排入五大湖的废水百分之八十五都要经过二级处理。经过十多年的努力，污染得到了控制，水质开始好转，渔业也在恢复。据介绍，在五大湖区内建有都市污水处理厂五千八百个，工业污水处理厂九千个。建设这些污水处理厂花费了大量投资。资金来源，联邦政府提供百分之七十五，州政府出百分之二十五。由于有中央和地方两个积极性，因此，加快了污水处理厂的建设速度。

当我们问到五大湖污染治理的经验时，他们说，基本经验有两条：

第一，沿湖城镇凡是向湖区排放污水的，都必须经过二级处理，这是控制污染、改善水质的基本保证；第二，为了控制富营养化，有三个湖区沿岸城镇禁止使用高磷洗涤剂。有人把美国实行的环境政策归结为"法律加技术"，从他们的介绍也证实这种说法是不错的。

杜鲁斯环境研究所

杜鲁斯是美国中西部边境上的一座城市，处在苏必利尔湖旁，湖的对岸就是加拿大。

我们去时正值隆冬季节，路旁积雪大概有一米厚，是我生平看到的最厚的雪了。高山丘陵和树林全被皑皑白雪所覆盖，山如玉簇，林似银妆，景色很美。听说，夏天更有另外一番景致，碧绿的湖水连缀着满山遍野郁郁葱葱的林木，气候凉爽宜人，有"天然空调城市"之美誉，是避暑的好地方。

美国环境保护局所属的四个水生生物研究所中的一个设在这里。它专门从事水环境中农药、有毒物质、危险性废弃物毒理学方面的研究，为美国环境保护局制定水环境方面的政策、法规以及为环境管理提供依据。

全所有一百多人，主要技术人员有生物学、化学、昆虫学、数学等方面的专家，其中有二十名博士、三十名硕士。当我问到为什么把研究所设在这样一个偏远小城市的时候，所长回答说：因为这里有一个保持着良好状态的苏必利尔湖，是搞水研究难得的好地方。也许他误以为我在问研究人员在此是否安心，他接着说：研究人员几乎全来自外地，他们都很热爱自己的工作，也热爱这个地方，没有一个因不安心甩袖而去的。这个研究所的主要任务是确定污染物对水生态系统及各层次生物的无害浓度。通过对温水和冷水性鱼类、大型无脊椎动物、藻类等生物的急性、亚急性和悦性毒性试验，提出确定水质基准的资料和数据。

据介绍，基准制订的程序是：有关研究所向环境保护局提供基础数据，环保局经过综合分析，提出基准方案，然后在报纸上公布，广泛征求意见，修改后再正式颁发。美国环境保护局制订的淡水和咸水基准已有五十个。

这个研究所还进行污染损益方面的研究。一方面考虑污染物对各类水生物的毒性效应，同时还要考虑去除或限制排入水库的污染物所要付出的代价，找出投资最少，而获得环境效益最大的方法。他们介绍说：水质基准只能考虑保障主要经济鱼类的生存繁殖要求，不可能保障所有水生生物生存繁殖的条件。

这个研究所还开展一些带有环境科学基础理论方面的研究课题，比如污染物在水环境中的运动规律，以及降解废物的潜在危害；水环境质量的生物学评价；水生态系统监测原理方法等等。看来，他们比较好地解决了基础理论和应用技术、眼前需要和长远发展之间的关系。

他们还进行咨询服务，对各地区和有关部门提供水质基准方面的资料，或者进行技术上的指导。

我们到达杜鲁斯之后，受到了热情接待，当地报纸和电视台都报道了我们的活动情形，就连我们住的一家小旅馆的老板，也为我们举行了欢迎酒会。他说，这是第一次接待中国代表团，是他们旅馆的光荣。环境研究所的工作人员更是殷勤周到地安排了我们的一切。这座美国边境城市人民的友谊，给我们留下了美好的记忆。

亚特兰大第四办公室

到十二月初，我们在美国已经一周了。主人为让我们稍事休息一下，在前往阿森斯的途中特地安排我们在亚特兰大停留两天。

亚特兰大是美国南方新兴的、最大的城市，是著名小说《飘》所描述的事件和人物的所在地。但是，在小说中所描写的那些景物和环境一点影子也看不到了。随着经济的发展，这里已经成为一座现代化的大城市，不仅各种设施不逊于北方城市，甚至还有新招。比如在机场无人驾驶的地铁车厢内，有机器人模拟"宇宙人"的音调报告乘车注意事项和站名，声音机械、呆板、阴森可怖。

亚特兰大是一座优美的城市。据介绍，这座城市是按照统一的规划蓝图进行建设的。不仅居住区、商业区、文化区、工业区、交通网络、绿地和林带等都有比较合理的布局，就是街道和建筑样式也都做了精心设计。看起来，建筑物错落有致，形状不一，色彩各异，给人一种和谐美观之感，与北方一些大城市相比，是具有独特风格的。

我们访问了设在亚特兰大的美国环保局第四办公室，该办公室工作范围包括了八个州，有工作人员六百名。他们的主要任务是对地方的环境保护工作进行监督。监督的重点是水质、大气和有毒化学品。

据介绍，在八个州中从事水质管理的有一千五百人。过去的十年中治理污水花费了二百多亿美元，水质有了明显改善。过去美国的工业多集中在北部，南方的经济结构还是以农牧业为主。但是，随着能源危机的发展，南方温暖的气候吸引来了愈来愈多的工业，形成了以亚特兰大为中心的新的工业基地。伴随工业的发展，环境污染问题也就突出起来。

第四办公室的负责人说：在控制大气污染方面，重点抓了两个环节：一是抓了固定污染源，主要是工业企业。监督工业企业污染的基本依据是污染物排放标准。联邦政府制订大气质量标准，项目一般包括一氧化碳、二氧化硫、碳氢化合物、氮氧化物、铅和颗粒物；州政府按照联邦政府的大气质量标准制订污染物排放标准。根据各地的具体情况，控制项目都有所增加，指标一般都高于国家标准。环保法律规定：每个工业企业污染物的排放，必须取得许可证，超过了许可的范围就要受到经济的或刑事的处罚；二是抓流动污染源，主要是控制汽车尾气的排放。政府规定：不符合环境标准要求的汽车一律不准行驶，违者将受到经济的制裁。听来，他们对上述两个环节都抓出了很好的成效。

在我们访问时，正值第四办公室成立十周年纪念。在谈到环境管理的基本经验时，他们介绍了两点：第一，要从科学技术上不断提出要求，鼓励和督促工业、交通和有关方面积极用低污染或无污染的新技术、新设备、新工艺、新材料，通过采用新的科学技术，将污染控制在最低限度。他们说，美国环保法规是以鼓励采用有利于环境的新技术为基础的。环境管理的这一方针，收到了极其明显的环境效果。第二，采取强制性的政策措施，就是通过制订适当的环境标准去控制污染和改善环境。标准一经颁发就具有法律效力，必须遵照执行。环境管理集中到一点，就是制订标准和监督其执行。

以上两条，不仅是第四办公室所具有的，看来也是美国环境管理的基本经验总结。

阿森斯环境研究所

我们从亚特兰大乘汽车到达阿森斯，访问美国环保局的水生研究所。阿森斯距亚特兰大约八十公里，是乔治亚州东北部的一座小城，人口不到五万，其中著名的乔治亚大学师生就有三万五千人。大学与市区无院墙相隔，校院与市区融为一体，真是一座名副其实的"大学城"。阿森斯是一座美丽的小城，这里没有摩天大楼，哥特式的楼房掩映在浓荫林木之中，环境幽静，空气清新。这里既具有大城市那种现代化的生活设施，又有大城市所没有的良好环境。由此也可以看到发展小城镇的优越性。

阿森斯环境研究所也是美国环保局所属水环境研究中的一个，任务是为环保局制订法律、标准和规范提供依据和方法。

研究内容主要为：对污染物在环境中的物理、化学和生物行为进行研究，为地表水水质现状评价和预测评价提供方法和计算公式，并使这些方法规范化和标准化；开展应用研究，使评价方法做到科学可靠；对于使用他们评价方法的地方和部门，给予培训指导，以便正确地使用提供的方法。

为了完成上述的任务，该所设立了分析化学研究室、环境过程研究室、环境系统研究室、技术发展和应用研究室。这个所坚持的方向也是应用研究与基础研究的紧密结合。在我们离开阿森斯的早上，我们还参观了第四办公室设在这里的毒理实验室。实验室在一片树林的边缘，房屋是用木板和铁皮搭成的，非常简陋。但是，却是一个很有成效的实验室。我们看到工作人员正在聚精会神地进行实验。这个研究室类似我国的监测站，但比我们进行的工作要深，不仅监测工厂的排放是否符合标准，还要对工厂排放的废水进行毒理实验，每年要完成七十个污染源排放物的测定。另外，它们还有两部活动车实验室，经常开到污染源现场进行测定和实验。

这个毒理实验室对第四办公室有效地进行环境监测起了重大作用。实验室的负责人向我们说：我们并不计较这种简陋的房舍，主要的是要及时、准确地拿出实验成果。他还说：他们的实验室曾得到埃及等国家的赞赏，并帮助这些国家建立了类似的实验室。在参观后，我们代表团的专家们颇为感慨地说：美国这样高度发达的国家还在保留这样的实验室，我们作为一个发展中国家，实验条件更不应当过分苛求，重要的是要拿出成果。

三角公园科学城

在北卡罗纳有三个相邻的城市,形成三足鼎立之势。在三个城市的中间,有一宽阔地带。根据三个城市居民的意见,为了避免环境污染,共同商定在这个地带不准建立工业企业,只准植树、种花和农耕。人们称这块地区为"三角公园"。但是,这样一块好地方不加利用也颇觉可惜,经三个城市协商同意,可以安排科研机构。于是,各种科研机构就纷纷建立起来,形成了美国主要科研基地之一。随之,人们又称这里为"研究三角公园"。科研机构的人员分别住在三个城市里。随着科研事业的发展,"三角公园"为当地的居民提供了大量就业机会,并给三个城市带来了繁荣。

在这个科学城里,有一个圆形的、酷似城堡式的建筑群,里面有美国环保局的五个研究所。五个研究所虽在一起,但却都是独立的,直属环保局科技办公室领导,共有职员六百三十人,每年科研经费九千万美元左右,是环保局最大的科研基地。

我是第二次到这个科学城了。第一次是在1980年的夏天。那次因为忙于两国环保科技合作议定书的磋商,没有时间参观这些研究所,是颇觉遗憾的。这次如愿了,比较详细地参观了各所的设施和一些正在进行的实验。

健康影响研究所在五个所中是比较大的一个,有职员二百四十人,另外还有一百多人的临时雇员,每年科研经费四千万美元左右。该所主要研究大气污染物质、有毒物质、放射性污染、水污染与农药污染对健康的影响。他们除了自己进行一些实验外,还与几所医科大学和有关机构建立了合作关系,经费的二分之一用在委托课题上。

中美环保科技合作就是首先从该所开始的。在我国云南宣威进行的燃煤污染对肺癌及上呼吸道疾病发病率影响的研究,已收到阶段性的成果。该所负责人和从事这项课题研究的人员,都高度评价这项合作研究,并且颇有信心地在期待着"突破性的成就"。看来,两国的合作已有了一个良好的开端。

三角公园的环境科学研究所也是一个比较大的所,设有四个研究室。该所是以研究大气污染影响为主要任务的,据介绍已研究制定出三十二个大气模式,并被广泛应用于建设中。

他们还研究和评价空气中的污染物对大气层的影响,探讨污染物在城市、区域以至全球的迁移变化规律。三角公园环境监测研究所是环保局所属三个监测研究所中的一个。主要任务是为大气环境标准提供分析测定方法,并标定和发展新的监测仪器设备。另外的两个监测研究所,一个是水质监测方面的,一个是农药和放射性监测方面的。

三角公园的工业环境研究所是美国环保局重点研究所之一,主要任务是对环境影响大的工业部门的工艺技术进行评价,并推荐控制污染最佳工业技术。同时,对各种能源进行环境影响评价,另外,也组织开展一些新技术的实验,如烟道气脱硫技术、颗粒物的控制技术等等。三角公园还设有一个环境标准与评价研究所。它的主要任务是综合分析和整理有关环境标准、评价方面的资料，为环保局和国会拟定和审议有关法规提供依据和参考。

包括三角公园的五个所在内，我们先后参观访问了九个研究所。他们共同的特点是研究方向、任务都很明确，就是为国家制定环境政策、法规、标准提供依据和方法。由于环境科研的发展，推动了环境管理水平不断改善与提高。

在我们访问的所有研究所中，他们的领导人和科技人员都对与中国的科技合作表现出很高的热情，希望进一步扩大合作领域。在我们与他们的交换意见中，一致认为双方的合作可以取长补短，有助于各自的环境保护事业的发展。

华盛顿会谈

在访问三角公园之后，对环境科研单位的参观访问和交换意见就结束了。对合作中的问题和今后的合作安排，要到美国环保局去谈了。12月8日我们到达了华盛顿。虽然是冬天，但华盛顿的天气并不寒冷，树叶虽然凋谢了，草地却还是一片葱绿。这个城市的绿化是比较出色的。据介绍，每人平均占有绿地四十平方米以上。另外，公园和游憩地占市区面积百分之二十以上，整个城市像座花园，环境很优美。

法律规定，华盛顿是全国的政治中心，不准建设有污染环境的工业。因此，市区除有一些为城市服务的印刷业、食品业和服务业外，没有其他工业，不存在工业污染环境的问题，环境是比较清洁的。

这个城市突出的环境问题要算飞机噪声了。

在市区有一个机场，面积虽不大，但却很忙碌，飞机成群结队，起飞和降落都要排队，噪声很大。据说就该不该关闭这个机场问题，曾在国会辩论多次。因为美国人乘飞机多，这个机场处在市区，可以省去很多路途时间。因此，大多数人宁愿承受噪声干扰之苦，也不同意关闭，但是作出飞行时间限制：在晚间和清晨人们休息期间不准使用。在这个期间飞机只能在远郊区的杜勒斯国际机场起落。

我们到达华盛顿之后，受到参议员丁格尔先生的接见。他并且邀请了一些企业家、社会团体领导人和知名人士与我们见面，并在国会大厦宴请了我们。1983年夏天他曾来华访问，对中美环保科技合作很热心，曾对美方不认真执行合作议定书问题向美环保局进行质询。由于他的推动，使合作又顺利地开展起来。

从1980年以来，我是第三次到华盛顿访问了。在短短三年多的时间里，美环保局领导层已换过三次。前两年由于环保局上层官员被指控对环保经费营私舞弊，在社会上引起轩然大波，至今报纸上还在谈论此事。再加上政府削减环保经费，压缩人员，因此，环保局人心浮动。现在的局长拉克尔肖斯是新上任的，他曾是这个局的第一任局长，人们对他寄托很大的希望。

在我们与拉克尔肖斯局长会见时，他对两国间的环保科技合作表示了很高的热情。他表示：除了对已签订的合作项目要认真执行外，双方还应探寻新的合作领域。

我们与主持科技和外事的局长助理格林先生进行了会谈。双方对五年来的合作进展表示满意。虽然有时发生不够衔接和不够协调的情况，但是三个附件有两个都得到了执行，特别是在环境健康方面的合作研究课题有了很大进展。总之，合作已经迈出了重要的一步。双方认为，建立在平等、互利、互惠基础上的合作，对两国的环境保护事业都是有益的。在会谈中对今后合作的新课题进行了讨论，并签署了意向书。经过磋商，今年美环保局长将率代表团访华，商谈并签署今后合作议定书。

美国环境面临的新难题

纽约是我们访美的最后一站。我是第二次到这个城市了。第一次是在1981年的春天。那次我住在我国常驻联合国代表团总部，那里远离闹市区，算是安静的地段。但是，彻夜不停的交通噪声，吵得我几个夜晚都难入睡，后来换了一处不临街的房间才稍好了一些。纽约给我留下的印象是一座吵闹的城市。

时隔近两年，当我再次去这个城市的时候，我在想那令人烦恼的噪声是不是有所好转。

令人遗憾，情况无改变。而且随着人口的增加，汽车更多了，大街小巷都挤满了汽车，汽车不是奔驰，而是在爬行。到处充满了汽车的行驶声，紧急刹车声、尖叫刺耳的警车、消防车、救护车声，空中轰鸣的飞机声，再加上商店招徕生意的音乐声、小贩的叫卖声，喧闹嘈杂，昼夜不息，令人心烦意乱。

据当地人士介绍说，纽约只适于游览，不适宜居住。许多人白天在城里工作，下班回到郊区的住所。这也是造成汽车多的一条重要原因。在七十年代纽约曾发生了一起重大的公害事件——在本世纪四十年代，一家化学工厂将一些有害的化学废弃物埋藏在干涸的罗弗运河里。以后这里变成了住宅区。事隔三十多年后，那些被埋藏的有害化学品渗漏出来，严重危害了居民的健康。居民纷纷起诉，并不断举行抗议集会和游行，事态愈演愈烈，最后迫使总统宣布该区处于紧急状态，居民迁走，房舍封闭。据说有关企业主和政府为赔偿居民经济和健康损失已达30多亿美元，成为举世瞩目的罗弗运河公害事件。

当我询问这宗公害事件是否了结的时候，环保官员说：并未完全结束，并且类似事件正在全国蔓延。由公众揭发，或由有关部门调查出的过去埋藏的有害化学品地点已达五百四十六处。公众纷纷起诉和抗议，成为美国政府面临的一个重大政治问题，已经有三届总统亲自过问了这件事。1980年国会还决定特别拨款十六亿美元用于被发现的有毒废物的防渗、防漏等措施，同时要追究埋藏主的责任。

正在我们谈论罗弗运河公害事件的时候，在纽约的报纸上用醒目的标题报道了两条公害新闻：

一、美国司法部控告设在丹佛市附近的蚬壳农药工厂，指控该厂将四十多种有毒有害物质溢出厂外，并污染了地下水源，严重危害居民的健康，要求该厂赔偿损失十九亿美元。因蚬壳农药工厂租用洛基山陆军军械库的"三废"处理系统，因此将责任推给了军械库，而军械库拒不承担责任。报纸还透露，司法部同时还向五十家公司进行起诉，要求他们清理有害危险品废弃物贮存场地，并赔偿环境污染损失。在司法部控告农药厂之后，科罗拉多州政府认为：污染也有军械库的责任，因此对陆军部进行了起诉。二、美国劳联—工联及自然资源保卫会联名向纽约地方法院控告美国环保局拖延对多种致癌、致畸病症的毒性化学品检验。控告书说：七年来专家们要求对七十七种化学品优先检验，而环保局仅对其中的十种做了检验，并且没有颁布一条管理条例。控告书还提出环保局的另一项违法行为：按法律规定由环保局进行鉴定的化学品，却擅自交给了有关行业自己鉴定。

有毒化学品污染是美国面临的重要环境课题。有毒化学品废弃物在目前还没有很好的处理办法。美国曾打算把一些废弃物运至墨西哥海湾，在船上烧掉。据介绍，为此曾举行过一次公众听证会，有六千多人出席，几乎百分之百的人反对这样做，因为这将造成严重的大气污染，并危害到更大的范围。

在工业生产中由于不顾环境后果，有毒废弃物堆藏点是很多的。据美国环保官员初步估计有一万六千处，最终可能达到三万处。官员们忧心忡忡地说：不要说全部，即使其中三分之一像纽约罗弗运河事件那样，那也将是美国的空前灾难。

美国遇到的有毒化学品污染是严重的教训。它提醒人们，在工业生产中，一定要认真对待废弃物的处理和存放安全问题，切不可得过且过，敷衍了事，而造成不可收拾的恶果。

第三章 创业环资委

全国人大环资委十年创业记

1990年我满六十岁后就向有关部门提出辞去国家环保局局长职务。国务院领导要我到1993年政府换届时再下来。至于下来之后还能做点什么事？我还没有来得及想。

1992年年底我被山东省选为全国人大代表，在1993年3月八届全国人大第一次会议上，我被选为主席团成员，接着被选为八届全国人大常务委员会委员和全国人大环境与资源保护委员会主任委员。这一结果实出意外。1993年春天我离开了担当十一年之久的国家环保局局长职位，到了全国人大，开始了一项全新的工作。

委员会的名称，原定为"环境保护委员会"。在第二年的全国人民代表大会上根据我们委员会的提议改为环境与资源委员会，这个委员会是新设立的一个委员会，没有基础，没有经验。我作为委员会主任委员，实感责任重大。为了进入角色，我读了全国人大建立以来的主要文件，查阅了其他七个委员会的工作总结文件，还读了国外议会工作的一些资料。一边学习，一边摸索着工作。

没想到，我在这个岗位上一干就是十年，回头看看这十年的工作，也还令人感到欣慰。立法和监督工作都取得了一些实质性的进展，不管是全国人大领导，还是国家有关部门，各省、市、区人大，都对环境与资源保护委员会的工作表示满意，给予了积极评价。乔石委员长曾称赞"环资委进行了富有成效的开创性的工作"。

环资委创立两三年后，曾有媒体记者这样评价这个新机构："了解环资委工作的人给予它这样的评价：活跃、扎实、富有成效。全国人大环资委以它工作的高效率推动了多部环保法律的出台，丰富了我国的环保法律体系；与国务院环委会共同开展全国环保执法大检查，高扬法律之剑，促成了一批环境问题的解决；牵头推出'中华环保世纪行'大型宣传活动，在中华大地掀起一股绿色旋风，使更多的人知道环保、认识环保，从而参与环保。"

环资委十年的工作可圈可点。我认为，这首先是因为有全国人大领导的信任和支持。由十多位委员组成的八届、九届全国人大环资委，是一个精神振奋、开拓进取和团结协调的集体。副主任委员们老当益壮，全力以赴。特别值得一提的是，环资委机关有一批生气勃勃的年轻干部，委员会的一些具体工作，都是由他们组织完成的。

八届、九届全国人大环境与资源保护委员会十年来一以贯之做了三个方面的工作：立法、监督和中华环保世纪行。每届环资委主任委员任期结束的时候，我都会对任期内工作有一个梳理，如今重新整理，记录那段时光，也感谢全体环资委工作人员为我国生态环境保护所作的默默贡献与努力。

构筑环境与资源保护的法律体系框架

在控制环境污染方面，八届全国人大环资委主持修改通过了《大气污染防治法》和《水污染防治法》；新制定了《固体废弃物污染环境防治法》和《环境噪声污染防治法》。这样，被称为城市四害的水、气、渣、声污染防治都有了相应的法律。加上原有的《环境保护法》和《海洋环境保护法》等，可以说，我国控制污染的法律体系框架已初步形成，为遏制环境污染、改善环境质量提供了法律保障。在资源开发与利用保护方面，修改通过了《矿产资源法》和《煤炭法》，并参与修改了《水法》《森林法》《土地管理法》等法律。另外，还配合有关委员会，在修改或新制定的许多法律中，加进了环境与资源保护方面的内容。特别是在修改后的新刑法中，增设了"破坏环境资源保护罪"一节，对一些污染环境、破坏资源的行为设定了刑事处罚。一改过去环境与资源法律处罚过软的弊端，增强了法律的权威性。我和我的同事们，一边学习，一边参与立法工作。一切从头学起，工作得很有兴味。

九届全国人大环资委负责起草和修订了《大气污染防治法》《海洋环境保护法》《防沙治沙法》《清洁生产促进法》和《环境影响评价法》五部法律；参与审议了《森林法》《土地管理法》《气象法》《渔业法》《种子法》《海

域使用管理法》《水法》《测绘法》《草原法》《放射性污染防治法》十部法律草案。九届全国人大常委会先后通过了这十四部环境与资源保护法律，其中一些法律已经开始施行。

在九届全国人大期间，环境与资源保护立法取得了一些突破性的进展。

在环境污染防治立法方面，2000年修改的《大气污染防治法》，从法律上确立了国内外行之有效的一些制度：污染物总量控制制度、排污许可证制度、排污收费超标违法、排污总量收费等制度；在城市划定禁用高污染燃料区域，限期使用清洁燃料。同时，还进一步把洁净能源技术和洁净能源的开发利用作为大气污染控制战略的发展方向，必将对中国能源结构调整和能源开发利用技术的进步产生重要影响。按照法律责任与行为规范相对应的原则，对法律责任部分由原来的十条增加到二十条，大大增强了法律的可操作性。

在资源保护立法方面，1998年修改的《森林法》和《土地管理法》，2002年修改的《水法》，均大大增补了资源保护和可持续利用方面的内容，增强了资源保护监督管理的力度。在《森林法》中，强化了对国有重点林区的林权证核发、林地使用权和林木流转、征用和占用林地的监督管理，新确立了森林生态效益补偿基金制度，专门用于生态效益的防护林和特种用途林的森林资源、林木的营造、抚育、保护和管理。在《土地管理法》中，总结土地管理方面的新情况、新经验，明确规定国家实行土地用途管制制度；确立了国家保护耕地、严格控制耕地转为非耕地的法律原则，实行占用耕地补偿制度；确定省级人民政府应当确保在行政区域内耕地总量不减少，并确立了相关的占地补偿措施；实行基本农田保护制度，以省、自治区、直辖市为单位，基本农田应当占其耕地的百分之八十以上，基本农田保护区应按法定程序划定；明确规定，开发未利用土地必须以保护和改善生态环境、防止水土流失和土地荒漠化为前提，禁止毁坏森林、草原开垦耕地，禁止围湖造田和侵占江河滩地，对破坏生态环境开垦、围垦的土地，有计划有步骤地退耕还林、还牧、还湖；强化了对非法转让土地、占用土地等违法行为的处罚，根据现实情况，有针对性地规定了相应的法律责任。

在生态恢复和建设的立法方面，2001年通过的《防沙治沙法》，从预防土地沙化、治理沙化土地和配套政策等几个方面，明确做出了一系列规定。如规定防沙治沙工作必须坚持预防为主的原则，因地制宜地营造防风固沙林网、林带，种植多年生灌木和草本植物，加强草原的管理和建设，控制载畜量，加强流域和区域水资源的统一调配和管理，禁止在沙漠边缘地带和林地、草原开垦耕地，划定沙化土地封禁保护区，实行封禁保护。明确政府、有关单位和公民的责任，鼓励单位和个人在自愿的前提下，捐资或者以其他形式开展公益性的治沙活动，对营利性治沙，要求依法取得土地使用权，提交治理申请，并按照其上报的治理方案进行治理。规定采取综合手段，鼓励防沙治沙，其中包括制定防沙治沙规划；在各级人民政府财政预算中按照防沙治沙规划通过项目预算安排资金，用于本级人民政府确定的防沙治沙工程，对从事防沙治沙活动的单位和个人给予资金补助、财政贴息以及税费减免等政策优惠；组织设立防沙治沙重点科研项目和示范、推广项目，并对防沙治沙、沙区能源、沙生经济作物、节水灌溉、防止草原退化、沙地旱作农业等方面的科学研究与技术推广给予资金补助、税费减免等政策优惠。

在推进环境与资源保护立法向可持续发展法律方向发展中，也取得了一些新进展。其标志就是2002年通过的《清洁生产促进法》和《环境影响评价法》。《清洁生产促进法》一改以往污染产生后的治理，转向全过程控制，是环境立法方向的重大转变。这部法律，要求企事业单位采取改进设计、使用清洁的能源和原料、采用先进的工艺技术与设备、改善管理、综合利用等措施，提高资源利用效率，减少或者避免在生产、服务和产品使用过程中污染物的产生和排放；要求政府部门为清洁生产技术的推广提供政策支持、技术帮助和资金补贴，清除影响清洁生产技术推广的各种障碍，提高企业实施清洁生产的责任感，并且通过绿色标志等制度的建立，扩大公众参与环保行动的机会。从而进一步确立了清洁生产和全过程控制污染的法律框架，为推动循环经济的发展奠定了基础，为我国走新型工业化道路提供了重要的法律保障。

经历了几起几落的《环境影响评价法》，是体现"预防为主"环境保护方针的一部法律。该法把规划和计划的环境影响评价，纳入法律适用范围，包括制定国土、城市、工业、农业、林业、能源、交通、自然资源等方面的规划，都要实行环境影响评价，这是一项非常具有挑战性的环境管理手段。同时，该法还确立公众参与环境影响评价、审查监督的制度和程序，要求政府改变拟定规划、计划的常规方式和程序，确立起更加公开和民主的决策方式和程序；要求逐步形成和发展一套不同于项目环境影响评价方法的新的评价技术和方法，对规划所涉及的大空间范围、大时间尺度、多种行为交叉和累积的环境影响，进行客观而公正的评价，从而使规划更趋完善，以符合环境保护和可持续发展的要求。

开展环境与资源保护的执法监督

好的法律需要真正的执行才能发挥出应有的威力。因此，环资委建立伊始，就把环境保护的执法检查放在突出位置。1993年8月，根据国务院《关于开展加强环境保护执法检查严厉打击违法活动的通知》的精神，全国人大环资委同国务院环委会联手，派出六个检查组，分赴黑龙江、山东、新疆、云南、广东、安徽、江苏七个省区，检查《环保法》和《野生动物保护法》的执行情况。这次活动是我国环保事业开创二十年来进行的第一次高规格、大范围的环保执法检查活动。

在这次活动中，全国人大常委会副委员长王丙乾，国务委员、国务院环委会主任宋健，全国人大环资委主任委员曲格平，国务院环委会副主任、国务院副秘书长徐志坚等亲自带队，有环资委十二位委员、国务院环委会八位委员或科学顾问参加。检查组检查了上述七个省区及这些省区的四十二个市、县，一百六十六个工厂，多次召开座谈会，接待群众来电来访，抓违法典型曝光，促成了一批环境问题的解决，在社会上引起强烈反响。

随后，八届全国人大环资委又组织了三十三个检查团（组），检查了《环境保护法》《森林法》《野生动物保护法》《水土保持法》《草原法》等法律的执行情况，检查时间延续之长、规格之高、声势之大、效果之好都是前所未有的。在检查中，敢于碰硬、敢于揭露问题，并且不走过场，切实督促解决问题。特别是对京、津、沪三市的执法检查，在社会上引起很大反响。通过检查，在一定程度上扭转了有法不依、执法不严、违法不究的现象，提高了各级领导人的法律意识，促使一大批环境与资源问题得到解决，受到了社会各界的好评。

环保执法检查督促地方政府查处了一大批违反环保法律法规的案件。如湖北省捣毁一千三百多个小选金，查封二百余家采矿点；山西介休市取缔小土焦一千二百多个；海口市对四十五家污染严重的违法企业予以警告或罚款，并提出限期治理。

环保执法检查促进了污染防治的力度。如山西省每年坚持从财政预算中拨出三千多万元用于支持重点污染源治理；本溪钢铁公司六年投资二点六二亿元，完成十项治理工程；海南严把项目审批关，拒绝进口废物加工和可能污染环境的大型拆船项目。环保执法检查还促进了地方环保与资源保护立法进度，巩固和加强了地方环保执法队伍与机构的建设，如河北、湖南、广西、贵州、四川、内蒙、浙江等省区纷纷出台环境保护条例；在机构改革中，各省级环保机构不同程度地得到加强，大多数城市保留了一级局建制的环保局。

在工作监督方面，环境与资源保护委员会还多次听取了国家计委、国家经贸委、国家科委、财政部、中国人民银行、中国工商银行、中国农业银行、外交部、林业部、地矿部、煤炭部、冶金部、化工部、国家环保局、国家土地局、国家海洋局等二十多个部门和最高人民法院的有关环境与资源保护工作汇报，就如何依法行政，进一步做好环境与资源保护工作交换意见。国家计委对增加环保投入问题、财政部和银行系统就环境治理资金和贷款问题、一些产业部门就依法行政等问题，相应采取了一些措施。

九届全国人大环资委除了进行多部法律的执法检查外，还对一些专题问题进行了比较深入、系统的调查研究。先后围绕西部大开发与可持续发展、城镇化建设与可持续发展、城市污水处理和污水资源化及海水淡化、西部地区生态环境保护问题、北京市污染防治情况和自然保护区建设和管理等专题，组织开展了调查研究。在深入调研、认真总结各级地方人大和政府在环境与资源保护方面取得的成绩和经验基础上，根据地域特点和环保工作的重点，先后召开了中西部地区和东部地区各省（区、市）人大环境与资源保护工作座谈会，分别就实施西部大开发战略和城镇化建设过程中如何加强环境与资源保护工作进行了座谈和讨论。

全国人大环资委多次召开以环境与资源为主题的形势分析会，听取国务院有关部门和专家关于我国当前环境和资源保护情况的汇报，认真分析我国环境和资源保护所面临的严峻形势，并就如何加大执法监督，依法保护自然资源，遏制环境污染和生态破坏，解决我国环境和资源保护工作中存在的突出问题，确保我国的环境与资源安全，提出了具体的意见和建议。

开展环境与资源保护的舆论监督

全国人大环境与资源保护委员会建立之初，我提出开展"中华环保世纪行"宣传活动，发挥舆论监督作用，以推动环境与资源保护工作的深入发展。这一提议当即得到各位委员和全国人大领导的支持，并组成了由环资委、中宣部等十六家单位参加的"中华环保世纪行组织委员会"。1993年通过电视，报道了河南小造纸厂污染河流、毁坏农业生产、使淮河两岸居民无水可饮的严重情况，在社会上引起很大震动。国务院马上做出治理的决定。环保世纪行一炮打响。随后又接连报道了晋陕蒙"黑三角"煤炭的乱采滥挖、小秦岭金矿的乱采滥挖、野生珍稀动物的非法买卖等许多触目惊心的事例，形成了强大的舆论监督力量，促使了这些问题的解决。二十九个省、市、自治区也相继开展了自己的环保世纪行活动。据不完全统计，几年来共有一千多家新闻单位、五千多名记者参加了采访活动，编发各类稿件三万六千多篇。普及了法律知识，提高了全民的法律意识。可以说，中华环保世纪行活动在全国掀起了一个环保热潮，形成了一个绿色冲击波。

九届全国人大环资委的中华环保世纪行办公室每年都根据人大工作和环保形势的需要，抓住环境与资源方面的一个或两个重大问题进行监督，确定了鲜明的宣传主题，组织了强有力的宣传队伍，形成声势浩大的宣传，取得了显著的宣传效果。

1998年组织的"建设万里文明海疆"宣传活动，配合国家环保总局推出了"渤海碧海行动计划"，对海洋的环境建设起到了促进作用。根据这一行动计划，"十五"期间中央和地方相继拿出六百亿元对渤海污染进行治理，使重大的"三三二一"治污工程增加了一个渤海，形成了"三三二一一"工程。

1999年组织的"爱我黄河"宣传活动，加强了黄河流域的生态环境保护与建设，对黄河实行水资源统一管理分配、综合调度以及赋予黄河水利委员会以行政执法地位等问题，起到了积极的促进作用。

2000年组织的"西部开发生态行"宣传活动，着重宣传了在西部大开发中要加强生态保护与建设的战略思想的宣传；对塔里木河流域的综合治理，以及塔里木河、黑河的生态用水进行了宣传报道，推动西部生态环境恢复工作的开展。

2001年组织的"保护长江生命河"宣传活动，推动了《水污染防治法》《水土保持法》等相关法律的贯彻执行，积极宣传了国家的退耕还林还草、天然林保护等重大政策,加强了对水土流失、水污染治理等方面的宣传二作。

2002年组织的"节约资源,保护环境,促进可持续发展"宣传活动,推动了《矿产资源法》的贯彻实施。同时,组织出版了《中国环境警示教育》丛书,举办了"中国环境警示教育大型摄影展"。

五年来,中华环保世纪行活动继续加强了同各省、市、自治区、直辖市环保世纪行工作的联系和指导,交流经验,沟通信息,促进了各省、自治区、直辖市人大根据本地人大工作和环保工作的重点,积极有效、各具特色地开展了环保世纪行活动。

三部环境法律诞生记

我在全国人大环资委工作了十年。这十年，中国的环境保护法有了长足的发展，修订了《大气污染防治法》，根据当时的生态环境问题专门制订了《防沙治沙法》，更为重要的是，几经磨难的《环境影响评价法》也呱呱坠地，填补了我国环境影响评价制度的法律空白。这三部法律在法律文本上有诸多创新，在制度设计上有大踏步的前进，在法律的刚性约束方面也有极大的提升，但每一个突破都充满了博弈。

时至今日，回想起当时立法过程中的调研、辩论、权衡的过程依然记忆犹新，一些思考与经验还值得回味。我曾在2003年就这三部法律的订立、修改过程写过几篇文章，现在读来，也是对那段时间工作的清晰再现。对这些文章，我在原来的基础上进行了修订与补充，更好地讲述当时的过程，以供参考。

黑云压城城欲摧
——《大气污染防治法》修改琐议[1]

一

唐代诗人李贺有"黑云压城城欲摧"之名句,是写兵临城下的危急形势的。我借来作本节的标题,因为当下大气污染的黑云厚厚地压在城市上空,形势也很危急。

从1969年我到国务院工作开始接触环境保护工作算起,到现在已有三十四个年头了。在这个漫长的期间,城市大气污染一直是一个大问题,可以说我一直与城市的烟尘打交道。改造锅炉、推广型煤、推广使用优质煤炭、采用清洁燃料、选择消烟除尘设施、推广集中供热、调整工业布局等等。

只要消烟除尘,能想到的措施差不多都用过了。三十年来我国城市开展了轰轰烈烈的消烟除尘活动。在人口大量增加,经济成倍增长,城市规模不断扩张的情势下,城市大气状况没有恶性发展,有些城市还有所改善,取得了很大的成绩。在这场常抓不懈的活动中,各级政府、各行各业和环境管理部门都尽心尽力了,可歌可颂。但是,当我们巡视全国大中城市的环境状况时,不管是从北到南,还是从东到西,

---

[1] 本文发表于2003年11月15日《中国环境报》

除少数城市外,大多处于灰蒙蒙的烟尘超标状态。从2002年国家环保总局环境公报看,在监测的三百四十三个市(县)中有三分之二的市(县)大气环境质量劣于国家二级标准,其中近一半市(县)大气环境质量劣于三级标准。

大气环境质量达标的市(县)人口仅占统计市(县)的百分之二十六点三。如此大范围的大气环境质量超标,主要是空气中悬浮颗粒物浓度过高所致。四十七个环境重点城市悬浮颗粒物中的可吸入颗粒物(PM_{10})平均达到$0.110mg/m^3$,大约高出西方一些城市的三倍以上。

从综合污染指数看,大气污染排在前十名的城市是:兰州、石家庄、乌鲁木齐、太原、北京、重庆、长沙、沈阳、呼和浩特、西宁。

多年来这些城市的大气污染都处于前列。近年间我去过许多城市,看到林立的高楼大厦,宽敞的道路,繁荣的街市,短短十来年面貌一新。但是,大气环境质量并未见大的好转,污染依然很重,有的城市甚至处在烟雾弥漫之中。

多年来我一直没看到大气污染对人体健康危害的统计资料,这是一大缺陷。如果有这种数据定会令人不安。

除了城市烟尘污染外,一些地区的酸雨污染也不容乐观。2002年排放二氧化硫一千九百六十二点六万吨,居世界首位。在被监测的五百五十五市、县中,百分之三十二点六出现酸雨。降水年均PH小于四点五的市县比2001年还增加了百分之二点八。酸雨对各类建筑物、构筑物、农林牧业和人体健康都带来日趋严重的危害。

在上世纪五十年代,伦敦发生震惊世界的烟雾事件后,西方国家相继采取了积极的防治措施，严重的大气污染明显向好的方向转化，到七十年代除少数城市外．都恢复到相当不错的状态。

一些新兴发展中国家也接受教训，采取措施，城市大气质量也保持了比较好的水平。相比之下，我国的大气环境质量状况就大为逊色了，就其污染城市数量之多，污染程度之重，当列世界前茅。

我国城市大气污染为什么这样严重，又为什么长期难以改变？这个问题让人们长期苦苦思索。我所听到的解释是：中国的燃料结构以煤为主，这种被称为肮脏的能源与相对清洁的天然气和石油类能源相比，其污染程度大不相同。中国是个发展中国家，经济支撑能力有限，难以做到煤炭的清洁使用。几十年了，这种解释一直被沿用，似乎是一种客观、真实、无懈可击的理由。

然而，我们却看到世界上有很多燃煤的国家其中不乏发展中国家，并没有出现像我国这样大面积的、严重的大气污染。除了客观原因之外，还有没有政策上和工作上的原因呢？

我认为，我国在能源政策上有重大失误。

国家在一个很长的时期内，能源政策忽视对环境保护的关注，这对大气环境特别是城市大气环境带来严重后果。在"先生产后生活"政策指引下，优质煤炭（指低灰分、低硫分的煤）首先供工业生产用，劣质煤炭（高灰分、高硫分的煤）供民用，而且不经任何净化处理的原煤供城市直接使用。按照世界上通常合理的做法，工业应该用劣质煤，因为它有能力采取净化措施；民用应该用优质煤，因为都是分散的小户，无法采取净化措施。城市是人口高度集中的地方，对煤炭质量和燃烧方式应有比较严格的要求，城市理应不准燃用原煤，必须经洗选和适当加工方可使用。但是，五十多年了我国一直没有这样做。是经济能力做不到吗？不是。是技术高不可攀吗？不是。一个典型事例可证实这个结论。从五十年代起在一些城市就在使用"型煤"（把煤粉碎后适当添加粘结成分和碱性成分，做成易于燃用的各种型状），设备简单，加工简便，投入很少，却能大幅度降低烟尘和二氧化硫排放量，并显著提高能效。即使这样简易的煤炭清洁措施也没有作出强制推行的决定。为什么？因为改善大气污染状况没有摆上各级政府的工作日程。

我国清洁能源，如天然气等虽在整个能源结构中比重不很大，如果合理使用也会在城市大气环境中发挥重大作用。但是，也是受"先生产后生活"的思想指导，大都用到工业生产上去了，没有首先供做民用。

这种被颠倒了的政策，直到2000年前后才有所改变。近年来我国天然气工业有强劲的发展势头，西气东输将给沿途、沿海地区送去清洁能源，并使一些城市解脱燃煤带来的大气污染之苦。但是相对较高的价格成为天然气市场发展的重大障碍，在有些城市推广遇到了困难。看来，完全由地方或行业定价不妥当，中央政府应进行必要干预或给以财政扶助措施，以促使这一有利于改善大气环境的措施站住脚跟，顺利发展，在城市环境中发挥积极作用。

二

我一直认为需要从立法的层面来调整我们对城市大气污染治理的思路。在我担任第八届、九届全国人大环资委主任期间，曾两次主持修改了《大气污染防治法》。第一次修改的方案经第八届全国人大常委会第十五次会议审议通过，第二次是第九届全国人大常委会第十五次会议审议通过。一部法律在短期内进行两次修改，这是不多见的。后一次修改，有很大的改动，法条由原来的五十条增至七十二条，原有法条一半以上都得到了修改。

在短期内做出第二次修改的动议是因为我注意到，尽管1995年修改的《大气污染防治法》在控制大气污染方面起到了一定作用，推动了煤炭的清洁利用，加快了淘汰严重污染大气的落后工艺和设备的步伐，一些重点地区开始了对酸雨和二氧化硫污染的控制。但是，由于当时对大气污染严重状况和发展趋势认识不足，所规定的防治措施不够有力，法律责任不够明确，处罚缺乏力度，致使一些违法行为得不到追究。加上当时大气治理形势发生了一些新的变化，原有法律已不能适应形势需要。而且那时候，我国大气污染严重，大气污染物排放总量居高不下。据世界卫生组织1998年公布的五十四个国家二百七十二个城市大气污染评价结果，大气污染最严重的十个城市中，我国就占了七个。

关于《大气污染防治法》第二次修改应包括哪些内容，我曾表示，我国以煤为主的能源结构在短期内难有重大改变，要想改变大气环境质量，只有面对现实，抓住要害，对重点城市、重点地区作出更加严格的规定，使大气质量在国家规定的期限内有一个比较明显的改善。修改的重点是从集中力量抓重点城市的大气污染防治、加强机动车污染防治、加大城市扬尘的控制力度、禁止超标排放污染物、实行大气污染物排放的总量控制和许可制度、强化法律责任等七个方面进行的。

与以往不同的是，在那次修订的过程中，还对修订后法案的预期效果及付出的经济代价作了一些初步的估算。如果在法律公布后，执法到位，各项法律规定切实得到实施，预计将从四个方面取得成效：一是主要污染物排放总量在得到控制的基础上，开始逐年减少。

据国家环保总局测算，在推行总量控制后，全国主要大气污染物排放量可以控制在1995年的水平上，"两控区"内的二氧化硫到2010年控制在1000万吨左右，达到环境质量标准。其治理总投入约需一千八百亿元，按1995年"两控区"国内生产总值三点六万亿元估算，约占该地区百分之零点五，这是可以承受的。二是重点城市大气质量明显改善。从目前列入大气污染防治重点的四十七个城市来看，大气质量按功能区已达标的有十三个。实施新法后，可促使其余三十四个城市在国务院规定的期限内达到大气环境质量二级标准，期间投入约占这些城市同期国内生产总值的百分之一点五左右。三是机动车排气污染得到控制。按照新法律严格管理，单车排放量将显著降低，在机动车数量大增的情况下，还可以有效控制和削减一氧化碳和氮氧化物的排放量，从而把我国机动车污染控制水平从八十年代提高到九十年代。四是城市扬尘将得到有效控制。新法律对此作了比较严格的规定，只要严格执行，加强管理，城市扬尘可大幅度减少。据北京市测算，通过加强管理，可减少建筑扬尘百分之七十。而加强管理，不需要多少投入，就能取得成效。

三

2000年《大气污染防治法》的修改取得了一些重大的、实质性的进展。主要是：

（一）作出了首先抓重点城市大气污染改善的规定

全国六百六十八个城市用煤量很大，是城市大气污染的基本来源。不用煤炭完全改用清洁燃料，在一个相当长的时期内做不到。但是，在大中城市人口密集的中心地带划定禁止高污燃料区（主要指煤炭的燃烧。划定这样的区域，一般只占城市总面积很小一部分，但人口却占到百分之五十到七十），推行以气代煤（天然气、石油液化气、煤制气等）、以电代煤是完全有条件做到的。

就以北京市来说，全市每年用煤量达两千八百万吨，要以清洁燃料全部替代，在一个很长时间内都做不到。但是，在城区三环以内作为禁煤区，面积不到二百平方公里，被替代的煤炭也不过几百万吨，这是完全可以做得到的。这样做可收到立竿见影的效果，污染状况会得到迅速改观。

随着清洁能源供应能力的提高,可以不断扩大禁煤区的范围,实行由小到大、由里到外、逐步推进的方针。这为解决城市大气污染找到了一条切实可行的道路,是彻底解决中国城市大气污染的正确选择。

全国人大常委会在对《大气污染防治法》修改草案进行审议时,对抓重点城市大气污染也有激烈的争论,请看《中国青年报》记者的报道:

一些委员说,不能把城市分等级、先后,既然环境不好,就都要治理,不能说有些地方的百姓就该呼吸有害的空气。

怎么办?曲格平说:"这样就逼得我们不得不算账了。仅仅是四十七个重点城市就要付出一千五百亿元左右投入,在中国的经济实力下齐头并进是不可能的,只能抓重点。"

也有的委员提出,重点城市经济上能否承受?算账的结果是:四十七个重点城市扣除达标的十三个城市可以分成三类:第一类是四个直辖市,经济条件虽然好,但治理任务重,实现目标的投入比较大,平均在一百〇五亿元到三百〇五亿元之间;第二类是经济基础和大气环境较好的六个沿海城市,实现达标不需要太多投入,平均六亿至八亿元;第三类是基础较差的城市,实现达标平均要投入十五亿至二十亿元,十年实现达标的投入约占同期国内生产总值的百分之一点五,这是可以承受的。如果不治理,经济损失更大。据世界银行公布的数字,中国每年大气污染造成的直接经济损失就高达四千多亿元。

曲格平的账单明显地转变了会场的气氛。会场上议论纷纷，很多对现在是否有必要再次修改《大气污染防治法》、国情是否允许、对目前实现新法有怀疑的人，渐渐转变了看法。

（二）把控制城市机动车污染摆上了工作日程

鉴于城市机动车数量不断增多，在许多城市已经成为大气主要污染源，为了不致酿成不可收拾的污染局面，在这次《大气污染防治法》修改中作出了比较严格的规定："任何单位和个人不得制造、销售或者进口污染物排放超过规定排放标准的机动车船。""在用机动车不符合污染物排放标准的，不准上路行驶。"同时，对燃油质量也作出了规定。全国人大环资委和国务院环保总局坚持认为：中国汽车业虽刚起步，但应高起点，不能再生产污染严重的落后汽车，排放标准不能过低，拟采用欧洲汽车排放Ⅰ号标准。实行这个标准，汽车制造业就要改进工艺，如化油器要改电喷，并且要增添尾气催化器。除汽车制造业的改进外，使用的汽油也必须由含铅汽油变为无铅汽油。执行这些规定虽然要付出一定经济代价，但从环境保护来说是值得的，对中国汽车业的发展也是必要的。

有人曾对此评价说：这些规定使中国汽车业与国际先进水平的差距至少缩短了二十年。

但是，在对防治汽车污染业作出规定的过程中，也遇到了很大的阻力。请看《中国青年报》记者的报道：

修改者第一刀就是砍"氮氧化物"。这一刀下去是多少车船？多少厂家？不说从今以后要改的生产线，光是目前已经超过标准的机动车船的数量就很大，中国的汽车工业刚刚要飞起来。新标准划出去的可不止是厂子啊，还有多少工人！中国的大气环境治理需要有较长的过程，太急了不行。

有些委员强调："环境保护是重要，但也应与一定的经济发展水平相适应，不能脱离经济发展水平谈环境保护，更不能简单套用一些发达国家的环保体制……"

对此，曲格平深有感慨地说，谁都赞成发展经济与环境保护同步，可在制定具体政策、法律规定时，还是宁可牺牲环境保经济。

全国人大环资委对每一项要采取的措施都进行了算账，结果是：若实现新的排放标准，所需的控制费用占国内生产总值的百分之零点三至零点七，但汽车工业的发展由于采用先进控制技术，对国内生产总值的贡献率可达百分之三。

"过于超前，过于理想化，会因要求过高脱离国情使经济发展受到严重影响。"两年里，听到很多人这样说。曲格平却坚持说，"实际上这次法律涉及的相关新技术，在中国来讲可能有点新，但在国际上并不新。我们执行的还是欧洲Ⅰ号（标准），人家现在实行Ⅲ号标准了，我们和人家的差距还有十年。若说超前，是人们还有些不习惯，跟世界水平比，我们还落后一大截呢。"

新的《大气法》把"法律责任"这一项大大加强了。

有人说这是不是太厉害了？比如，含铅汽油，就应该留一些缺口，中国是发展中的国家，东部、西部、城市、乡村不要一刀切。然而新法没留这个口子。

对于这一点，曲格平还是颇感自豪："发达国家提出淘汰含铅汽油，从提出到全面实现走了四十年，中国只用了三年。"

这次修改汽车部分，有一个很奇怪的现象，反对最厉害的是国外的企业。为什么呢？因为，国外汽车企业都是大生产线。提出新法，它的整条生产线都得改动，实现这个规定要付出很大代价。中国自己的汽车业刚刚起步，所以改起来反倒比较容易，没有那么重的包袱。

"要求国外汽车企业改它的生产线，争论很激烈。但直到最后，我们还是不让步。谁服从谁呀？你只能服从人民的利益，这个法，就是从人民的利益来考虑的。当然企业利益，我们也是要考虑的。但是，现在的问题是迁就太多啦！"曲格平如此固执，想必曾令众多老板大伤脑筋。

曲格平说："我们对汽车行业做出这个规定，使我国汽车业的水平同国际上相差三十年的距离缩短到了十年！这种步伐，世界上还没有先例。我们起步晚了反倒可以从一个新的起点开始，这就是我们的后发优势。"

看来是环保促进了中国汽车业的发展。曲格平说："对。实际上，国际上也都是环保在促进整个汽车业的发展。回顾一下一百年来汽车业发展的历史，新车型不断推出，油耗不断降低，谁来推动的？不是钢铁缺少，也不是石油短缺，这个推动力来自环保。环境保护促进了汽车业的技术进步，比如说，汽车的油耗一降再降，最近又出现了零排放汽车，全是环保给逼出来的。"

（三）对排污收费制度作了重大改革

从上世纪八十年代初实行污染物超标排放收费制度以来，明确了企业的环境责任，促进了环境污染的治理，取得很大成绩。但是也暴露出一些问题，突出的有两点：一是收费标准过低，企业只愿缴纳排污费，而不愿治理，把污染危害转嫁给社会，加大了社会治理成本。现在对不超标排放污染物实行收费制度，是对企业"外部不经济性"的纠正，是必要的，也是合理的；二是原来实行的超标收费的规定违背法理，因为环境标准是法的组成部分，"超标排放"属于违法行为，对违法行为不应靠收费处理，而应作为违法处理，一般情况下处以罚款，对造成严重后果、构成犯罪的还要追究刑事责任。超标排放污染物违法的规定，对促使企业污染治理，保护大气环境具有重要意义。

对排污收费制度的改革，是争论的又一焦点。请看《中国青年报》记者的报道：

这次修改中争论最大的就是"排污收费和超标罚款"。修改的核心在于"超标就是违法"，这是一个重大的改变。过去，你排污超标了，交费就完了。现在呢，超标就是违法行为，要受到更严的惩处。

在性质上就有很大变化。这一条就招来许多产业部门和企业界的强烈不同意见。

反对方面说来说去一句话：工厂承受不了。他们说，从方向上来讲是对的，但是从现在的承受能力上来讲，不行。

而曲格平说："从法理上来讲只能这么做。污染物排放标准是法律的组成部分，你违反标准就是违法。"这个问题的争论又涉及另一条规定，就是排污收费。这个争论非常之大。在九届人大十一和十三两次常委会议上，都对这一问题展开了长时间的讨论。在会议记录中我们看到：有委员提出："收排污费不是个好办法，等于花钱买个排污权。"有委员说："我对排污不超标也收费，不理解。"

而另一委员更进了一步说："每个人每天呼出二氧化碳，也在污染大气，难道也要收费吗？对排放标准，个别地区可以定得严格些，但不超标就不要收费了。"面对这些意见，不少委员发言说：排污即使不超标也对大气造成了污染，应当执行"污染者付费"的原则。况且治理污染光靠国家投入资金是绝对不够的。我国目前的标准已经定得很低，即使不超标也造成较大污染。因此对排污者收费是可行的，也能提高公民的环境意识，我们不应当回避企业正在制造污染的事实。

争论还转到另一些话题。有委员认为："排污费应改为排污税，入国家财政，避免环保部门内部运行。"

有的委员又提出："我认为罚款不能解决污染治理问题，否则很可能变成'钱污交易'。"

有些委员也认为："鉴于我国的实际情况，大气污染不是短期内就能治理好的，加上目前国企、集体企业的经济效益不太好，缺乏治理资金的情况一时难以改变，再罚款就更困难了。"

曲格平说:"为什么排污要收费,因为你排放污染物对社会造成了危害,从法律规定看你就有治理的义务。你排放污染物增加了社会成本,所以你就要进行补偿。如果排污不收费,城市环境治理的钱哪儿来呢?从国外市场经济国家的通常做法看,排放污染物都要交费。"有委员补充说:"罚款太多,容易引起人们的反感。"

经过多次会议反复争论,委员们对"排污就收费、超标排污要接受处罚"终于统一了意见。确立了大气污染物总量控制和许可证制度。国内外实践证明,浓度标准难以控制环境污染。要想控制大气环境污染,并进而不断改善大气环境质量,只有实行大气污染物排放总量才可能。这也是西方国家一项成功的经验,被称为"污染控制法的支柱"。我们从八十年代、九十年代的立法或修法中就想对此作出规定,但是,始终未被接受。

这次修改《大气法》,我们向常委会成员提供了国内多年来的试行情况和国外成功做法的资料,消除了委员们的疑虑,被审议通过了。确定大气污染物总量控制制度,实行与之相配套的排污许可证制度就顺理成章了。这是我国对大气环境管理的重大进展。

同样,这项制度的确立也经过了激烈的辩论。一些委员说:实行总量控制方向是对的,但是现在条件不成熟,企业承受不了,不能脱离中国国情,不能过于超前,过于理想化。在征求国务院有关部门意见时,几乎异口同声"不赞成"。理由很简单:加重企业负担,企业难以承受。为此，我们向常委会成员们提供了酸雨发展和其危害的调查报告，这份调查报告以无可辩驳的事实说明，对引起酸雨污染物实行总量控制是势在必行的。同时，我们也提供了专家对"两控区"实行总量控制制度所作出费用的估算：实现对"两控区"的一百七十五个城市污染排放控制将付出的代价是：要实现2010年排放总量控制在一千万吨的目标，2001年到2005年要削减四百九十万吨，2006年到2010年要削减四百一十六万吨，平均每年投入治理的投资为一百八十亿元，占"两控区"国内生产总值的百分之零点五左右。委员们认为这个比例的投入企业是可以承受的。

《中国青年报》记者报道的结尾说：

我最后问这位为修改《大气法》付出不懈努力的老人："就在这部法律即将要通过之前，发生了沙尘暴频频袭击北京的事。这是不是可以说送来了一件好事？您的感觉是什么呢？是它促成了《大气法》修改方案的通过吗？"

"对，沙尘暴对通过这个《大气法》客观上有帮助。"

"是不是会场上的争论顿时减少了？"

曲格平再次笑了："沙尘暴加深了大家的紧迫感，每一个人都比以往任何时候都更渴望拥有一片蓝天。"

频频尘暴袭来时
——《防沙治沙法》琐议[1]

一

近几十年来中国惊天动地的事情太多了，有很多好事，也有不少坏事。而有些事情看来平常，但潜伏危险却往往被忽视，沙漠化的蔓延就是突出事例。沙漠正在悄悄地，却是大踏步地扩展着自己的阵地，目前已经沙化的土地近一百七十万平方公里，这是一块多么大的国土呀！相当于东北三省再加京、津、冀、豫、晋、陕面积的总和。从北京乘机到乌鲁木齐，透过舷窗望下去，浩瀚无垠的沙海令人怅然。

长时期以来沙尘暴多在西北肆虐，近几年它却在步步南侵，东北、华北也经常被袭击，甚至南京、上海、杭州也不时黄沙漫天，降下以前难以见到的泥雨。2000年仅是北京就遭到十九次沙尘暴的袭击。沙尘暴的频频造访，吹醒了沉迷于歌舞升平中的中国人，除非麻木不仁者，能对扑面而来、遮天蔽日的沙尘暴无动于衷！新闻界大声疾呼，社会各界纷纷议论，科学家们出谋划策，国务院总理亲临

---

[1] 本文原载于《关注中国生态安全》一书，中国环境科学出版社，2004年4月。

沙源地视察，并紧急拨款环京、津地区植树种草，以堵截尘沙入侵之风口，全国人大也在行动，立即增补计划，制定《防沙治沙法》。能够受惊而思动，迷途而知返，还是有希望的。要感谢沙尘暴鸣起的警笛，如果不是它的一而再、再而三的提醒，人们还不知沉迷到何年何月。

二

全国人大环境与资源保护委员会接受了起草《防沙治沙法》的任务，我参加了起草工作。我到西北看过一些沙区，听了各方人士对防沙治沙的意见，查阅了有关的档案文书。风沙自古有之，干旱的气候、强劲的西北气流加剧了沙漠的不断蔓延，这种特有的自然条件是西北地区沙化的重要因素。这是上苍降临的一种灾难。不过，也有人说这是上苍对我们智慧的一种考验。很遗憾，我们没有经得起这种考验。

从历史上看，秦、汉以来，与修筑长城和战乱相伴的就是多次的大规模移民军屯、民屯，西北地区人口大增。大片森林、草原被开垦为耕地，再加上不合理地开发使用水源，从唐代以后荒漠化土地就在明显扩大。唐以后各朝代对土地开发利用虽有程度不同，但向森林要田、向草原要田、向河道湖泊要田，几乎从未停止过。因此，沙漠化一直在不断地扩展，这就是我们中华民族的开发史。新中国成立五十年来，不仅继承了这种历史传统，而且大大向前推进了这种传统，土地荒漠化的速度前所未有，沙化土地面积超越上千年的总和。这有自然界的原因，就是干旱和强风。但是大量调查研究表明：人为因素占据主导地位。我们在对土地开发利用的政策上有一系列重大失误。我这里只说两点：一是滥肆开垦；二是超载放牧。

在"以粮为纲"政策的指引下，对草原、林地进行了大规模的不适当的开垦。二十世纪五十年代到七十年代末西北地区有三次大规模的毁牧、毁林开垦，开垦草原六百六十七万公顷，毁林十八点七万公顷。其结果几乎是开垦一块，沙化一块，农、林、牧三业皆伤，人造沙漠就这样在不断扩大。这种开垦不是使农牧民更富裕了，而是使他们更加贫困了。从改革开放以来，至少是学术界对过去不顾自然规律的开垦进行了研究和反思，滥垦现象有所收敛。但是，并未真正记取教训，国家也未制定强制性的法规和管理措施，滥垦现象并未停止。据有关方面统计，1994年至1999年间全国在固定沙地和草地上开垦耕地一万七千平方公里，每年平均开垦三千四百平方公里，这是我国土地急剧沙化的重要原因。

如果拿我们与美国对待沙尘暴的态度和做法作一比较，就可看出问题的所在了。二十世纪三十年代美国西部连续发生几次震惊世界的沙尘暴（又称黑风暴），几乎横扫美国三分之二的领土。这种沙尘暴是不合理的经济活动破坏了生态平衡导致的结果。美国西部从1870年到1930年的六十年间，耕地由十二万公顷扩至七百三十三万公顷之多，增长了六十多倍。裸露的土壤，加上干旱和风蚀，遂酿成了沙尘暴之灾。联邦政府被震惊，及时组织专家调查研究，提出对策，政府实施了一系列富有成效的措施，比如禁止开垦、对农业实行免耕法、退耕还林还草、大力植树种草、营造防护林带，以及政府实施了对防沙治沙的财政补助措施。由于措施得当，很快收到了成效，已有六十多年再未发生沙尘暴灾害。同样是面对沙尘暴威胁，美国控制住了沙尘暴的发生，恢复了原有土地的面貌；中国却走进"越垦越荒，越荒越穷，越穷越垦"的恶性循环之中。这是缺乏知识的结果吗？似乎也不尽然，当年罗斯福总统遇到沙尘暴时也没有这方面的防治知识。但是，他们在遇到重大危机时有一套应对决策的程序和办法，能集正确的意见付诸行动，而我们却没有。这样看来，还是工作制度上的问题，决策机制上的问题。我国土地退化的症结就在这里。因此，我们也应毫不迟疑地建立起民主决策程序，不能再允许只凭领导人或少数人的意志轻率决策的局面延续下去了。

长期以来，超载放牧是使草原退化的重要原因，这是"多养羊，快致富"政策误导的结果。这种政策国家似乎没有明文提出过，但在各草原地的政府却都在实行着。超载放牧是一个普遍现象，而且持续很长时间了，不仅未得到制止，而且在一个很长时期内还得到了政府的鼓励。我就在严重草原退化区亲眼见到过政府在大力推广宣扬的养羊大户标兵。据有关方面的统计，超载率一般在百分之五十至一百二十，有些地区甚至高达百分之二百至三百；草原退化面积占到总面积的一半以上，草地生产力大幅度下降。据统计，1994年内蒙古、新疆、西藏的单位面积草场所生产的肉和毛，不及与其自然条件相似的美国草地生产力的二十分之一。

　　对草地资源只利用不保护、重索取低投入也是草原退化的重要因素。我国草地面积约四亿公顷，占国土面积的百分之四十以上，本应像农业一样成为一项支柱产业，对人民生活和国民经济做出较大贡献。但是，五十年来草原牧业从未摆上应有的位置，冷冷落落，凄凄惨惨地艰难度日。据不完全统计，1949年至1989年的四十年间，国家对草地建设投资平均每年每亩两分多钱。这充分说明对草地实行的是一种掠夺式经营，其退化和荒化就成为很自然的事了。前不久被修改过的《草原法》对保护和建设草原作出了许多新的规定，使我们看到了希望。我认为只有把牧业特别是草原牧业摆上同农业一样的位置，才能改变目前草原日趋退化的局面，并成为振兴中国农业的新起点。

三

　　当我们起草《防沙治沙法》时，摆在我们面前的严酷现实是：沙化土地一百六十八点九万平方公里。其中，戈壁滩约六十七万平方公里；原生性沙漠约四十九万平方公里。上述两部分沙化土地在目前属不能治理和不需治理的；尚可治理的沙化土地五十二点九万平方公里。

　　另外更让人揪心的是，还有九十万平方公里土地正处于明显沙化趋势中，如果不采取强有力的措施也将沦为沙化土地。当前沙化土地正以每年三千四百平方公里的速度扩张，也就是说每年损失相当于沿海地区两个中等县的面积。

除上述沙化土地外，还有水土流失面积约三百六十万平方公里，这是土地退化的另一种表现。在西南地区由于严重的水土流失，已出现了大片的"石漠化"面积，这是荒漠化土地发展的另一种严重表现。

在如此严峻的形势下，如何制定这部法律呢？权衡再三，把防治重点放在有明显沙化的土地，特别是每年三千四百平方公里土地的沙化上。如果在这方面能起到一些作用，制定这部法律也就很有意义了。

四

《防沙治沙法》起草时重点是三条：一是明确各级政府及其主管部门的责任；二是想方设法调动社会各界特别是农牧民防沙治沙的积极性；三是加大国家对防沙治沙的投入和扶持力度。

可以说，《防沙治沙法》对前两条都作出了相应的规定。在政府的责任中规定了政府对沙化土地的规划、预防和治理的责任，尤其是建立政府领导防沙治沙任期目标责任考核奖惩制度，这是在其他法律中很少有的规定，对防沙治沙具有重要意义；在调动沙化地区人民和社会各界防沙治沙积极性方面也有许多优惠措施，除资金补助、财政贴息及税费减免外，对国有沙化土地的防沙治沙活动，可以享受七十年的土地使用权，这是到目前为止在法律中对土地使用权最长的规定。

　　遗憾的是第三条关于国家设立防沙治沙基金的条款未被采纳。这一条在起草过程中就与国务院有关部门协商,始终未能取得一致。

　　据专家们估算,西北地区荒漠化每年造成的直接经济损失五百四十亿元,相当于1996年西北五省区财政收入的三倍,间接经济损失难以计算。西北地区的贫困与土地退化有着密切关系。不改变土地的这种恶化趋势,西北地区的振兴就难有指望。因此,中央政府应指导这些地区进行草原和林地的恢复和建设,这是一项长期的、艰难的事业,中央应该在财力上给以支持。《防沙治沙法》中没有作出设立基金的规定是缺乏综合分析和评价的短视行为。这一课是迟早要补的。

五

　　如何防治土地的退化,在《防沙治沙法》和前不久修改的《草原法》中都作出了规定,只要切实按照法律规定去做,当前继续恶化的局面是可以被缓解甚至被阻止的。我所担心的仍是国家和地方财政支持的力度。没有可靠而有力的财政支持是难以做好防沙治沙这项事业的。因此,建立防沙治沙专项基金是必要的。如何建立这种基金?我认为实行中央与地方相结合的做法是可行的。国家每年从财政预算中列出专项支持资金,比如每年拨付二百亿元资金(在全国人大常委会审议《防沙治沙法》草案时,一些委员建议国家每年应拨付不少于五百亿元的专项资金）。另外，受风沙危害的沿海地区，也要设立防沙治沙支持基金，比如每年筹集一百亿元左右，分摊到八九个省市负担并不算大。每年三百亿元的专项基金，再加上地方、个人、社会各界筹集的资金，就可以把防沙治沙工作推动起来。如果这样做，坚持十年也许就可能改变当前土地严重退化的局面。这不仅对西北地区，也是振兴中华的治本之策，应该早下决心。

十年磨一剑
——《环境影响评价法》琐议[1]

一

人们对环境问题的认识，经历了一个由浅入深、由个别到一般、由局部到整体的过程。我起初接触工业污染，大约是在六十年代末对北京几家污染工厂的调查开始，接着又到大连、沈阳、淄博等地调查。我曾问工厂负责人为什么不建设污染防治设施，认为造成污染是这些工厂的一种个别行为。可是随着我对其他地区和更多工厂的调查了

---

(1) 本文原载于《关注中国生态安全》一书，中国环境科学出版社，2004年4月。

解，使我看到工业生产对环境的污染是一个普遍现象。不仅在七十年代是这样，到八九十年代还是这样。因此，仅仅追究工厂方面的责任就不够了，需要从国家工业发展方针和政策上去找原因。不在这个源头上采取预防措施，工业污染就难以得到控制。

城市环境问题也和工业生产一样，大气污染、水质污染、噪声和垃圾等方面的污染不是个别城市所独有，而是全国城市普遍存在的问题，只是程度不同而已。从全国看城市性质不明，规模失控，发展方向多变，工业畸形发展，布局特别是工业布局不合理，能源使用不顾环境保护要求，不重视基础设施，特别是环境保护设施等，是带有普遍性的问题。改革开放以来虽有所改善，但总体状况没多大改变。这就说明国家的城市发展政策和规划上存在缺陷。不从这个源头上去制定改进对策，城市就难以走向健康发展之路。

我国在自然生态方面的问题突出，水土流失面积很大，土地退化加剧，荒漠化土地迅速扩展，自然灾害增多，农业生产环境受到很大威胁，也影响了人类生存环境的质量，自然生态的恶化达到了前所未有的程度。自然生态的恶化受气候等自然因素的影响。但是大量的调查分析证明，人为因素是主要的，从成因上看大约占到八成甚至更多。这种人为因素历历在目：毁林开垦、毁牧场开垦、围湖、填河道造田、开垦湿地、开垦丘陵山地、对水源的不合理开发（如拦水筑坝、过量抽取地下水）、草原过牧，在农业上无节制地大量使用化肥农药等。这些都是长时间和大范围存在的问题,这都说明国家和有关地方政府在农、林、牧、水发展政策上有重大失误。不从这个源头上采取预防措施,头疼医头,脚疼医脚,不会有多大效果,自然生态还会继续恶化下去。

历史的经验教训告诉我们,环境问题的终极原因是国家发展政策和发展规划的失当,不从发展政策和发展规划上去纠正这种失误,要想防止生态环境问题的产生是不可能的。

二

作为个人来说,对国家政策只能有所议论,或者顶多提出建议,至于调整或修改则是无能为力的。1993年我到全国人大环境与资源委员会工作以后,似乎看到了个人对政策施加影响的机会了,因为委员会有向常委会提出新的法律草案或对原有法律提出修改草案的权力。从1993年至2003年的八届、九届人大期间,我参与制定和修订的二十多部环境与资源法律中,都力求从法律规定上,也就是政策的源头上采取一些预防措施,取得了一些进展,使我和我的同事们增加了信心。

1997年八届全国人大届满之前,我提出制定《环境影响评价法》和《清洁生产促进法》的建议,供九届全国人大环境与资源保护委员会考虑。我之所以提出制定这两部法律,是想从产生环境问题的政策和规划源头上去采取预防措施。《环境影响评价法》在预防环境问题方面具有特别重要作用，西方工业发达国家实践证明，实施对政策和规划的环境评价制度后（称这种评价为"战略环评"），新的环境问题大幅度减少，环境状况迅速好转，使环境管理进入到一个崭新阶段。

从我国在经济开发区、工业基地、农业区域综合开发等方面试点看，环境影响评价制度也都显示出独特的作用，说明制定这部法律是非常必要的。《清洁生产促进法》也是源头把关的一项制度，是实现经济发展和保护环境双赢的一项制度。实施清洁生产，有利于技术进步，提高资源利用效率，提高产品质量，有利于市场竞争，并明显地减轻对环境的污染危害，是工农业生产和服务业的发展方向。

1998年九届全国人大换届，我有幸经选举留下来继续担任环境与资源保护委员会主任委员之职。我提出的制定两部新法的建议被委员会一致通过，相继又被常委会列入立法计划。委员会组成了两个起草小组开始了工作。《清洁生产促进法》在立法计划中是作为后备项目，这个后备项目从起草到送审，虽然也遇到了不少反对意见，但总的看阻力不大，于2002年6月被顺利通过；而《环境影响评价法》一审后因内外意见难以统一，被搁置了二十个月之久，险些夭折。经一再努力和多方做工作，终于在2002年10月被通过。为此，环境与资源保护委员会的成员们松了一口气，而我更是喜出望外，曾感慨地说：十年人大工作没白混。

三

许多法律的制定或修订往往经历多次反复。《环境影响评价法》的制定则经历了难以见到的激烈争论和强烈反对。全国人大常委们大都赞成和支持这个法律草案，只是少数人持反对态度。反对意见主要来自国务院有关部门，草案所涉及领域的有关部门大都持反对意见。由于难以取得共识，以致中断审议二十个月之久。按全国人大立法法规定，一个法律审议中断两年便自动撤销，并不再重审。幸好几经努力，赶在自动撤销前促请常委会再次审议，并最终被通过，经历了一个起死回生的艰难过程。

争论的焦点集中在两个问题上：一是超前，不符合中国国情；二是对政策和规划难以评价。超前说的理由是：对政策规划进行环境影响评价是西方富国的法律，中国是"穷国穷民"的发展中国家，这样的法律不符合中国国情，超前了。在反复辩论中一个无可辩驳的事实是：中国的严重环境污染和日益加剧的自然生态破坏，不仅阻碍了经济建设事业的顺利发展，而且构成了对国家生态安全的威胁。制定《环境影响评价法》，扭转这种被动局面是一件刻不容缓的事情，不是"超前"，而是"滞后"了。至于说中国是个发展中国家，财力有限，难以承受，这种意见也是站不住脚的。正因为我国是一个发展中国家，环境问题造成的巨大损失，才真正是经济上难以承受的，才更需要这项法律。对于有些单位和个人来说，之所以强烈反对制定《环境影响评价法》，是因为制定了民主决策制度，就增加了工作环节，限制了自己部门的权力，不能随心所欲地作决策了。这就是问题的核心所在。在法律制定中就不时遇到部门利益与整体利益的冲突。可喜的是，随着国家管理部门的压缩和减少，这种冲突也在明显减少。

对政策和规划难以评价的理由，主要是认为范围过于广泛，没有实践经验，条件不成熟；特别是政策不确定性大，难于操作和实行。经反复磋商，对政策的评价暂不作出法律规定，可选择一些地方试点，积累经验，待条件成熟时再增补进法律中去。而对各项开发性的规划进行评价则达成了共识。为此，法律作出规定，下述规划都属环境影响评价的范围：对土地利用的有关规划；区域、流域、海域的建设、开发利用规划；工业、农业、畜牧业、林业、能源、水利、交通、城市建设、旅游、自然资源开发的有关专项规划。所以列出这些规划，是因为这些方面是最容易产生不良环境影响的。国家的许多重大发展政策都是通过规划实现的，把握住了规划的环境影响评价这个环节，在很大程度上也就控制住了政策对环境的不良影响。

争论了四年，磋商了四年，修改了四年，《环境影响评价法》终于被通过了，起草小组和环资委全体成员，以及全国人大法律委员会和常委会法工委都付出了不懈努力。国务院法制办和国家环保总局功不可没，没有他们的支持和积极配合，这部法律就难以出台了。

四

我们说，《环境影响评价法》是从源头把关的法律，是指为区域开发、产业发展和自然资源开发的决策建立了民主和科学决策的机制。凡是在这些方面决定重大的开发建设事项，都要遵守这种决策程序和办法，再不允许一个人或少数人盲目拍板，轻率决策了。这是一件具有重大意义的事情，是我国民主法制建设的重大进步。

法律规定的民主决策机制包括下述程序和做法：

第一，编制规划的部门从编制规划到实施的全过程都要对环境影响负责，对提出的规划要组织环境影响评价，并将环境影响报告书与规划方案同时上报审批机关，未附送环境影响报告书的，审批机关不予审批。

第二，对可能造成不良环境影响并直接涉及公众环境权益的规划，要在规划方案上报审批前征求公众、专家和有关单位意见，并在上报审批的环境影响报告书中附具对该意见采纳或者不采纳的说明。

第三，设区的市级以上人民政府在审批专项规划草案、作出决策前，应指定环境保护行政主管部门或其他部门召集有关方面的代表和专家组成审查小组，对环境影响报告书进行审查，并提出书面意见。

第四，设区的市级以上人民政府或者省以上人民政府有关部门在审批专项规划草案时，应将环境影响报告书结论以及环境管理等部门的审查意见作为决策的重要依据。

在审批中未采纳环境影响报告书结论以及审查意见的，应当作出说明，并存档备案。

第五，对环境有重大影响的规划实施后，编制机关应当及时组织环境跟踪评价，发现有明显不良影响的，应当及时采取改进措施，并报告审批机关。反馈系统的建立，可使不完善的决策及时得到修正。

邓小平在八十年代初曾经指出："我们过去发生的各种错误，固然与某些人的思想、作风有关，但是组织制度、工作制度方面的问题更重要。这些方面的制度好可以使坏人无法任意横行。制度不好可以使好人无法充分做好事，甚至会走到反面。即使像毛泽东同志这样伟大的人物，也受到一些不好制度的严重影响，以至对党对国家对他个人都造成了很大的不幸。我们今天再不健全社会主义制度，人们就会说，为什么资本主义制度所能解决的一些问题，社会主义制度反而不能解决呢？这种比较方法虽然不全面，但是我们不能因此而不加以重视。"[1] 他在这里特别强调了制度的重要性，这是总结几十年来惨痛经验教训所得出的结论。现在可以说，我们在经济建设与环境资源保护协调发展方面建立起了一项民主决策的新制度。如果这项制度得到切实执行，就可以从源头上阻止环境问题的产生，即使产生一些问题，由于不是大范围或全局性的，也就比较容易治理或纠正。

"十年磨一剑，霜刃未曾试。"这是唐代诗人贾岛

---

(1) 引自《邓小平文选》第二卷，第333页，人民出版社，1994年。

的两句诗。耗费十年功夫磨成一剑,其锋犀利无比,但还没有机会在战场上劈杀试用过。《环境影响评价法》这把法律之剑,也是积十年之功精心铸造打磨而成,其锋不可阻挡。当然也只有被实行起来才能显示其威力。再好的法律制度如果不被实行是一点用处也没有的。我国目前执法情况却是令人忧虑的,二十年前概括出的"有法不依,执法不严,违法不究"三句话,依然可以概括当前的执法状况。只有寄希望于民主法制的进步,尽快改变这种局面。

"不怕通报,就怕见报"
——为民所呼的中华环保世纪行

众所周知,全国人大的工作职责主要有两项:一是立法,二是监督。人大的监督工作,除了依法开展执法检查、听取工作汇报、代表视察等几种形式外,我们认为开展舆论监督工作,应是人大法律监督工作的一个重要补充。

1993年下半年,全国人大环资委联合中央和国务院的一些部门,在新闻单位的大力支持下,推出了中华环保世纪行活动。这个活动是我倡议的。

一开始提议时叫"中华环保纪行",后来增添一字为"中华环保世纪行"。这是个大行动,任何一个别的什么部门出面都是不好挑头的,只有全国人大出面才可以把各个部门都统起来。所以组成了由人大环资委、中宣部等十六家单位参加的中华环保世纪行组委会。1993年第一届中华环保世纪行开始。这次活动中,通过电视,报道了河南小造纸厂污染河流、毁坏农业生产、使淮河两岸居民无水可饮的严重情况,在社会上引起很大震动,国务院马上作出治理的决定，中华环保世纪行一炮打响。

活动一经推出，就得到了中央领导同志的肯定，也得到了各省、市、自治区的纷纷响应，在很短的时间内，全国各地都相继推出了不同名称的环保世纪行活动。至此，在我国环境保护领域掀起了一股舆论监督的热潮。

在我国，公众通过新闻媒体依法对政府和社会监督被称为舆论监督。舆论监督是运用新闻媒介帮助公众了解政府事务、公共事务和一切涉及公众利益的活动，公众借助舆论力量促使政府部门依法行政、促使企事业单位认真执行法律。可以说，舆论监督是现代文明社会的一个标志，是现代民主政治的具体体现之一。

改革开放以来，党和政府十分重视舆论监督工作，一再提出要发挥舆论监督的作用，重大情况要让人民知道，重大问题要经人民讨论。1990年3月12日《中共中央关于加强党同人民群众联系的决定》指出："充分发挥舆论监督的作用，对于违背党的路线、方针、政策和违反国家法律的行为，对于严重侵犯群众利益的现象，党委要支持舆论机关按照有关规定予以揭露和批评，党报要及时准确地反映群众的意见和要求，正确引导社会舆论。"随着经济的发展，我国的生态恶化、环境污染和资源破坏呈现不断加重之势，并且成为制约经济和社会发展、影响人民群众生活质量改善的重要因素。在这种形势下，开展环境保护的舆论监督，提高广大公众特别是领导干部的环境意识和法制观念就显得尤为重要。中华环保世纪行活动正是顺应了这一时代需求，乘势而发，应运而生。

实践表明,开展中华环保世纪行活动,是深化人大监督工作的一个创举,是推动政府环境保护工作的助力器,是备受群众欢迎的民心工程。在各省(区、市)人大和政府的共同努力下,中华环保世纪行活动已经形成了一个声势浩大、上下联动、密切配合的舆论监督网络。这项活动的开展,有力地促进了环境与资源法律的贯彻实施,提高了全社会的环境意识和法制观念,推动了我国民主与法制建设的进程。可以说,中华环保世纪行已经成为我国舆论监督的一面旗帜,环境宣传的一个新品牌,在中国环境保护的史册上,画出了浓墨重彩的一笔。

如何保证法律的有效实施,是我国法治建设的一个重要课题。应该说,我国环境与资源保护方面的法律法规是比较健全的,各个方面都有法可依。但在实际工作中,仍然存在着有法不依、执法不严、违法不究的现象,一些重大环境问题长期得不到解决,严重阻碍了环境与经济的协调发展,影响了广大人民群众的生活和身体健康。因此,必须下大力气加强人大的监督工作,特别是要在如何增强监督实效上下工夫。

中华环保世纪行在人大环境与资源法律监督工作方面开辟了一个新的渠道,把法律监督、舆论监督和群众监督有机结合起来,使监督工作在增强实效方面又向前迈进了一步。现在,社会上有一种现象,一些单位和领导人在工作中做了错事,犯了错误,甚至违了法,不怕上级领导批评,不怕内部通报,但害怕报纸、电视公开曝光,叫作"不怕通报,就怕见报"。这些人对上面的批评或者满不在乎，无动于衷；或者阳奉阴违，弄虚作假。但这些人一旦在报纸上被点了名，在电视上被曝了光，就会坐不住了，赶紧行动，抓紧整改。由此可见，舆论监督的威力是很大的。中华环保世纪行正是借助舆论的力量，高举法律的旗帜，以环境法律为依据，以新闻媒体为阵地，把人大的法律监督工作推向了一个新的高度。从这个意义上讲，中华环保世纪行无疑是人大在环境与资源监督工作方面的有力臂膀。

历年来，中华环保世纪行都把重大环境问题作为宣传报道主题，把真实的情况反映出来，为党和政府正确决策提供参考和依据，推动各级政府解决了许多重大环境问题。中华环保世纪行在开展活动中，紧紧依靠各级政府的支持和配合，深入基层，了解真实情况，在公开报道的同时，还编写出大量供领导人看的简报，做到下情上达，及时沟通。在此基础上，对政府提出了许多批评建议，为政府改进工作出谋划策。这些批评建议都是在调查研究基础上提出的，以帮助政府改进工作为出发点，因而得到了各级政府的肯定和接受。

同时，各级政府对中华环保世纪行活动也给予了大力支持和配合，对采访活动给予了周密安排，并虚心听取不同意见，不护短、不偏袒，使舆论监督落到实处。比如，对淮河严重污染的报道，对晋陕蒙的小煤窑和水土流失、阿拉善盟的生态恶化、山西黄羊大案、小秦岭金矿乱采滥挖等重大环境资源问题见诸报道后，国务院和有关省区立即采取措施进行治理。对海洋环境的深入调查和报道，促成了我国"渤海碧海行动计划"的实施。这些事实说明，中华环保世纪行活动对各级政府的工作起到了镜鉴的作用。

中华环保世纪行始终把广大人民群众利益放在首位，想群众之所想，忧群众之所虑，急群众之所难，谋群众之所求，以维护广大人民群众的利益作为宣传报道的出发点，走出了一条舆论监督和群众监督相结合的新路子。几年来，广大新闻工作者走遍了大江南北，深入到千家万户，把手中的笔当作群众的喉舌，直接反映群众的呼声，维护群众的环境权益，在党和政府与人民群众之间架起了一座沟通的桥梁。

为了广大人民群众能有一个安居乐业的美好环境，中华环保世纪行促成了许多环境治理事例。如促使龙口造纸厂的停产治污；推进春都集团治污工程的上马；促使浙江苍南矾矿污染的彻底治理；解决了山东无棣、沾化百姓吃水难等一系列问题。为群众办实事，求实效，就会得到广大群众的支持和欢迎，中华环保世纪行也就有了广泛的社会基础。同时，维护群众的环境权益，对提高党和政府的威信，激发群众投身于环境保护的积极性，推动我国环境保护事业的发展，有着重要的作用。

我们所做的一切工作，只有反映广大人民群众的呼声，才能有旺盛的生命力。

一场新的淮河战役

1993年全国两会之后,我转岗到全国人大新设立的专门委员会——环境保护委员会工作。环保委一成立,就启动了一项重要工作——在多个部门的支持下发起了中华环保世纪行活动,主要是集合十多家中央主流媒体,对全国的污染问题进行舆论监督。

中华环保世纪行缘起的故事,我将在其他篇章进行详述,这里想讲的是,没想到世纪行的第一枪,关于淮河污染的系列报道,竟然拉开了我国淮河污染大规模治理的序幕。

1993年国庆节后,中央电视台新闻联播连续三天推出记者李风采制的淮河污染系列报道。这位当时还不到三十岁的记者,通过参加环保世纪行第一次接触到污染问题,却一下子就揭开了淮河污染的盖子。

出现在他镜头里的那些酱油般色泽的河水,那些因污水横流颗粒无收、满脸愁云惨淡的农民,还有那些被疾病击中、一下子坍塌的家庭,所有的细节都深深刺痛着我的内心。

关于淮河的污染，我一直都有所了解，但当所有问题在电视镜头里集中呈现时，还是让我久久不能平静。时至今日，我都特别感谢李风和他的团队奉献的这组报道，它确实引起了沿淮四省市甚至国务院有关部门的震动，淮河流域的治理由此提速，带动了其他重要流域和湖泊的大规模治理。

从水患到污染，淮河经历着新的磨难

不论从地理角度，还是历史脉络，淮河在我国都有特殊的地位。发源于河南桐柏山的淮河，流经河南、安徽、山东和江苏四省，颍河、涡河、沂河等上百条支流养育了一点五亿人。

秦岭淮河一线是我国南北分界线，古语中的"南橘北枳""走千走万，不如淮河两岸""江淮熟，天下足"都凸显着淮河及其流域的重要性。这里也是历来的兵家必争之地，著名的淮海战役就发生在流域内的徐州、蚌埠一带。

淮河有其桀骜的一面，隔上三年五载就泛滥一次，肆虐的洪水顷刻间就将农民一季的辛苦摧毁殆尽。新中国成立之后，我国加大了对淮河水患的治理，尤其是毛泽东同志在上个世纪五十年代还专门批示说，"一定要把淮河治好"。

水利部门也提出了"蓄泄兼筹，以达根治"的原则，流域人民经过数十载的努力，在淮河上建成了防涝抗旱的

工程体系。淮河变得温顺起来，淮河流域也成为我国重要的粮食和水产品基地。但正是这些让淮河改变性格的堤坝，成为未来污染的助虐者。我们在治淮的进程中，只关注到了如何驯服，而几乎完全忽略了污染对淮河流域肌体的侵害。浩瀚的治淮工程和巨额的治淮投资，几乎都与淮河水污染防治绝缘。

当人类向自然过度索取之后，自然的报复必定纷至沓来。淮河也一样！只不过我们此前已经完全忽略了来自淮河的呐喊与警告，淮河流域水污染的危机早就显露端倪。

我这一代人印象最深的来自淮河的警告大概发生在1974年。那年四月，江苏省徐州市下游的奎河、瞻河污水长期积聚，开闸放水之后，数百公里的污水涌入洪泽湖，造成百万斤死鱼事件。

那次污染事件引起了党中央和国务院的高度重视。1974年5月，时任国务院副总理的李先念专门对淮河治污作出批示："抓住不放，做出成绩，直到解决问题。"

正如我多次说过的，在那个极"左"思潮泛滥的年代，污染问题是不被承认的，所以尽管有来自国务院领导的批示，淮河的污染问题也并没有被真正重视。虽然也有零星的治理，但重视程度并未与实际污染相匹配。

上个世纪八十年代，乡镇企业的发展如雨后春笋，沿淮四省丰富的秸秆资源、养殖资源，迅速支持起了当地星罗棋布的小造纸、小制革等乡镇企业，他们几乎没有任何的治理能力。一个企业污染一条河的情况比比皆是。

据不完全统计，到1993年年底，淮河流域的小造纸厂达到上千家，小制革厂更多，仅河南项城市就有一千多家。一时间，淮河流域"繁荣"起来，传统的田园牧歌消失了。

淮河沿岸众多的排污口尽情地排泄。

与此同时，大企业的情况也不容乐观，著名的莲花味精、舞阳钢铁等一大批地方的利税大户，也是淮河的污染大户，经济的贡献使得他们有底气不去治污。

有数据显示，1991年，淮河流域工业污水排放量已达二十三点四亿吨，而经过环保设施处理的为七点零二亿吨，达到国家排放标准的仅为二点五九亿吨，而其余二十一点零一亿吨超标污水均泄进了淮河干、支流，淮河终于不堪重负！1993年，中华环保世纪行的首战就"意外"向世人展现了淮河沉重的污染现实。

李风的镜头对准了淮河上游的两条支流——小黑河和小洪河。尽管已经过去三十多年，但那几期节目中触目惊心的场景，我依然记忆犹新。

在河南省上蔡县的黑河边，李风指着身后乌褐色的黑水告诉观众，这条河已经名副其实成为"黑河"，曾经这里小鱼当饭，现在鱼虾绝迹。相隔不远的小洪河，已经丧失生机的河水中，翻滚着五颜六色的污水。

三天连续不断播出的片子还透露了更多信息，在这两条重污染的淮河支流两岸，不少百姓得了怪病；老百姓对治污的期盼已经十多年。更令人气愤的是，一些污染企业对自己的行径甚至不以为然，地方政府在经济与治污的天平上，更加倾斜向GDP。

淮河流域富了，河水却臭了。GDP的增速是以牺牲环境为代价换来的。

作为一名初涉环保的门外汉，当时只有二十七八岁的李风无意间触及到的都是污染问题累积中的核心。

事实上，李风揭开的只是淮河污染的冰山一角。1993年的环境质量公报对淮河的污染状况给出了这样的评语：淮河流域水污染较重。枯水期水质污染严重，超标河段占百分之八十二。在十三个重点监测的河段中，符合一、二类标准的占百分之十八点三，符合三类标准的占百分之十五点七，属于四、五类标准的占百分之六十六。主要污染物为高锰酸盐、氢氮和挥发酚。

但这冰山一角引发的震动不可小觑。时任河南省委书记李长春当时正在中央党校学习，他连夜打电话，要求尽快对央视曝光的问题进行整改。河南省环保局已抓紧出台了黑河、洪河的达标治理方案。

毕竟冰冻三尺非一日之寒，淮河污染的治理也不能仅靠一日之功。中央层面也在酝酿一场大规模的治理。

官清水清，官不清水不清

除了中华环保世纪行报道所提及的河南上蔡县、舞阳县外，沿淮四省都陆续有污染事件上报到中央。大部分污染事件的共性都是，上游开闸放水，下泄的都是污水，滚滚而下的污水绵延数十甚至上百里，对下游的养殖业、种植业造成灭顶之灾。上下游间的纠纷官司不断打到中央，而流域间的协同治污问题凸显出来。

　　淮河治理的话题已经被党中央国务院高度重视。一个标志性的事件是，1994年5月20日，国务委员、国务院环委会主任宋健率全国环境保护执法检查团抵达河南郑州市，从这里开启了淮河流域污染状况的调查。当时这次执法检查还计划在安徽召开总结会，研究淮河流域水污染防治措施。

　　执法检查团中，既有国家环保局、水利部等十一个部门的相关负责人，也有全国人大环资委的同志，还有沿淮四省省委省政府的负责人。我虽然没有参加那次执法检查，但后来也从多位同事那里了解到不少细节，污染的现实深深触动了参与检查的每一个人。

　　沙颍河是淮河上游一条重要支流，初夏时节，检查组走在岸边，看不见芒种时粮食走向饱满的欢愉，周遭一片凋敝，翻着黑沫的河水散发着令人作呕的味道。

　　检查组一行走进淮阳县豆门村一户农户家中，一位老妇人不好意思地说，听说是远道来的客人，本应该端杯水的，可家里的水实在拿不出手招待客人。

　　据现场的同志事后回忆，宋健同志坚持跟老妇人要了一碗他们日常喝的水，并尝了一口，然后把这碗水传递给在场的其他省部级官员，说："这水味道这么难闻，百姓怎么能喝呀！"一时气氛凝重。

　　在河南段的检查还有一个经常被大家回忆起的细节。当检查组走到沈丘的淮店闸时，当地的老百姓听说有北京来的官员，一定要递上他们请愿的折子。那是一条长长的白布条，上面写着："官清水清，官不清水不清。"

看到这样的场景，一行人眉头紧锁，在浊水恶臭中相对无语。

执法检查团还专门探访了央视记者李风报道中提到的黑河。果然"名副其实"，哪里还有什么河水的生机，就是臭不可闻的污泥沟。

站在河边，宋健招呼同行者："一起在黑河边照个相吧，地方的同志也都一起来，在这河边立此存照。过几年大家再回来看看淮河治得怎么样了。"

参加现场办公的有关部委的同志，深为淮河沿岸受污染之苦的群众感到不安，在交换意见的碰头会上，每句话都发自肺腑："该出力的出力，该办的事快办，千万别再推了！"

经贸委、农业部、轻工总会的领导表示，要与国家科委协作，尽快寻求一种可行有效的治理造纸废水的新技术。开发银行在得知一家造纸厂治污工程尚有九百万元资金缺口时，马上表态尽力帮助解决。化工部、建设部等为流域内污染治理和污水处理厂建设出谋划策。

淮河执法检查团的最后一站是安徽蚌埠。1994年5月24日至26日，国务院环境保护委员会淮河流域水污染防治现场办公会议在安徽蚌埠召开。

这次会议是向淮河流域水污染宣战的一次动员，开创了解决跨省河流问题的先河。国务院有关部委和豫皖苏鲁四省负责同志及有关代表聚集一起，共同商定治理淮河水污染的方针政策，制定目标和措施。宋健代表国务院提出的"本世纪末之前淮河变清"的目标得到会议响应。

为实现这一目标,会议制定了治理淮河水污染的有效措施,尤其要求沿淮各级政府要提高环保意识,加强环境法制建设,牢固树立可持续发展观念,积极进行污染治理,大力推行清洁生产,禁止新上污染严重的企业。同时还提出对污染严重、效益差又难以治理的污染企业坚决关停,1994年底前关停一百九十六家污染企业;对所有污染严重的企业进行限期治理,做到达标排放;到本世纪末,流域内所有市县必须因地制宜建设污水处理设施,重点城市要建污水处理厂。

这次会议也被媒体称为:"淮河水污染防治工作的第一战役拉开序幕。"

正如此后宋健同志多次提到的,淮河的污染已成为中华民族的一块心病。随着经济的发展和经济实力的增强,是到了解决淮河污染问题的时候了。我们没有理由让污水在淮河一泻千里,而应该以高度的责任感,将沿岸人民从恶劣的水环境中解脱出来。

淮河治理无疑是一道世纪难题

也有记者把蚌埠会议提出的治理目标称为"蚌埠宣言",这的确也是我国首次上下游联动大规模地治理一条河流,目标清晰,决心空前。

可谁也没料到,当我们正要大干一场的时候,污染以前所未有的力度疯狂袭来——1994年7月中旬，久旱之后的连日暴雨，把从河南沈丘县槐店闸闸起的累积污水，狂泻着冲向下游，形成了一个两亿立方米的污染团，沿淮河干流的凤台、淮南、蚌埠、盱眙等地遭遇了罕见的污染侵袭，不仅农业种植、养殖遭遇灭顶之灾，而且沿途的自来水厂已经处理不及如此高浓度的污染水，全线停水。

当时地方反映上来的情况，有一些细节我至今都还记得。河南沈丘县有个大闸公园，里面饲养了一些猴子，公园附近的河闸开闸泄洪，倾泄的污水散发出的毒气，居然把猴子的眼睛熏瞎了，猴子发出凄惨的叫声让人心悸。安徽凤台县河面泛起大量死鱼，船民只好用平时接下的雨水做饭；污水流进安徽淮南市李嘴子水厂，当地老百姓拧开水龙头，被流出的黑水震惊了。

几天后，当洪水一路裹挟沿途积攒的污水抵达蚌埠时，已经形成了近百公里长的污染带。整个城市的自来水厂试图超常规对河水进行净化，但也无济于事，水厂出水口的水质仍然是高浓度的污水。当地只得动员消防部队，用消防车上街给老百姓供水。

污染团在进入江苏境内前，江苏省采取了紧急措施，启动国内最大的江都翻水站把长江水翻进洪泽湖，加大了洪泽湖的蓄水量和稀释能力，还及时地关闭了三河闸，将这次污水控制在洪泽与淮河的干流之间，避免污染向下游大面积扩散。否则，淮阴、盐城、连云港和扬州市的两千万人民，三千万亩耕地，也都躲不开这场灾难。

这场骇人听闻的重大污染事件，震惊了沿淮四省，党中央、国务院立即派出调查组奔赴一线。

据不完全统计，这场史上罕见的污染造成的危害极为严重。安徽省淮南、怀远、蚌埠及江苏省淮阴市盱眙县城相继出现饮水困难，仅淮阴市洪泽、盱眙洪泽湖及沿淮地区死鱼一千二百多万公斤，死蟹一点三万公斤，直接经济损失过亿元，盱眙县城就有十多万人饮水告危。此次水污染还给淮阴市的工农业生产及社会稳定造成一定危害。

8月20日，时任国家环保局局长解振华和水利部副部长严克强一行受国务院委托，到达遭水污染损失特别严重的淮阴市，作现场调查。

当调查组一行来到洪泽湖的老子山时，一位七十多岁戴了顶旧草帽的渔民迎面走了过来，走到解振华面前时，还没开口就扑通一下跪了下去。解振华急忙把老人扶起询问情况，老人说，他们全家贷了两万多元款，十六只网箱，两万多斤鱼全都死尽，血本无归，倾家荡产。对世代靠水吃水的渔民来说，他们还更关心今后湖里还能养鱼吗？

这一幕被随行的中国环境报的记者用相机记录下来。很长时间以来，这幅照片出现在多个场合，似乎要时时刻刻提醒我们环保人，任重道远。

这场污染事故之后，国务院办公厅发出了紧急通知，要求江苏、安徽、山东、河南省人民政府以及财政部、水利部、国家环保局、国务院环委会采取有效措施，防止淮河流域再次发生重大水污染事故。

　　这份紧急通知也对这场特大污染事故的原因进行了分析。通知指出，事故的主因是有关地方政府和主管部门对水污染防治工作抓得不紧，防治措施不力，淮河流域中下游的有关闸坝缺乏统一调度，再加上这一地区连续干旱、突降暴雨，使蓄积已久的大量污水随洪峰下泄。

　　随后国务院也从多个层面提速淮河治污。时任国务院总理李鹏要求，淮河流域水污染防治工作要加快，要早让淮河水变清，目标放在本届政府任期底。他还指出，环境问题很重要，要抓出几个样板来，治理淮河污染应是一个样板。只要认真去抓就能解决问题。关停并转一批严重污染环境的企业，也是"九五"期间结构调整的需要。解决淮河流域的水污染问题，对地方经济甚至对全国经济可能会有影响，但这是应该做的。要抓紧制订《淮河流域水污染防治条例》。

　　1993年中华环保世纪行揭开了淮河污染的盖子，1994年7月间的特大污染事故震惊中外，淮河的污染真的已经到了不治不行的时候。我也多次和人大环资委的同事讨论过淮河污染的原因，大概有这几个方面：第一是沿淮一些企业，甚至是地方政府环境意识淡薄，没有解决好经济效益与环境保护，眼前利益与长远利益，短期行为与持续发展，局部利益与全局利益的关系；第二，一些地区不遵守国家的法律和产业政策，盲目发展污染严重的企业；第三，有法不依执法不严，地方保护严重；再有，省与省之间，地区之间合作不够。

在这其中，特别值得注意的是沿淮的这些乡镇企业，他们的贡献与污染都不能忽视。

一个在沿淮各省和国务院各部门间逐渐清晰的共识是，淮河不清，哪一届政府也无法安心。治理淮河污染，法律和行政措施是首要的，必须坚定不移地关、停、转产一批污染企业，各部门要团结协作为实现淮河水变清目标共同奋斗。

淮河的污染不是朝夕之间形成，这笔一二十年的污染账要在几年内还清，难度可想而知。另一个难度是，这条河跨越四省，上下游的矛盾错综复杂。由于历史原因，淮河两岸的工业结构极其不合理，小造纸、小化工、小酿造星罗棋布，一个工厂污染一条河的情况比比皆是。但是，每关闭一家企业，就相当于砸了一群人的饭碗。这对经济欠发达的淮河流域来说，困难重重。

当然，还有就是缺技术和资金。为了筹集资金，每个企业都不得不勒紧裤腰带过日子。而在造纸、酿造、味精等废水处理方面，当时是没有成熟的技术可借鉴，只能靠反复地试错趟出一条路来。

背水一战，治淮开创河流治污多个先例

在淮河治理之前，我国还没有流域上下游联动治污的经验，中央相关部门到地方也是边摸索边干，这个过程中也开创了多个第一。

治淮首开的一个重要先例是，1995 年 8 月 8 日，李鹏

总理签署国务院令，发布实施《淮河流域水污染防治暂行条例》。条例明确规定，治淮目标为：1997年实现全流域工业污染源达标排放；2000年主要水体水质达到防治规划要求，实现水体变清。

这也是我国首次就一个流域的治理颁布一部条例。它像一把尚方宝剑，把淮河治污工作纳入了法制轨道。

刚开始，一些人以为这不过是走过场，毕竟在此之前与环保相关的法律都被软执行。直到真的有一些企业因未按期达标被关停了，才引起了还在观望的企业的震动。"原来这次是来真的！"很多企业负责人都发出这样的感慨。

有一家企业因为限期未能达标，被当地政府责令停产治理。为了铭记这一教训，企业在门口树立了红色警示牌，上书"排放不达标就是犯法"。还有一家造纸厂在门口悬挂着一条警句"排放黑液等于投毒杀人"。这些警句的背后，是沿淮许多企业把环保法当做必修课。

一位从业多年的媒体记者曾在他的文章中感叹说，《淮河治污条例》的落地让很多场景成为流域治污的第一次。比如，他曾见到，一位副市长亲自带着一帮人马，深夜造访当地的一家造纸企业，因这家企业限期治理达标无望，一行人封存了造纸企业的化学制浆蒸球。还有，执法人员在寒冬腊月追捕肆意违法排污的企业主，并当场给违法者戴上了冰冷的手铐。

不达标企业关停、违法排污者追刑责，这些前所未有的情况都出现在了淮河治理的过程中，同时也在警醒着违法排污者。

以河南省为例，该省在淮河治理的执法中动真格，省政府每季度进行一次督察。1995年以来，省辖淮河流域各级环保部门共立案查处、纠正各种环境违法行为二千二百多起。在关停小造纸厂工作中，对一百五十九名违法厂长和业主采取了行政拘留措施，还撤了一名擅自向关停企业供电的县电管站站长职务。河南省纪检、监察部门严肃查处了开封市尉氏县擅自决定建设重污染项目的违法案件，对有关县领导干部作出了党纪、政纪处分。这些情况在当时都产生了极大的震慑作用。可以说，在当时的中国，淮河流域的治理成为普及环保和环保法律的大课堂。

这里要特别提一句，以1995年为起点，到1997年年底的3年间，宋健同志曾经九次亲赴淮河一线指导治污工作。这样的力度在过去是罕见的。

之前也说过，淮河治理的一大难点是，这条一千多公里长的河流穿越了四个省，上下游治污的步调不一致，难免扯皮推诿，而《淮河治污条例》把上下游的治污拧成了一股绳，四个省都按照要求动了起来，每个省都是省委书记和省长亲自抓，分管的副省长更是常常微服私访进行调研，亲自对治污中的问题进行督办。事实上，尽管环保法已经明确，地方政府对辖区内的环境质量负责，但在九十年代，这个责任才逐渐地被地方政府所认知。

有一段时间，四个省分管环保的副省长都姓张——山东省副省长张瑞凤、河南省副省长张洪华、安徽省副省长张平以及江苏省副省长张连珍，所以业界的同行就说："这是四位张省长合力治污。"沿淮每个省都针对自己的治污短板，开创性地做了一些工作。

在淮河的源头河南省，三年间，省政府先后召开十二次由各市、地政府领导参加的水污染防治工作紧急会议。全省各级党委、政府均实行了水污染防治工作党政一把手负责制，一个由党委领导、政府负责、有关部门分工协作、环保部门统一监督管理的水污染防治工作机制开始形成运作。河南省政府还提出，各级党政一把手要做铁人、办铁事，要有铁面孔、铁心肠、铁手腕，对违法行为绝不姑息迁就，从"钉子户"开刀，污染物排放不达标的企业法人，不能授予各种荣誉称号。

治污经费短缺对安徽省来说是个大难题。为此，他们创新了多渠道筹集治污资金的办法：以企业自筹为主，地方政府补一点，职工集一点，国家支持一点，排污费集一点，外资借一点，银行贷一点的办法，落实治理资金八点二一亿元。安徽省政府在财政十分紧张的情况下，1997年挤出一千万元建立淮河水污染防治专项资金。近三年，淮河流域征收的排污费百分之二十五以上、总金额九千七百万元，都集中用于企业达标治理。蚌埠市1996年投入水污染防治资金达一亿多元，超过前二十年总和。淮南市规定，凡自筹资金不到位的企业，不准建其他项目，不准购小汽车和移动电话。

山东省境内的淮河治理主要有两个方面，一个是南四湖流域，一个是沂河和沭河两河。山东省治淮的决心很大，蚌埠会议以后，省委省政府先后十几次召开会议，省委还提出各级党委、人大、政府"三个一把手抓环保"的要求。在山东省主要负责人看来，淮河治理不仅有观念认识上的问题，还有资金和治理技术上的问题，三个一把手围绕三大难题一起做工作，难事就容易办。山东省委、省政府还提出了环保部门的"一票否决权"的决定，对那些以牺牲环境为代价换取短时发展、表面繁荣和个人政绩的，不仅不能提拔重用，而且要降职处分，问题严重的还要绳之以法。这在当时也是不多见的。

在江苏，沿淮地区出现了前所未有的治污高潮。江苏有五位省长相继赶赴沿淮第一线督战，以计经委、环保局牵头的两大督查组，不断在沿淮地区"增温加压"。省政府安排一点五亿贴息贷款用于沿淮治污，并在税收、信贷、收费、用电等方面开了优惠"口子"。而在企业中，卖掉轿车、停发工资、组织集资来用于污染源治理的也较普遍。

壮士断腕，如何不让黑水流进新世纪

1997年12月31日是淮河流域工业企业达标排放的最后节点，当天二十四时之后，不达标的企业必须停产治理，达标无望的企业一律关停。这样的硬措施是为了兑现不让"黑水流进新世纪"的承诺。

这一关键时点到来前一二十天，我率队带领全国人大环境与资源保护委员会的同志，开始对豫、皖、苏、鲁沿淮四省治污的视察。我专门选择了沿淮的几家污染大户，

去看看他们治理的进展。

在国家公布的淮河流域首批十九家限期治理的重污染大户中，河南省有四家企业，他们自嘲是"四大名旦"。1997年12月中旬，视察组实地察看了其中的两个：漯河第一造纸厂、河南莲花味精企业集团。

莲花味精的治污故事在淮河治污中具有代表性。一开始对治污无所谓，后来发现不治污过不了关，于是"砸锅卖铁"求治污良方，也确实在生死时刻合格过关，但在后期也曾出现污染反弹、偷排的问题。

在全国人大检查组到来的前几天，国家环保局在莲花味精主持召开了治污工程达标验收会，结论是：治污废水基本做到了达标排放，这样的变化来之不易。

莲花味精是当时全世界最大的味精生产企业，用时任河南省副省长张洪华的话说，它同时也是淮河上游"最大的污染源"。

这家巨无霸企业既是最大的污染源，也是当地的利税大户，企业当时的负责人李怀清从来没有想过，自己作为当地的经济命脉，却有可能因为环保问题被关停。他和我见面时，用了"背水一战"来形容企业的治污历程。刚开始，当国家要求该企业上治污设备时，他曾讨价还价说："给我四千万元我就治。"

没想到省里和环保部门就给了一句回复，国务院的决定，不彻底治污就必须关门。他一下慌了，掉了二十多斤肉。

据李怀清跟我说，省里还曾经组织他们这些污染大户去淮河的下游省份实地调研污染情况，不看不知道，下游的老百姓真的守着河水没水吃，水产养殖户也遭了灭顶之灾，他的心里愧疚不已。

面对严峻的形势，李怀清说："再不治污，不仅继续给下游人民带来灾难，莲花味精一点五万名职工也很快没饭吃，国家二十多亿元资产将付诸东流。"

李怀清向国家贷款七千万元，又抽出一部分流动资金，并动员职工集资，共筹集一点五亿元，建成三套污水处理设备。废水中COD由每年的四点八万吨下降到两千吨左右。治污工程还一举两得，从废水中捞出多种财富，如蛋白、肥料等，每月合计可获收益三百六十九点八万元。

尽管后来，莲花味精因为偷排曾多次又被环保部门处罚，经历了治污英雄到偷排大户的过程，但1997年达标治理的大限确实对污染企业是一次洗礼。

除了污染大户之外，淮河流域星罗棋布的小企业也是污染的贡献者。当时，国家环保局根据淮河流域的污染状况，梳理出了"贡献"最大的四大家族：造纸、酿酒、化肥、皮革。几乎可以断定，它们就是让淮河流域黑臭成灾的"罪魁祸首"。

1993年统计数据显示，以"四大家族"为主的污染源工业废水处理率仅为百分之三十一点七，而达标排放量仅为废水排放总量的百分之十二点四，与全国工业废水平均达标率百分之五十相比，差距甚大。有钱不治或无钱没法治，造成这些企业的环保"欠账"甚多。

当时环保部门的态度也很明确，淮河要变清，必须大幅度削减"四大家族"的污染负荷。

尤其对那些规模较小、污染严重，又治理无望的污染源，最有效的办法就是关停。淮河流域1995年关停了一百七十九家造纸厂；1996年6月底以前，九百九十九家五千吨以下的化学制浆"小造纸"全部关停制浆生产。这样的力度可以称得上是壮士断腕。

1997年12月31日24时，淮河全流域交出的答卷是，日排废水一百吨以上的一千五百六十二家超标排污企业中，已完成治理任务的企业一千零五十七家，占总数的百分之六十七点七；正在施工的二百二十四家，占百分之十四点三；自然停产或破产关闭的二百六十二家，占百分之十六点八；未动工的十九家，占百分之一点二。国家确定的十九家重点污染企业已有十二家完成治理工程，六家停产污染设施或停产、转产，另一家也将很快完工。

与之相对应的变化是，据中国环境监测总站分析：1997年年末，淮河流域干流总体水质为三类水，水质良好；主要一级支流中颍河水质明显好转，其它主要一级支流水质也都有不同程度的好转。但洪汝河、奎河、沭河、包河和黑泥泉河等虽污染水平逐年下降，污染程度仍很高，南四湖水系污染问题仍十分突出。

事实上，当1997年12月31日国家环保局和沿淮四省共同交出治淮答卷时，我们发现，这对地方、对企业、对公众都是一场环境普法的教育，又是一场经济与环保如何寻找平衡乃至双赢的博弈战，更是一场上下游如何携手治污的战役。

水污染治理大幕拉开，治淮留下这些启示

1998年1月1日，零点的钟声敲响之后，时任国家环保局局长解振华通过媒体宣布，淮河治理第一战役初战告捷，全流域削减污染负荷百分之四十。

淮河治理是一次举世瞩目的行动，是我国环境史上的重要篇章。是我国"三河三湖"水污染治理的第一战役，以此为序幕，我国拉开了向流域水环境污染宣战的大幕。尽管随后一二十年间，淮河的水质起起伏伏，但当时治淮三年也留下了很多启示。

淮河治理充分体现了国家治理污染、造福于民的坚定决心，体现了沿淮四省政府齐心协力、团结治污的务实精神，体现了沿河企业战胜污染、回报社会的自觉意识。淮河治理奏响了我国实施可持续发展战略的第一曲凯歌。

1997年年底那次执法检查，沿淮走的日子里，我一路写下了几点思考。尽管已经过去多年，但至今看来，当时的思考也还有价值，略作修改，供读者参考。

启示之一：**优化产业结构，调整工业布局，是解决淮河流域结构性污染的关键所在。**

淮河污染之所以非常严重，一个很重要的原因在于，这一地区的产业结构和工业布局不尽合理，结构性污染相当突出。八十年代以来，淮河流域的一些地区为了发展经济，不惜建设了一大批技术含量低、能耗物耗大、环境污染重的企业，而技术含量高、附加值高和低污染的企业则

很少，真可谓"满天星星，不见月亮"。

特别是酿造业和一些小造纸、小化工、小冶炼，工艺设备落后，生产规模又小，再加上多数又没有污染治理设施，给环境造成了极大危害。

淮河治理第一阶段中，就关停了一千多家小造纸厂和三千八百多家"十五小"企业，由此可以看出结构性污染的严重状况。

要根治淮河污染，就必须先从优化产业结构着手，这是治理淮河流域水污染的关键所在，也是治理其他江河湖泊水污染的关键所在。如果仅仅着眼于一厂一矿的污染控制，而不是从产业结构上找出路，那么污染源就得不到有效控制，往往就出现这样的情景：老的未去，新的又来，环保部门就像救火队一样，这里还没扑灭，那里又开始起火。同时，逐厂控制也不利于淘汰落后的生产工艺，治理费用大，从经济上来讲也不合理。

淮河水是淮河流域广大人民群众的命脉，社会经济发展对水质的要求会越来越高，而不会降低标准去迁就污染严重落后工业的发展，对于这一点要有清醒的认识。淮河污染治理为产业结构调整提供了契机，要早下决心来抓这件事。

优化产业结构，应充分发挥淮河流域的"后发优势"，积极发展技术含量高、附加值高和污染低的产业，推动产业升级，进行"二次创业"。从一些新兴工业化国家的经验来看，如果发展战略选择正确、指导有方，产业技术水平的劣势也可以转化为发展优势。通过采取"蛙跳"方式，越过传统技术发展阶段,直接跃上高新技术台阶。淮河流域的经济发展也可采取这种方式,不必跟在别人后面亦步亦趋,再搞那些技术含量低、污染重的落后产业,而要瞄准高新技术产业,或者用一些高技术来改造老企业,使这一地区的产业技术水平有一个大的提高,从根本上解决结构性污染问题。

工业布局问题也相当重要。我国的实践经验证明,在江河上游、水源地附近、城市居民区和风景名胜区内布点建设污染性的项目,其污染危害格外严重,而治理起来难度很大,有些则难以治理。因此,必须搞好工业布局,设立不同性质的工业区,把工业项目放到工业区去。

处在环境敏感地区的污染项目,要坚决搬迁或关闭,这一点要坚决,不能含糊。改革开放以来,各地都以"技术开发区"的模式,建立起不同性质的工业区。这些工业新区的特点是:一是远离城市中心区,对城市环境无影响;二是技术起点高,低消耗、低污染、高效益;三是按照工业的不同性质,建立起不同的工业区;四是工业区有较完整的基础设施,如集中供热、污水集中处理、垃圾集中处置和注重绿化美化。

这是中国工业发展的一种新模式,为保护环境带来了新的生机。淮河流域工业布局也要仿照这种模式。

启示之二:抓紧小城镇建设,搞好综合治理,是解决淮河流域水污染的又一根本性措施。

淮河流域人口众多,大部分都居住在农村。随着近年来的经济发展，乡镇企业发展越来越快。布点分散星罗棋布，污染难于集中控制。同时，农村量大面广的生活污染也越来越突出。解决这些问题的积极途径，是走小城镇建设之路。因此，要把小城镇建设摆上重要战略位置来对待，促使农村经济社会发展和环境建设协调发展。

要把小城镇建设好，首先要搞好规划与合理布局，在城镇中心不安排有害环境的项目，这不仅是减轻污染危害的要求，也是防止洪涝灾害所必须的，1998年长江洪水灾害就说明了这一点。其次是城镇建设和环境建设必须同步规划、同步实施、同步发展，使城镇建设之初就不留后患，生活污染和工业污染能够集中处理。再不走老城市环境欠账的路。还有要把小城镇建设和乡镇企业发展结合起来，实行合理布局，使乡镇企业布点相对集中，污染能够集中控制。

启示之三：实施总量控制制度，加强环境监督，是保证淮河治理成效的重要环节。

依法治水，依法治淮，是第一阶段淮河流域治理的成功经验，这个经验在第二阶段治理中也同样重要。依法治淮，首先要认真执行《水污染防治法》和《淮河流域水污染防治暂行条例》。

《水污染防治法》中明确规定，对重要水体要实施总量控制制度，对重点工业污染源实施排放量核定制度。这两项制度是控制污染物排放总量，改善水体环境的根本性措施。国外经验表明，总量控制比浓度控制和逐厂控制更为有效，从经济上也更为合理。因此，在淮河流域的治理中，要认真贯彻执行这两项制度。要根据各地区的环境容量和江河水体的功能区划，确定该地区的污水排放总量，并由此制定出合理的经济发展规划和产业发展政策。

环境执法部门要加强经常性的检查监督，防止被关停的企业死灰复燃、偷排偷放，以巩固第一阶段淮河治污成果。

启示之四：拓宽筹资渠道，建立环保基金，是推动淮河流域治理工作的重要手段。资金不足是淮河流域治理头三年的一个突出问题。

1997年之后，淮河治理的基本措施是建设五十九座污水处理厂，需要巨额资金。在当时，这个问题不解决好，将直接影响淮河治理的进程甚至影响淮河水变清目标的实现。

解决资金问题，要大力拓宽筹资渠道，广辟资金来源。增加淮河流域治理投入，可以有几个资金来源：一是建立环保基金，作为淮河治理资金的主要来源。基金可以通过政府拨款、排污收费等渠道来建立；二是把城市环境设施建设作为城市基础设施建设的一个重要组成部分，在增加的基础设施投资中，多拨一些在环境建设方面，同时在城市建设费中提高环境建设费的比重；三是适度提高城市污水处理费，并按照运行费用、机器折旧、建设还贷等处理成本来足额征收；四是提高排污收费的标准，收费幅度应相当于或略多于企业治污所需费用，以激发企业治污的积极性；五是增加企业技术改造资金，把企业治污与技术改造结合起来，通过治污促改造，通过改造带动治污；六是银行在贷款上给以优先安排，对有些污染治理项目和工程，政府也应考虑给以贴息。

如果不把漓江治理好,功不抵过[1]

在我国的环境保护历史上,桂林的治理历程是值得记录的。

二十世纪八十年代以前,桂林的环境状况不佳,漓江的水是黑的,天空烟尘弥漫,国内外旅游者都很有意见,"桂林山水甲天下"的美誉受到很大损伤。邓小平同志曾严厉地提出批评,他指出,桂林是世界著名的风景文化名城,漓江是这座名城的重要组成部分。你们抓生产、抓城建,这都很对,但如果不把漓江治理好,即使工农业生产发展得再快,市政建设搞得再好,那也是功不抵过啊![2]

按照这个指示,在国务院的指导下,广西壮族自治区和桂林市政府开始了治理。对污染源(主要是工厂)是进行治理,还是实行关闭?对此,反复磋商、斟酌。最后决

---

[1] 本文为作者 2002 年 6 月 2 日在桂林"世界环境日"纪念活动的讲话,有删改。

[2] 参见童怀平、李成关著《邓小平八次南巡纪实》(卷六),解放军文艺出版社,2004 年。

定把污染比较严重的工厂统统关掉，共关掉了三十七家工厂，把当时桂林市和沿漓江比较大的、能为市里提供财力的工厂基本上都关掉了，采取了最严厉的措施。为什么采取这样的措施呢？

当时一个尖锐的问题摆在了桂林市的面前，是保桂林的山水呢，还是保污染性的工厂？二者谁轻谁重，谁服从谁？国务院的态度很明确，要保桂林山水。为什么，就是维护国家的、更是桂林的长远利益。

若干年过去了，实践证明那时的决定是正确的。从那时以来，桂林沿着经济与环境相协调的路子发展，旅游事业和国民经济都有了很大发展，环境也在不断改善。如果没有那次的果断治理措施，现在对桂林的评价又当别论了。

如果说上个世纪八十年代之前对桂林的环境治理是第一次大行动的话，那么进入新世纪后，桂林市进行的环境综合治理就可以称为第二次大行动了。

第二次行动的重点是整治"两江四湖"，把相互阻隔的江河湖泊开挖、疏浚、贯通，重现水绕山环的古城面貌，是对城市环境的大整治，是富有创新精神的行动。

桂林山水甲天下。但是，宋明以后特别是民国以来，由于战乱和城市疏于管理，桂林山水每况愈下。从二十世纪七十年代开始，我多次到桂林，所看到的水是脏的，山是秃的，城市的大气状况也不好。经过八十年代初的治理，漓江的水变清了，变美了，受到国内外旅游者的好评。但是，城市环境状况并不算好，全城虽然湖泊遍布，但相互隔离，互不沟通，是死水、臭水；山峰虽秀丽，但多被建筑物遮挡，

"犹抱琵琶半遮面"；文化古迹虽多，但不少被堵塞或占用，道路也狭窄不畅等。通过三年多的治理，城市面貌发生了很大变化，特别是完成了"两江四湖"的治理任务，十九座别具特色的桥梁把"两江四湖"连接起来，山水相依，碧波清流，使桂林重现了"千峰环野立，一水抱城流"的风貌。这使我不禁记起唐代诗人赞美扬州的著名诗句："青山隐隐水迢迢，秋尽江南草未凋；二十四桥明月夜，玉人何处教吹箫。"我们现在所看到的桂林山水，也许并不比当年"二十四桥明月夜"的扬州逊色吧。把千百年来淤塞的"两江四湖"疏浚、贯通是前无古人的壮举。对此，值得称赞和祝贺。

不过，对环境综合整治也有不同的声音和评价。对同一件事情，为什么会有不同的评价呢？我想可能是观察事物的角度不同。我认为，评价一个城市环境综合整治是不是成功，应该有几条标准。

第一，就是看城市环境整治之后环境状况是不是变好了，环境质量是不是改善了。事实证明，桂林市经整治之后，环境变好了，环境质量提高了。据统计，三年来开挖了近八公里的河道，埋设了十八公里的截污管线，清除了六十多万吨淤泥，四湖的水质由劣于国家五类水体标准（也就是丧失了使用价值的脏水）提高到二三类水体，达到了国家规定的比较好的地面水质要求，这是一个不小的进步。大气质量也有了改善，二氧化硫比上年度降低百分之九点一，二氧化碳降低百分之二十五，总悬浮颗粒物也降低百分之二十一，交通噪声也有所下降。

第二，城市环境综合整治后是不是为居民生活提供了方便，这是城市环境综合整治的一项重要标志。我询问了一些人，有两点是共同的：一是十九座桥梁的修建或加宽，把市区相互隔离的地段连接起来，方便了居民的生活和工作，缓解了交通拥挤状况；二是为居民提供了休闲场所，两江两岸，四湖周围建设了宽敞、幽静、闲适的园林，成为居民晨练和休闲的良好去处。比如，我住的榕湖宾馆门外，原先是杂乱无章和拥挤不堪的街道；现在，搬迁了居民，清理了湖泊，沿湖建成了颇具特色的林网绿地，不仅居民称赞不已，还吸引了很多国内外旅游者的游览观赏。

第三，城市环境综合整治对文化古迹和城市风貌是保护还是损坏。我之所以提出这一条标准，是因为桂林不仅是誉满天下的水光山色之城，还是文物古迹众多的一座古城，是国家公布的历史文化名城之一。对文化古迹和城市古风貌的保护是考核城市综合整治的一条重要标志。为此，我实地看了一些景点，也阅览了专家们的评价意见，总体来说，"两江四湖"对文物保护产生了积极影响。比如整修了宋城墙和宝积山的宋代藏兵洞，恢复了宋代东镇门的城楼，清理并发现了叠彩山北麓混沌岩口的明代"三官园"石刻，并修建了一些纪念性的建筑物。特别值得一提的是"宋城"的修复，可说是"两江四湖"的闪光点，这里挖掘恢复了沉没几个朝代的湖泊，建成了仿宋街道、木龙桥、木龙塔、木龙夜泊、浅桥鱼影、听荷轩等景点。其中，木龙桥是参照张择端的《清明上河图》中的虹桥设计建造的，优美、精巧，成为具有代表性的景点。走进宋城景区，让人赏心悦目，流连忘返。

第四，城市的环境综合整治是不是有利于经济和社会的发展。桂林是座旅游城市，适不适合旅游发展应该作为一条重要标准。我们现在看到的是，经过整治后的桂林面貌为之一新，并且增加了新的旅游景点，更加适于旅游业的发展了。比如乘船游览"两江四湖"，可以观赏到城市风貌和奇峰秀水，成为游漓江后的很好选择。我在荷兰的阿姆斯特丹市乘船游过市区的河道，河道狭窄，水质也不见好，但游船的人却很多，他们的河道与桂林的"两江四湖"相比就大为逊色了。可以想见，乘船游览"两江四湖"，将成为旅游的又一亮点。

从以上四个方面来看，由于规划得当，施工组织有力，整治效果显著。可以说，桂林市的城市环境综合整治是成功的。

桂林市的环境综合整治只是迈出了第一步，面临的问题依然很多，比如城市的布局仍感到杂乱，特别是有些污染性的工厂还留在市区。有些建筑物与山、湖等景点距离过近，有些则过高，遮挡了秀丽的山光湖色。国务院对桂林建筑高度曾有过明确指示，应认真执行。有些文物古迹有待清理。像明代的"靖江王府"这样独特、完整的一座皇家园林，是国家重点文物保护单位，现在还被学校占据，应尽快腾出来，恢复其原貌，供人们游览。桂林是一座历史文化名城，但从建筑角度说，却看不到古城风貌。这与1944年日寇的一场焚城大火烧掉了桂林百分之九十五的房屋建筑是直接相关的。可是，我们在城市建设中如何把现代风格与地方的、民族的建筑形式相结合,也是一个值得注意的问题。

我期待桂林建成全国和世界上最好的城市,让山、水、城更加赏心悦目,让生活在这里的人民更加健康和舒适。当前,国际上提出了城市环境的新要求,就是要把城市建成最适宜人类居住的地方。这是个很高的标准,得到这个称号很不容易。从总体上看,桂林市的自然状况和环境质量都是比较好的,应当得到这个称号,是最适宜人类居住的城市。

最后,我想引用陈毅元帅的两句诗作为结束语:愿做桂林人,不愿做神仙。

文明的困境与出路

2002年的春天,我去了内蒙古,强劲的西北气流卷起漫天沙尘,天昏地暗,日月无光,大有沙吞山河之势。我走进一片由加拿大杨组成的林网农田,顿时,大风失去了它的桀骜不驯,只在树梢间呼啸,在农田里,却风缓土静。我第一次看到了林木神奇般的威力,使我领悟到,我国沙化土地之所以无止境地蔓延,是因为我们破坏了保护大地的绿色植被,特别是砍伐了阻挡风沙的林带。

树木对人类是多么重要!并由此引发了我一些联想。

人类是从森林里走出来的,是森林给了人类生命最初的质感。同样,人类的智慧也是在树木绿荫的庇护下成熟的,是树木给了人类智慧最初的灵感。没有树木,没有森林,智慧的闸门就会关闭,文明的源泉也会枯竭。

早在公元前五百二十五年,释迦牟尼深居王宫,过着无忧无虑的生活。一天,他无意中走上街头,惊讶地发现,满街都是贫困交加、疾病缠身、痛苦不堪的人群。他十分震惊,痛切地感受到人生无常和苦海无边。于是,他抛妻别子，逃离宫殿，来到菩提迦耶的一棵菩提树下修行。经过七七四十九天的苦思冥想，顿悟，创立了佛教。而佛教对人类文化的影响至今仍经久不息。如果没有那棵菩提树，释迦牟尼会是怎样呢？

稍后，中国的先哲孔子在山东曲阜创办了中国第一所学校。说是学校，其实与今天的学校大不一样，那仅仅是一方杏林。每天，孔子都在这方杏树园里教学讲道，向他的弟子授业解惑。后来，他的弟子将他的言论辑录成册，成了儒家学说的开山之作，并影响了后世两千多年，几成中国文化的主流和正宗。今天我们翻开儒家经典著作，似乎仍然可以闻到字里行间飘散着的杏仁的清香。如果没有那片杏树林，中国文化又将走向何方？

几乎与此同时，古希腊的柏拉图也在遥远的雅典创办了自己的学园，作为传播思想的一个基地。在柏拉图学园里，培育了一批西方最早的思想巨匠。这个学园结出一个最大的硕果，就是他的弟子亚里斯多德，把古希腊哲学推向了一个至今无人企及的顶峰，后世的思想家所能做的也只是为他的哲学作点注释。如今，这片学园当初的景象已无从考迹，但从希腊历史记述中可以看到，当时希腊半岛上，到处种植着葡萄、橄榄树和无花果，可以想象，当初学园里也会是林木葱茏、花果飘香犹如一个大花园。当这些思想巨子们倘佯悠游于丛林之间，驰骋遨游于精神王国之时，西方文化的胚胎实际上已经孕育于他们的心灵之中。可以说，西方文化的摇篮，就是那一片小树林。

西方文明的另一个源头便是希伯莱文化。希伯莱人创立了犹太教，为西方文化铺垫了又一块基石。据《旧约全书》的说法，人是上帝创造的，上帝造了亚当和夏娃之后，便把他们放在了伊甸园里。那里景色优美，树木茂盛，果实累累，宛如人间仙境，人类的老祖先便在这里过着悠哉游哉的生活。这番景象绝非希伯莱人的杜撰和想象，而极有可能是当时真实生活的写照。希伯莱人的精神领袖摩西曾用这样的话向他的信徒们形容这块福地："这是一片溪水潺潺的沃土，泉水从谷地与山丘上涌出；到处长满了小麦、大麦、葡萄、无花果与石榴树；到处有橄榄油和蜂蜜。在这片土地上你可以随心所欲地将面包吃够，什么都将应有尽有。"今天，当我们翻开《旧约全书》时，每一页都充溢着诱人的"牛奶和蜂蜜"的醇香。

无论从古代神话中，还是从历史记载中，我们都可以看到，树木和森林不仅哺育了人类的生命，同样，也滋养了人类的精神。

然而今天，当我们回眸人类最初的家园时，我们痛切地看到，在故乡古老的土地上，黄色覆盖了绿色，荒漠取代了沃野，河流干枯了，树木凋敝了，土地贫瘠了，许多地方已经不再是林木繁茂、水草丰盛的"希望之乡"，而变成了杳无人迹、沉寂荒凉的"死亡之海"。从这一意义上说，人类实在不是地球的好管家。

我们不妨再看看人类几大古文明的发祥地，如今已是怎样一番景象。

公元前三千年，在尼罗河下游的冲积平原上出现了埃及文明，最初的埃及人较早地掌握了农业生产需要的灌溉技术，在尼罗河洪水冲积的肥沃土地上发展灌溉农业，创造了伟大的农业文明，并由此兴盛了将近一百代人，最后他们屈服于外来的侵略者，而他们的土地作为一个主要的粮仓，依然帮助那些征服者们度过了两千多年的富足生活。尼罗河流域的土地所以能使文明繁荣达数千年之久，主要取决于尼罗河河谷地区独特的自然特性。正是由于尼罗河一年一度的周期性泛滥，带来了上游的淤泥和有机质，才使得干旱的土地变成了肥沃的原野，并由此支撑起了一个文明古国。

同样，在美索不达米亚平原上，曾经诞生过繁荣灿烂的古巴比伦文明。这块广袤肥美的平原由发源于小亚细亚山地的两大河流幼发拉底河和底格里斯河冲积而成。公元前四千年，苏美尔人和阿卡德人在肥沃的美索不达米亚两河流域发展灌溉农业。幼发拉底河高于底格里斯河，人们很容易用幼发拉底河的水灌溉农田，然后灌溉水排入底格里斯河，再流入海。他们的农业非常成功，在两河流域建立了宏伟的城邦。公元前二十世纪，阿摩利人征服整个美索不达米亚地区，建立古巴比伦王国，发展了光辉灿烂的巴比伦文明。约公元前五百〇四年波斯人入侵，但只维持了两个世纪，公元前三百二十三年被马其顿征服。巴比伦文明毁灭并被埋藏在沙漠下将近两千年，变成了历史遗迹。古巴比伦文明的败落曾经被看成是一个秘密，但地理学和生态学却对此作出了令人信服的破解：古巴比伦文明衰落的根本原因是不合理的灌溉。由于古巴比伦人对森林的破坏，加之地中海气候的特点，使河道和灌溉沟渠淤塞。在这种情况下，人们就不得不重新开挖新的灌溉渠道，如此恶性循环，使得水越来越难以流入农田。更严重的是，古巴比伦人只知道引水灌溉，不懂得排水洗田。由于缺乏排水，致使美索不达米亚平原的地下水位不断上升，给这片沃土罩上了一层又厚又白的"盐"外套，淤泥和土地的盐渍化，终于使古巴比伦葱绿的原野渐渐褪色，高大的神庙和美丽的花园也随着马其顿征服者的重新建都和人们被迫离开家园而坍塌。如今，在伊拉克境内的古巴比伦遗址已是满目荒凉。

在中美洲热带低地森林中发展起来的玛雅文明，也是由于地力的耗竭而走向衰亡。上世纪中叶，探险家们在中美洲热带森林里，发现了用巨大的石块建造的雄伟壮观的神殿庙宇，至此才知道这里曾经诞生过一个伟大的文明。那么，玛雅文明为什么在不到一千年的时间里就由兴盛走向衰落呢？最新的科学研究揭示：正是由于人口压力不断增加，土壤侵蚀日渐加速，致使耕地生产能力耗损无遗，才使得辉煌一时的玛雅文明走向毁灭。玛雅文明无疑又是一个环境破坏酿成的悲剧。

印度文明被称为世界四大古文明之一，其文明的发端与所依赖的自然环境有密切的关系。印度半岛大部分地区是一个坡度徐缓的高原，境内江河纵横，土地肥沃，农业发达。在北面，喜马拉雅山脉如屏障耸立，南面则以低矮的文迪亚山与德干高原相隔。印度的平原地区面积远远超过了法国、德国和意大利面积的总和。在这广阔的平畴沃野上，流淌着印度河和恒河。印度史上已知的最古老的文明哈拉巴文明，就是在北印度平原的印度河——恒河平原上产生的。广阔的北印度平原被其普拿沙漠和阿拉瓦利山脉分为两个部分。沙漠以西的平原为印度河所灌溉，以东的平原为恒河及其支流所灌溉。河流将高原上的土壤带到平原上堆积起来，使土壤肥沃，河流则使交通十分便利。印度河——恒河流域丰饶的平原地区，被人们称为是大自然对印度民族的慷慨赐予，它哺育滋养了悠远的印度文明。然而，近代以来，森林的急剧破坏导致这个处于热带地区的文明古国的生态系统变得极其脆弱。不仅许多昔日的沃野良田变成了沙漠，而且水旱灾害连年不断，水土流失十分严重。不合理的灌溉又加速了土地的盐渍化。直到六十年代，在联合国专家的帮助下，通过抽取地下水给土壤排盐，并在印度河上游建立曼格拉大坝调节灌溉渠道中的水量，才遏制住土地退化的势头。

黄河流域是华夏文明的发祥地。先秦时期，黄河中上游地区乃是气候温和，植被茂密，整个黄土高原森林覆盖率超过百分之五十。先民在此逐水而居，繁衍生息，创造了辉煌的古代文明。秦始皇统一中国之后，开始大兴土木，毁伐森林。为修建阿房宫，砍光了整个蜀地山岭上的树木。故有"蜀山兀，阿房出"之说。到了汉朝，人口剧增，粮食需求急剧增长，毁林开垦就成为解决粮食问题的最重要手段。于是，出现了规模空前的大垦殖，耕地面积由秦时的一亿亩左右，上升到西汉时期的八亿多亩，土地的增加多为毁林开垦所造。现在的乌兰布和沙漠在西汉之前还是植被很好的地区，经过历代砍伐开荒，到了北宋，这里已是"沙深三尺，马不能行，行者皆乘橐驼"的地区了。东汉至隋朝年间，由于战乱，人口锐减，环境压力相对减轻，生态环境有了一定的恢复。后至唐朝，经济繁荣趋于鼎盛，人口急剧增长，又开始了新的一轮更大规模的毁林开垦，仅新垦土地就达六亿多亩。史称"开天宝之中，耕者益力，四海之内，高山绝壑，耒耜亦满"。这种对"高山绝壑"的开垦，不能不破坏高原植被，给生态环境带来严重后果。黄土高原沟壑纵横，满目疮痍，导致黄河频繁泛滥。天灾加上人祸，使黄河流域经济渐趋衰落，等到安史之乱之后，昔日繁华的黄河流域，竟到了"居无尺椽，人无烟灶，萧条凄惨，兽游鬼哭"的地步。田地荒芜，水利失修，人口大量死亡和南移，使黄河流域社会经济开始衰落，我国经济文化的中心也渐渐移至长江流域。

纵观埃及文明、巴比伦文明、印度文明和玛雅文明等古老文明，它们都在兴盛繁荣和辉煌了十多个世纪之后毁灭了，或者埋藏在沙漠下，或者遗留在荒野中，成为历史陈迹，只有在考古发掘中证明它的存在。

文明人主宰环境的优势仅仅只持续几代人。他们的文明在一个相当优越的环境中经过几个世纪的成长与进步之后迅速地走向衰落和覆灭，其平均生存周期为四十至六十代人（一千至一千五百年）。在大多数情况下，文明越是灿烂，它持续存在的时间就越短。文明之所以会在孕育了这些文明的故乡衰落，主要是由于人们糟蹋或毁坏了支撑文明生长的环境。诚如一位历史学家所言："文明人跨越地球的表面，在他们足迹所及之处留下一片荒漠。"这正是文明由盛入衰的根源所在。

今天，当人们凝望一个又一个古文明的废墟时，不能不感叹人类的骄妄、贪婪和无知。一部文明的兴衰史，实际上就是一部人类征服自然、盘剥自然并最终自食恶果的辛酸史。

我们在回眸人类足迹时，从文明的兴衰中能够得到一些什么样的教训和启迪呢？

启迪之一：

倡导一种尊重自然、善待自然的伦理态度将是人类文明持续的基础，人类必须意识到，自然环境不是我们欲望的函数，而是我们赖以生存的母体。人类与自然环境之间有一条永远割不断的脐带。当我们从自然母体中汲取营养而创造文明时，我们不要忘记自然母亲的恩德，更不能做一个以怨报德的不孝子孙。人不过是自然之子。我们无时无刻不受自然的恩惠，我们的生存无不依赖于自然生态系统。这个系统中的所有资源，如土壤、空气、水、气候、森林、草原和各类动植物，对人类来说都是生死攸关。人类文明与大自然的命运已紧密交织在一起，就如同心灵和躯体一样密不可分。今天，人类不能再以一个征服者的面目对自然发号施令，而必须学会尊重自然、善待自然，自觉充当维护自然稳定与和谐的调节者。从一个号令自然的主人，到一个善待自然的朋友，这是一次人类意识的深刻觉醒，也是一次人类角色的深刻转换。实现这一角色的转换不仅需要外在的法律强制，更需要人类的良知和内在的道德力量。人类需要一种新的伦理学，以便为人类适应这种新的角色建立起新的道德准则和行为规范。

启迪之二：

倡导一种拜自然为师、循自然之道的理性态度将是人类文明发展的不竭动力。许多古文明之所以从强盛走向衰落，是因为他们在文明发展过程中很少或根本没有遵循自然规律和生态规律，对自然界肆意开发和掠夺，从而导致自然生态系统的崩溃，最终酿成文明的衰败。美索不达米亚文明如此，玛雅文明如此，哈巴拉文明也如此。直至今天，我们仍未从中汲取应有的教训，甚至采用更加强大的手段破坏着更大范围的生态系统。

如果说，过去的农业文明和游牧文明破坏的只是局部的生态系统，最终导致一个区域性的文明衰败；那么现在的工业文明破坏的则是整个地球生态系统，如气候变暖、臭氧层空洞等等。可以设想，一个失衡的地球怎么能够支撑起一个庞大的文明大厦呢？因此，人类必须从现在起，拜自然为师，循自然之道，按照自然规律和生态规律办事，从自然界中学习我们的生存和发展之道。我们不要过度迷恋人类无所不知、无所不能的信条，实际上，现存的环境问题往往是我们对自然无知或知之甚少的结果，它的最终解决需要我们到自然生态系统中去，发现和掌握自然规律和生态规律。只有这样，我们才能找到摆脱目前困境的出路。

启迪之三：

倡导一种保护自然、拯救自然的实践态度将是人类文明长盛不衰的根本保证。几千年来，文明人足迹所过之处常常留下一片沙漠，这是文明的悲剧。人类在不断吞噬自然的躯体，同时，也在品尝自然所酿造的苦酒。今天，人类比任何时候都能领略到气候变化的威胁。有数据显示，全球气温自1800年以来一直缓慢上升，二十世纪是过去六百年间最热的一个世纪。如果人类再不行动，对自然仅仅说一声遗憾或者抱歉，那么，一百年后，巨大的热浪将会席卷地球每一个角落，海洋中漂浮的冰山将会融化得无影无踪。到那个时候，泰坦尼克号的悲剧也许不会重演，但更为严重的全球性的悲剧有可能不期而至。面对如此前景，我们必须以人类的良知、远见和气魄，采取坚实的行动，来弥补我们的前人以及我们自己对自然所犯下的过错。保护自然，修复自然，维护自然生态系统的平衡与和谐，应当是我们义不容辞的责任。果若如此，新世纪的人们将会迎来新的希望，人类文明将会走向光辉的彼岸。

第四章 环保新思考

从斯德哥尔摩到约翰内斯堡的发展道路 [1]

从1972年的斯德哥尔摩人类环境会议到2002年约翰内斯堡的可持续发展大会，从北半球到南半球，人类整整走了三十年。这三十年，是人类历史上不平凡的三十年，是人类理性又一次觉醒和复苏的三十年，是人类从工业文明走向绿色文明的三十年。

2002年11月14日，我在香港城市大学进行演讲时，约翰内斯堡可持续发展首脑会议激烈争议的余波还在回荡。那次会议虽然未在世界面临的重大环境问题上取得实质性突破，但是，在统一对全球严峻环境形势的认识上，特别是在实施《二十一世纪议程》的行动计划上，还是取得了新的进展。回眸三十年的发展历程，我们看到，在这颗星球上发生了许多具有划时代意义的变革，其中包括了生态环境领域的变革。

---

(1) 本文为作者2002年11月14日在香港城市大学的演讲稿，有删改。

我感到欣慰，作为中国代表团成员，我出席了1972年斯德哥尔摩联合国人类环境会议和1992年里约热内卢联合国环境与发展大会。2001年开始，又作为联合国秘书长名人专家组成员，参与了2002年8月约翰内斯堡可持续发展高峰会议的筹备工作。

作为一个见证人，我亲眼见证并参与了其中的一些变革，我愿意与大家一起来分享这些变革的欢欣和痛楚，也希望通过回顾历史过程，有助于每个关心环境保护事业的人士去思索、去探索世界与中国的可持续发展之路。

第一个路标：1972年斯德哥尔摩人类环境会议

1972年联合国召开的斯德哥尔摩人类环境会议是国际社会就环境问题召开的第一次世界性会议，共有一百一十三个国家和一些国际机构的一千三百多名代表参加了会议。这次会议标志着全人类对环境问题的觉醒，是世界环境保护史上第一个路标，对推动世界各国保护和改善人类环境发挥了重要作用和影响。

这次会议的主要成果集中在两个文件上：其一是由五十八个国家一百五十二位成员组成的通信顾问委员会为会议提供的一份非正式报告《只有一个地球》，这是第一份关于人类环境问题的比较完整的报告。报告不仅论及环境污染问题，而且还将污染问题与人口问题、资源问题、工艺技术影响、发展不平衡以及城市化等联系起来，作为一个整体来探讨和研究，并力求找出协调环境与发展的道路。这份报告对会议产生了很大影响，也可以说成为会议的基调。其二是大会通过的《人类环境宣言》（以下简称《宣言》）。该《宣言》指出："为了在自然界里取得自由，人类必须利用知识在同自然合作的情况下建设一个较好的环境。为了这一代和将来的世世代代，保护和改善人类环境已经成为人类一个紧迫的目标。这个目标将同争取和平和全世界的经济与社会发展这两个既定的基本目标共同和协调地实现。"《宣言》所提出的在保护和改善人类环境方面的基本原则，在世界上产生了很大影响。

在1972年斯德哥尔摩会议的推动下，人类更加广泛和深入地开展了对环境与发展问题的探索。二十世纪八十年代以来，世界各国开始从经济、政治、社会等多方面研究发展问题，从而形成了一种新的"综合发展观"。1983年，联合国教科文组织委托法国学者写了《新发展观》一书，指出新的发展观是"整体的""综合的"和"内生的"，其经济发展不仅包含数量上的变化，而且还应包括收入结构的合理化、文化条件的改善、生活质量的提高以及其他社会福利的增加。也就是说，经济发展体现为经济增长、社会进步与环境改善的同步进行。这种新的综合发展观在实践中逐步演变成"协调发展观"。

1987年，联合国委托以布伦特兰夫人为主席的世界环境与发展委员会（WCED）提交的著名报告《我们共同的未来》，提出了一种崭新的理念——可持续发展战略思想。对可持续发展所下的定义是，"既满足当代人的需要，又不损害子孙后代满足其需求能力的发展"。

从这个定义看，可持续发展的内涵至少包括三项基本原则：（1）公平性原则，包括时间上的公平和空间上的公平。时间上的公平，又称代际公平，就是既要考虑当前发展的需要，又要考虑未来发展的需要，不以牺牲后代人的利益来满足当代人的需要。空间上的公平，又称代内公平，是指世界上不同的国家、同一国家的不同人们都应享有同样的发展权利和过上富裕生活的权利。（2）持续性原则。可持续发展的核心是发展，但这种发展必须是以不超越环境与资源的承载能力为前提，以提高人类生活质量为目标的发展。（3）共同性原则。由于历史、文化和发展水平的差异，世界各国可持续发展的具体目标、政策和实施过程不可能一样，但都应认识到我们的家园——地球的整体性和相互依存性。可持续发展作为全球发展的总目标，所体现的公平性原则和持续性原则应该是共同的。

与此同时，该报告又明确提出了可持续发展的比较具体的目标：（1）消除贫困和实现适度的经济增长；（2）控制人口和开发人力资源；（3）合理开发和利用自然资源，尽量延长资源的可供给年限，不断开辟新的能源和其他资源；（4）保护环境和维护生态平衡；（5）满足就业和生活的基本需求，建立公平的分配原则；（6）推动技术进步和对于危险的有效控制。

1991年，世界自然保护联盟、联合国环境规划署和世界野生动物基金会又共同发表了《保护地球——可持续生存战略》，提出"要在生存于不超过维持生态系统涵容能力之情况下，改善人类的生活品质"，并且提出人类可持续生存的九条基本原则，同时还提出了人类可持续发展的价值观和一百三十个行动方案,着重论述了可持续发展的最终落脚点是人类社会,即改善人类的生活品质,创造美好的生活环境。《生存战略》认为,各国可以根据自己的国情制定各不相同的发展目标,但是,只有在"发展"的内涵中包括提高人类健康水平、改善人类生活质量和获得必需资源的途径,并创造一个保障人类平等和自由权利的环境,才是真正的"发展"。

中国环境保护虽然起步较晚,但在斯德哥尔摩人类环境会议之后,随着"文化大革命"的结束,特别是实行改革开放,我们也逐步跟上了国际环境保护的潮流,并逐步参与到探索新发展观和新发展道路的艰难历程中。1973年,中国环境保护终于迈出了关键性的一步。在周恩来的亲自过问下,在北京召开了全国第一次环境保护会议。会议遇到的首要问题,就是社会主义的中国有没有环境污染和公害。当时正处于"文革"时期,教条主义盛行,人们的思想被封闭,不愿也不敢承认社会主义的中国有环境公害,认为那只是西方资本主义国家的不治之症。谁要是说中国有污染,谁就是给社会主义抹黑。现在看来,这是多么荒唐可笑的逻辑,可在当时却是一个谁也不敢质疑的信条。但是,来自全国各地和各界的代表摆出的触目惊心的大量事实,却无可辩驳地证明社会主义的中国存在环境问题,并且很严重。可以说,这次会议惊醒了沉迷于"风景这边独好"的中国人。会议之后,国务院颁布了《关于保护和改善环境的若干规定》。从此,中国的环境保护事业艰难起步了。

1979年，中国开始实行改革开放政策，经济发展步入了快车道。也是在这一年，中国有史以来的第一部《环境保护法》正式颁布，标志着中国的环境保护已从一般号召，开始向法治化迈进。但是，如何处理好经济发展和环境保护的关系，是先污染后治理，还是走经济建设与环境保护同步发展的路？这仍然是一个没有解决的问题。当时，不少政府决策者和理论界人士认为先污染后治理是客观规律，在经济发展的初级阶段是不可逾越的，公开宣扬"先建设，后治理"论。在这种形势下，我们致力于三个方面的工作：探索环境和经济协调发展的理论和战略，研究建立环境保护制度，强化中国环境管理体系建设。

根据中国正在进入经济快速增长，庞大人口对环境造成巨大压力和环境污染与生态破坏已很突出的国情，我们提出中国不能走发达国家所走过的先污染、后治理的老路，必须使经济建设与环境保护协调发展，以经济发展来推动环境保护，以环境保护来促进经济发展，鲜明地提出了"在发展中解决环境问题"的观点，就是："经济建设、城乡建设和环境建设要同步规划、同步实施、同步发展，经济效益、社会效益、环境效益相统一"的方针。这些理论和方针政策的核心是经济发展和环境保护并不是截然对立的，只要遵循生态规律和经济规律，把环境保护纳入经济发展的战略、计划和政策中，从预防做起，从源头把关，就可以实现经济和环境的协调发展。从七八十年代国际流行的环境保护理念来看，中国是比较早地强调应当在发展的过程中，通过结构、布局调整和工业技术改造，强化管理等宏观的、综合性的经济环境措施来化解环境问题,正确地表述了中国经济和环境协调发展的模式和探索方向,是与以后在八十年代末国际上形成和发展起来的可持续发展理论和战略一脉相承的。

二十世纪八十年代初,在环境保护战略和政策的探索中,我们提出了"环境保护是我国的一项基本国策"这一适时的、醒目的方针,把环境保护从经济发展的边缘移到了经济发展的中心位置,对中国环境保护事业产生了积极而深远的影响。传统的经济理论往往把环境当作一种无限的、没有价值的要素,传统的经济核算方法也没有计量环境的价值。因此,六七十年代,环境保护问题往往处于一个国家经济发展决策的边缘。为了说明环境在经济中的重要作用,我们曾经多次组织专家调查和估算环境污染和生态破坏的经济损失。据八十年代初的估算,环境问题造成的经济损失达到占工农业生产总值的百分之十四。这一令人震惊的巨大数字,也是促使国家把环境保护确立为一项基本国策的重要依据。从二十年来国内和国际环境保护的实践来看,这是一个富有远见的决策。

中国存在比较严重的环境污染和生态破坏。环境治理走什么路?摆在面前的比较成功的经验,是西方国家走过的"高技术,高投入"之路。但是,中国经济和技术都很落后,承受能力有限;同时,大量的环境问题又是管理不善造成的。因此,我们提出最现实,也是最有成效的办法是靠强化环境监督管理,靠政府采取行政的、法律的和经济的手段,以监督促治理,以监督促保护。如果模仿西方国家治理之路，实际上是把环境保护工作禁锢在一个寸步难行的境地，是不可能有什么作为的。强化环境监督管理的工作方针，引起了广泛讨论。讨论的结果达成了共识。在1983年召开的第二次全国环境保护会议上，把强化环境管理确立为我国环境保护的一项基本方针。其主要措施有：制定环境保护规划，制定环境政策、法律、法规和标准，从中央到地方建立起具有权威的管理机构，严格监督规划和法律的实施。依照这样的思路，初步建立起了同市场经济接轨的环境管理体系。

在环境与经济协调发展理论模式和环境管理模式探索的基础上，在二十世纪八十年代中期以后，我们明确地提出要开拓有中国特色的环境保护道路。其主要内涵有两个方面：在大政方针上，以环境与经济协调发展为宗旨，把在八十年代以来陆续提出的预防为主、谁污染谁治理和强化环境管理等政策思想确定为环境保护的三大政策；在具体制度措施上，把一些在中国环境保护实践中有效的做法和经验进行总结、提高和升华；同时，有选择地从国外引进一些管理制度和措施加以消化吸收，形成了以八项环境管理制度为主要内容的一套环境管理制度。这些制度和措施符合中国国情，富有中国特色，使三大环境政策有了配套的制度和措施，促使环境管理工作由一般号召走上靠制度管理的轨道。这是一个重大的、具有根本意义的历史转变。由于实行积极的环境政策，在经济快速发展的同时，在防治工业污染、实施城市环境综合整治和保护自然环境方面也都取得了明显进展。

第二个路标：1992年里约联合国环境与发展大会

1992年6月联合国在巴西里约热内卢召开的环境与发展大会，是继1972年联合国人类环境会议之后举行的讨论世界环境与发展问题规模最大、级别最高的一次国际会议，也是人类环境与发展史上影响深远的一次盛会。一百八十三个国家的代表团和联合国及其下属机构等七十个国际组织以及上万名非政府组织的代表出席了会议，一百零二位国家元首或政府首脑到会。里约环发大会是人类在认识和处理环境与发展问题方面的一次飞跃。通过里约环发大会，世界各国对可持续发展达成了共识。从直接成果上看，会议通过并签署了五个重要文件——《里约环境与发展宣言》《二十一世纪议程》《关于所有类型森林问题的不具法律约束的权威性原则声明》《气候变化框架公约》和《生物多样性公约》。其中《里约环境与发展宣言》和《二十一世纪议程》提出建立"新的全球伙伴关系"，为今后在环发领域开展国际合作确定了指导原则和行动纲领，也是对建立新的国际关系的一次积极探索。

环发大会共识的核心是：要以公平的原则，通过全球伙伴关系促进全球可持续发展，以解决全球生态环境的危机。发展中国家正面临消除贫困和保护环境的双重压力，迫切需要来自发达国家的援助。这一点在《里约宣言》的"共同但有区别的责任"原则中已经被清楚地阐明。"共同但有区别的责任"的要求是：（1）发达国家必须改变目前不可持续的发展方式，包括改变现有的不可持续的生活方式,减少自然资源的浪费,减少排放有毒有害物质,通过"把自己家里先整顿好"来为其他国家做出示范,做出表率。(2)以气温升高为代表的全球环境问题,是发达国家长期排放有害物质造成的。因此,发达国家要通过资金援助和技术转让帮助发展中国家在经济上得到发展,从而使发展中国家在经济发展的基础上有能力保护和改善环境。(3)国际组织及机构采取措施,保证贸易和经济发展的公平性,以维护发展中国家的利益。(4)在经济发展与环境保护的一些关系的问题上,如环境与贸易问题、知识产权与环境技术转让问题以及保持当地传统文化等问题上,必须尊重发展中国家的发展需求与权利,不以环境保护为借口对发展中国家的经济发展和贸易设置壁垒。应该看到,各国在环发大会上对可持续发展的共识来之不易。它既是人类在长期与自然相互作用中得出的理性认识和经验总结,也是代表不同利益的各国之间既有斗争又有合作的政治性谈判的产物。为此,环发大会倡导在这个共识的基础上,以新型的全球合作伙伴关系开展世界范围的合作,为最终实现可持续发展的远大目标而共同努力。我们可以把这种在环发大会中表现出来的,并为各国承诺的合作精神,称为"里约精神"。

在里约环发大会的推动下,国际社会在可持续发展领域出现了许多积极的变化,具体表现在:(1)《气候变化框架公约》《生物多样性公约》和《荒漠化公约》等诸多环境公约相继生效。全球性、区域性和双边环境保护公约、条约和议定书不断出台,公约所涉及的领域不断扩大。

有关公约的实施正在取得进展，有的已产生良好效果。（2）各国政府做出大量的努力，将可持续发展纳入本国经济和社会发展战略。有一百〇五个国家建立了相应的组织机构，有两千多个城市制定了地方《二十一世纪议程》。（3）各国际组织致力于可持续发展。联合国于1993年成立了可持续发展委员会，审议《二十一世纪议程》在全球的执行情况，同时联合国成立了以专家为主体的可持续发展高级咨询委员会（很荣幸，我也是这个委员会的一名成员），为秘书长处理环境保护事务提供咨询建议；联合国系统内外的许多机构都将其经常性活动与实施《二十一世纪议程》结合起来。（4）可持续发展的观念逐步深入人心，世界人民环境意识大大增强，关心并参与保护环境的人与日俱增。环发大会以前，发达国家的民间团体和非政府组织在推动政府重视环境方面起到了先锋作用。在不足十年时间里，民间环保组织已遍布全球，并空前活跃，在促进从社区到全球的环保行动方面发挥着广泛而积极的作用。（5）国际社会从总体上对各项环境问题的研究更加深入，政策措施日益具体化。在一些环境保护比较成功的国家里，可持续发展的法律不断出台，政策体制更加灵活。一方面，政府的法律、政策和标准等不断细化、发展和完善；另一方面，通过财政措施、税收、生态标签、排污权交易等手段，调动市场的力量，引导并推动生产和消费模式的改变。

环发大会之后，为了履行承诺，把可持续发展战略应用于中国的建设实践，促进经济建设与环境保护的协调发展，国家环保局和外交部组织起草了《中国环境问题十大对策》，中共中央和国务院联合转发了这一报告。接着，国务院环境保护委员会在1992年7月2日召开的第二十三次会议上决定，由国家计划委员会和国家科学技术委员会牵头，组织国务院各部门、机构和社会团体编制《中国二十一世纪议程——中国二十一世纪人口、环境与发展白皮书》。根据国务院环境保护委员会的部署，同年8月成立了由国家计划委员会副主任和国家科学技术委员会副主任为组长的跨部门领导小组，负责组织和指导议程文本和相应的优先项目计划的编制工作，并组成了有五十二个部门、三百余名专家参加的工作小组。经过共同努力，在广泛征求国务院各有关部门和中、外专家意见的基础上，经中、外专家组多次修改，最后完成了《中国二十一世纪议程》。1994年3月25日，国务院第十六次常委会讨论了《中国二十一世纪议程》，成为世界上第一个编制国别《二十一世纪议程》的国家。这充分反映了中国政府以强烈的历史使命感和责任感，去完成对国际社会应尽的义务和不懈地为全人类共同事业做出更大贡献的决心，赢得了国际社会的广泛关注和支持。

《中国二十一世纪议程》文本是与联合国《二十一世纪议程》相呼应，根据中国国情而编制的，广泛吸纳、集中了政府各部门正在组织进行和将要实施的各类计划，具有综合性、指导性和可操作性。《中国二十一世纪议程》阐明了中国的可持续发展战略和对策，共二十章、七十八个方案领域，分为四大部分。第一部分涉及可持续发展总体战略，第二部分涉及社会可持续发展内容，第三部分涉及经济可持续发展内容，第四部分涉及资源与环境的合理利用与保护。

《中国二十一世纪议程》的制定，得到了全国各部门、各地方的热烈响应和支持，各有关部门相继制定并实施了本部门的《二十一世纪议程》，并在随后制定的国家和部门"九五"计划和2010年规划中，作为重要目标和内容得到了具体体现。

（1）由传统发展方式开始转向可持续发展模式。环发大会后，发布了《中国环境与发展十大对策》报告，在这个报告中，明确提出中国在实现现代化过程中，必须实施可持续发展战略。1994年3月国务院批准了《中国二十一世纪议程》。1996年，八届全国人大第四次会议通过的《国民经济和社会发展"九五"计划和2010年远景目标纲要》中，把科教兴国和可持续发展列为国家两大发展战略。

（2）由环境污染治理进入自然生态的恢复与建设。在1998年长江特大洪灾后，提出了全面停止长江、黄河上中游天然林采伐，明确提出有计划地退耕还湖、还林、还草的要求，并把生态恢复和建设列为西部大开发的首要目标，制定了"退耕还林（草）、封山绿化、以粮代赈、个体承包"的政策，启动了自然生态大规模恢复和建设的行动。

（3）由对局部地区的工业结构和布局调整，进入到对国民经济总体结构的战略性调整。"九五"期间，国家从优化产业结构，全面提高农业、工业和服务业的水平和效益，合理调整生产力布局等目标出发，积极扶持高新技术产业和第三产业的发展，推进国民经济和社会的信息化，大力限制资源消耗大、污染重、技术落后产业的发展，压缩其生产能力，并取缔、关停了八点四万家"十五小"企业，淘汰了一大批小煤矿、小钢铁、小水泥、小玻璃、小炼油、小火电企业，从源头减少了经济发展对资源的破坏和对环境的污染。

（4）在对城市和工业污染加大治理力度的基础上，开展了对重点地区和重点流域的治理。从"九五"开始，在全国实施了"三河三湖两区一市一海工程"。通过对重点流域和地区采取大规模污染治理行动，有效带动了全国污染防治工作的进展。上述行动表明，中国在经济发展中把环境保护摆上了十分重要的议事日程，努力实现经济与环境的协调发展。

（5）环境管理由传统的行政命令加计划，转向依法行政和管理。在这个期间，先后制定了《固体废物污染环境防治法》《环境噪声污染防治法》《水土保持法》《煤炭法》《节约能源法》《防洪法》《防震减灾法》《气象法》《种子法》《防沙治沙法》，并对《水污染防治法》《大气污染防治法》《海洋环境保护法》《森林法》《土地管理法》《矿产资源法》等作了重大的修改，初步建立起了环境与资源保护法律体系。与此同时，中国参与了各项全球环境问题的谈判和重要活动，签署了多项环境条约和多边协议，双边和区域性环境合作也取得了重要进展。中国成为国际环保合作中的一支活跃力量。

第三个路标：2002年约翰内斯堡可持续发展首脑会议

为纪念人类环境会议三十周年、里约环发大会十周年，进一步推动里约会议所倡导的全球伙伴关系和可持续发展战略的实施，联合国于2002年8月26日至9月4日在南非约翰内斯堡举行了可持续发展世界首脑会议。有一百九十多个政府，五千多个非政府组织，两千多个媒体组织与会。

可持续发展首脑会议产生了两项最终成果：《执行计划》和《政治宣言》。《执行计划》的通过是这次大会取得的主要成果。《执行计划》首先重申对世界可持续发展具有奠基石作用的里约峰会的原则和进一步全面贯彻实施《二十一世纪议程》，认为《执行计划》是里约峰会原则的继续，强调全方位采取具体行动和措施，包括执行"共同而有区别的责任"的原则在内，实现世界的可持续发展。《执行计划》指出，消除贫困是当今世界面临的最大挑战，也是可持续发展的必然要求，提出到2015年前，将目前全球日收入低于一美元、面临饥荒和不能得到安全饮用水的贫困人口数量减少二分之一；到2020年前，显著提高目前全世界一亿多城市贫民的生活水平，努力实现"城市无贫民窟"的奋斗目标。《执行计划》强调在该计划具体实施的过程中，贯彻执行"共同而有区别的责任"原则的极端重要性，敦促发达国家兑现十年前提出的将国民生产总值的百分之零点七用于援助发展中国家的可持续发展的庄严承诺，为实现世界可持续发展迈出实际步伐。

会议发表的《政治宣言》由六十九条组成。强调世界各国领导人对促进和加强环境保护、社会和经济发展肩负的集体责任和作出的政治承诺；重申里约峰会的原则和全面执行《二十一世纪议程》的重要性；欢迎约翰内斯堡承诺对人类基本需求的重视，认识到技术、教育、培训和创造就业的重要性；同意保护和恢复地球的生态一体化系统，强调保护生物多样化和地球上所有生命的自然延续。宣言最后呼吁联合国监督这次峰会所取得的成果的贯彻执行，承诺团结一切力量拯救地球、促进人类发展和赢得全人类的繁荣与和平，并向全世界人民宣告：相信人类可持续发展的共同愿望定能实现。

约翰内斯堡世界可持续发展首脑会议给我们描绘了未来十年的前景。但是，从宣言到行动，无疑是有很大距离的。在首脑会议召开前国际社会所关注的下述重大问题，目前仍然没有得到有效解决。

（1）发展方式问题。世界各国虽然在探索和推行可持续发展方面取得了一定进展，并提出了发展生态经济、循环经济等一系列重要举措，但是以美国等发达国家为代表的浪费型的生产和消费模式基本上没有改变，并借助经济全球化进程向发展中国家扩展。在这方面，如果发达国家的政府、企业界、民众没能率先垂范，何以说服和带动世界其他国家？

（2）国际经济秩序问题。在当今发达国家主宰的国际经济秩序下，很多发展中国家和广大的贫困人口并没有分享到经济全球化和贸易自由化的利益，很多发达国家依然通过设置贸易壁垒、农业补贴等措施，限制发展中国家进入其市场。近年来，发达国家极力主张将环境标准、环境标签与贸易措施挂钩，对国际贸易产生很大影响，其所制定的严格的环境标准实际上构成了贸易壁垒，使发展中国家面临的本已不公平的贸易条件更加恶化。尽管广大发展中国家强烈反对，但在发达国家的坚持下和非政府组织的压力下，贸易壁垒还在有增无减。

（3）可持续发展国际合作问题。里约环发大会确立了"共同但有区别的责任"原则，要求发达国家提供"新的和额外的资金"。然而，发达国家并未履行承诺。除荷兰、芬兰、挪威、丹麦和瑞典达到官方发展援助（ODA）目标（即将其国民生产总值的百分之零点七用于ODA）外，多数发达国家的ODA呈持续下降趋势。到2000年，ODA已降至发达国家国民生产总值的百分之零点二二。发达国家在提供资金和转让技术方面口惠而实不至，致使国际可持续发展合作和环境公约的履约进程进展缓慢。例如，《荒漠化公约》就在生效后因资金缺乏而举步维艰。

从当前情况来看，人类可持续发展会有什么样的前景，关键在于各国和国际社会选择什么样的发展模式和道路。如果我们希望降低人类面临的各种环境风险，切实推进可持续发展，那么，就必须选择绿色变革之路。

绿色变革之路的核心，体现在人类的文化价值观念和经济发展模式上。从现象上看，环境问题是由人口、技术、经济增长等因素的发展变化所引起的，人口的增加、技术的盲目发展和经济的快速扩张都会带来很大的环境压力。

因此，现行的战略和政策大多从控制人口、开发技术、调整经济结构、治理污染等方面去处理有关的环境问题。但是，二十世纪八九十年代全球环境问题的发展和国际环境保护实践证明，如果不改变工业革命以来人类所形成的征服自然、崇尚物质消费的伦理价值观念和生产、生活方式，人类持续增长的物质消费对环境的压力就不可能得到根本的缓解，我们仍将面临人类生态系统崩溃的巨大风险。为此，人类需要积极探索和建立新的绿色文明和新的循环经济形态。这是一种从物质生产方式到政治、法律及社会文化观念的整体转变，是一种"大转变"，需要采取涉及经济、社会、政治和文化各个方面的"大战略"。

第一，从物质生产方式上看，要向生态系统回归，按照自然生态规律，在经济、技术等各个方面不断创新，比较全面地改造现有的物质生产体系，建立起相应的、由不同生态经济体系，包括工业、农业、城市等各种类型构成的循环经济体系，其目标不是传统GDP的增长，而是基本需求满足基础上的生活质量的改善。

第二，从政治、法律和道德上看，要把对生命的尊重和对自然生态系统的爱护纳入到政治、法律和道德体系中，把生命和自然生态系统作为与"人"一样公正、公平对待的"主体"，同自然平等相处，崇尚简朴的生活和有节制的物质消费，人类的需求不能超越地球生态系统的承载能力。

第三，从世界观和认识论上看，要从工业社会主导的个体主义和还原论转变为自然整体主义和有机论，确认人不应与自然相分离,而是自然的一部分;包括人在内的所有存在物的性质,是由它与其他存在物以及与自然整体的关系决定的。

显而易见,实现这样一个大转变是一个长期的、复杂的过程。所以近年来,有不少环境学者把向可持续发展过渡称为农业革命和工业革命之后人类历史上的第三次革命。

中国正在积极推行可持续发展战略,全面推进经济、社会、资源、环境的协调发展,努力建成一个资源合理开发、利用、生态环境健全优美为基础的国民经济体系。当前正在深化国民经济战略性调整,促使从"高消耗、高污染、低效益"向"低消耗、低污染、高效益"经济增长方式的转变,使经济发展与环境相协调;同时,退耕还林、还草、还湖,大力进行自然生态建设和城市、江河的环境治理。可以说,中国的发展已从传统模式开始转向了可持续发展的轨道。

西部生态建设的几个问题[1]

内蒙古我去过好多次,既看到过那种滚滚沙漠,也看到过一片片绿洲,我想讲一讲西部地区的生态建设问题。

就总体来看,西部地区的生态环境可以用这么几句话来概括:植被稀少、水土流失加剧、土地荒漠化蔓延、生态环境相当恶劣;同时,大部分地区的水资源严重短缺,城市和一些河流污染也相当突出。这种生态状况反映在经济上,就是农牧业的发展迟缓,工业发展也不兴旺,经济总体水平不高,人均国内生产总值只有东部地区的百分之四十,贫困人口两千万人,占全国贫困人口的百分之六十。

西部严重的生态环境问题,是经济发展的最大障碍。中央决定开发西部也是想改变目前的这种状况。

西部地区的生态环境为什么持续恶化呢?对这个问题

---

[1] 本文为作者 2005 年 7 月 23 日在乌海市环保干部学习班上的讲话,有删改。

我们应该做一些回顾和反思。西部地区生态恶化，气候严酷是一个重大的因素，可以说是人类难以抗拒的。在这里，我们不讨论这方面的问题。我们讨论发展观念、一些相关政策和管理不当方面的问题。在气候恶劣、生态极为脆弱的环境下，不当的人为因素造成了严重后果。

在人口增加的压力下，为了解决吃饭问题，在一个很长的时期内，实施了"以粮为纲"的发展方针。在这个方针的指导之下，加剧了对自然资源的不合理开发利用，生态更加恶化了。内蒙古在1960年有草原八千八百万公顷，1980年减少到七千八百六十六万公顷，而如今可利用的草原只有三千八百六十六万公顷，这都是垦殖的结果。从沙区来说普遍存在三个问题：过度垦殖、过度放牧和滥樵。长期的、不适当的垦殖加剧了水土流失和土地荒漠化。现在全国荒漠化土地二百六十多万平方公里，沙化面积一百七十多万平方公里，其中解放后生成的有四十至五十万平方公里。

为了阻止荒漠化的发展，从中央到地方也做了不少工作，并取得了一定的成绩。但是总体来看，治理赶不上破坏，局部有改善，整体在恶化。这就反映了我们的发展思路存在问题，政策、决策有失误，管理也不善。

第一，在生态脆弱区进行经济开发，不是按照生态规律办事，而往往从主观愿望出发，做了许多傻事和错事。诸如毁林毁牧种粮、过牧滥樵、不当地水利开发、城市地区严重环境污染、滥捕滥猎造成的生物多样性减少等。这正是"人类中心主义"主宰自然的一种反映。虽然从世界历史来看，"人类中心主义"长期处于一种支配地位，但是，在我国延续的时间更长，危害更大。由此可见，发展思路不对头、战略政策也就出问题。有鉴于此，在中央提出的科学发展观中，把统筹人与自然和谐发展作为一项重要内容和目标。如何做到人与自然和谐呢？这就首先要转变发展观念，转变人对自然界的态度，由对自然的强取豪夺，变为尊重自然、爱护自然，按照自然规律开发利用自然。

第二，在防治荒漠化的方针政策上有些本末倒置。土地荒漠化的根本原因是滥垦、滥牧、滥樵。但是，我们却很少从源头上采取防治措施，而往往是在末端进行治理。比如说"三北"防护林带的建设，这是一项巨大的生态工程，已经进行了三期，现在还在继续着。这项工程在一些地方已发挥出生态成效。不过，有些专家却有不同的评价，认为这种点线治理措施，对于"三北"这样大面积、大范围的荒漠化来说作用很有限。如果把这样大的物力人力放在根本性源头上治理，那效果就大不一样了。

治本措施就是在荒漠化土地上禁止开垦、纠正过牧和防止对灌木和草地的滥樵。恰恰在这三个根本问题上没有采取积极措施，甚至变本加厉，滥垦、滥牧、滥樵继续发展。在五十至七十年代毁林十八万多公顷、开垦草地六百六十七万公顷，1994年至1999年在草原和固定沙地上开垦耕地一万七千平方公里，超载过牧也在不断发展。据专家测算，2000年我国实际承养的草食家畜二点二七亿羊单位，超载率百分之四十八，有些地区超载率竟高出一倍甚至更多。"三滥"的结果是什么呢？就是荒漠化特别是沙化土地的不断扩展。

第三，在治理荒漠化土地的措施上是种树还是种草争论了几十年，现在这个问题也没有完全解决。在干旱和半干旱地区适合种植一些耐干旱的草和灌木。在降雨量低于四百毫米的地区，不适宜种树，因为蒸发量很高，难成活。种植耐干旱的灌木和草，成本低、易成活，在防风固沙方面优于树木。但是在长官意志下，不讲科学，不顾生态规律，非要栽树不可，结果就是年年种树不见树，受到了自然的严厉惩罚。

在干旱半干旱地区是种树还是种草，这本不是一个什么高深的科学难题，专家们老早就把道理说清楚了。可是，就是听不进去。这反映了我们决策的机制存在问题，长期以来，不是广开言路、集思广益，而往往是靠人治，靠一个人或几个人的意志来决定一些大事情。这种决策方式非常危险。邓小平在总结我国的历史经验教训的时候讲过一段非常深刻的话，他说："把一个国家、一个党的稳定建立在一两个人的声望上，是靠不住的，很容易出问题。"[1] 即使像毛主席这样伟大的人物，由于受一些不好制度的影响，对党对国家对他个人都造成了很大的不幸。

在民主决策方面，我们现在还是有了不小的进步，比如说现在制定国家中长期科学技术发展规划，先是由各个部门的专家和有关人员反复论证，提出方案，然后由科技部为首组成的国家中长期科学技术发展规划领导小组办公

---

(1) 引自《邓小平文选》第三卷，第325页，人民出版社，1993年。

室再组织更大范围的专家论证后，提交国务院审议。国务院在审议的时候成立了战略专家顾问组（我也是这个专家顾问组的一名成员），总理、副总理、国务委员在认真听取专家顾问们的意见后再作决定。这也看出新的一代领导人有比较强的民主意识，在重大决策之前，广开言路，听取各种意见，然后再作决策。这样做就可以减少失误，把事情办得更好一些。

如何做好西部地区的生态建设呢？我认为重要的是要转变发展观念。我们长期以来把发展仅仅看成了经济发展，甚至把 GDP 增长作为发展的唯一标准，考核干部成绩的大小就看 GDP 增长得快慢，所以大家都拼命追赶 GDP。这种发展给我们带来的害处非常之大，除了生态环境的污染破坏之外，给社会的各个方面都带来一系列的弊端。胡锦涛总书记提出了全面发展的科学发展观，除了强调经济发展外，同时还要推进政治、文化以及环境、资源、人口的协调发展，缺哪一项都不符合科学发展观要求，都不能叫全面发展。现在全国都在学习和落实科学发展观，期待成为中国发展观的一个历史转折点。

我想就西部地区的生态建设说一点意见：

第一，根据西部植被退化严重的现实，当前首要任务是恢复植被。对于那些处于十分脆弱的草场、林场以及荒山、荒坡实行休牧制度，把山和草地封起来，让其自然恢复，这是一种抢救性的保护措施，也是尽快补偿生态欠账、恢复植被、实现牧业可持续发展的最佳选择。我们可以称为"休养生息战略"，就是给自然生态休养、恢复、生长、更新的时间和空间。自然界有巨大的自我恢复能力,要充分利用这种能力。一些地区的实践证明,三年到五年的封育,草就长起来了。前天张家口地区的尚义县环保局长告诉我:他们对草地封育三年,历史上那种"风吹草低见牛羊"的景象就出现了,这使人们看到了草原恢复的希望。我从网上也看到了内蒙古对三千六百多万公顷草场实行禁牧休牧制度后,草地生产力大幅度提高,产草量提高百分之二十至四十。宁夏、甘肃、新疆等地也有不少类似的例证。实行休牧,把山区和草原封闭起来,这需要政府的规划和有力监督,放任是做不好这件事情的。当然,使草原植被得到恢复,除封育外,还要与"轮牧""舍饲圈养"等措施很好地结合起来。

第二,以草定牧,严格控制牛羊的数量。草原退化的最直接、最大的原因在于超载过牧。因此,控制牲畜数量对保护草原至关重要。大约在五年前,我到一个省区参观了两家养羊大户,数量在五千只到一万只,生活很富裕,大家看了之后都称赞不已。但是,自治区负责同志说:这个地方草场退化已经相当严重,被列为过牧区。在这样的牧区推广养羊大户不是进一步加剧草原退化,能推广得开吗?负责同志说:这确实是一个问题。要做到以草定牧,控制过牧现象光靠号召不行,成功的做法是实行草原承包,推行舍饲圈养。宁夏对百分之八十以上的草原实行承包责任制,一年后草原植被恢复就得到了明显成效。我看到一个材料称,实行草原承包和圈养之后,草茂牧兴,牧民收入增加四至五倍。可见放牧方法的改进,既可以保护草原又可使牧民致富，实现"双赢"。

第三，发展节水型经济。西部地区除部分地区外，一个显著特点就是缺水、干旱少雨，赤地千里。事实证明，有水沙漠变绿洲，无水土地变荒漠，水是大西北的命脉。宁夏是个荒漠化地区，但是那里却出现了兴旺的农业。为什么？因为引黄河水灌溉，所以有"塞上江南"之称。有一年我到敦煌去，因前些天刚下过一场雨，荒漠就绿起来了，说明那些地方的土质还是好的。一位科学家提出："有多少水，办多少事，养活多少人，这是西北地区的第一定律。"我认为这条定律不仅适合西北地区，对全国缺水地区都适合，没有水什么建设都搞不成。

农业生产节水具有重要意义。据统计，百分之七十以上的水都是农业消耗的。许多地区仍在沿袭大水漫灌方式，一亩地耗上千吨的水，这种方式不要说在缺水地区，就是在水源比较多的地区也是难以为继的。应该大力推广节水技术，如喷灌、滴灌、微灌用水方式，可以把农业用水大幅度降下来。我从材料上看到，青海、宁夏都在积极推行节水技术。推行节水技术需要一些投入，这两个地区的经济状况并不比西北其他地区好，但是，他们认识到水的重要性，开始把水作为战略资源对待。西部其他地区都应把水作为战略资源对待，积极推行节水技术，每年搞一点，几年下来就可以普及了。

走生态农业的发展路子，抛弃那种广种薄收的落后农业生产方式，不要再盲目开垦草地做耕地了，把精力放在现有农田的精耕细作上，努力提高单位面积的产量。草原是块宝地，发展牧业大有作为。养牛、养羊，生产肉类和奶制品，这些都是供不应求的商品，多多益善。特别是羊这种食草家畜，它基本上不与人争粮，比较适合中国国情。羊一身是宝，羊肉、羊奶、羊毛、羊皮都是很重要的食品和工业原料。把草原恢复起来，把养殖方法加以改进，内蒙古和其他草原地区光是养羊这一项就可脱贫致富。有了钱就不怕没粮食，国内可以买，还可以进口。1995年我国进口小麦一千一百多万吨。据专家们估算，也相当于同时引进了一百一十多亿立方米的农业用水。这是在新形势下，对两种资源和两个市场的一种运用。内蒙古是缺水地区，西北地区都是缺水地区，因此，不应把眼睛只盯在粮食上，把牧业发展起来，有了钱你愿意买什么就买什么，不必为粮食供应发愁了。

发展工业是把西部地区的农牧民从传统的农牧业解脱出来、减轻人口对土地压力的一条积极之路。现在摆在西部地区面前的课题是：发展什么、如何发展、在什么地方发展？这就提出了一个科学合理选择的问题：选择工业结构，选择工业路线和技术，选择布局等。在政府的统一规划和指导下，谁建设谁负责选择，专家和公众代表参与评定，环保部门组织各方专家代表作出环境影响评价，最后就是当地的政府来作决定。这种程序是《环境影响评价法》规定的。特别应当指出，在西部地区对那种耗水大、污染重的产业不应作为选择对象，因为那里是严重缺水地区。前几年内蒙古有个地方建了个造纸厂，污染严重，电视台放录像给我看了，并要我说两句话。我说：在内蒙古这么个严重缺水的地区建这样一个耗水大、污染重的企业是非常不妥当的。为什么建这个厂子？这就是只顾眼前、不顾长远、急功近利思想的表现。这不仅应追究厂方的责任，还应当追究当地政府的责任。环保局是管环境影响评价的，为什么也没管住？也负有一定的责任。

发展工业，应走新型工业化道路。什么是新型工业化道路呢？经过对发展历程的回顾和总结，并借鉴世界上行之有效的经验，我国选择了循环经济发展之路，就是以资源高效利用和循环利用为基本特征，符合可持续发展理念的经济增长模式。在国家的倡导和推动之下，循环经济在全国蓬勃开展起来，形势喜人。西部作为后发地区，选择循环经济有更多的优势，应毫不迟疑地选定这种模式，不要再重复东部地区走过的弯路。只要坚定地按照循环经济要求去发展，西部的工业在一些方面可以实现跨越式发展，走出一条新路来。

第四，积极开发可再生能源，建立新型能源基地。现在世界处在能源危机之中。石油价格由二十多美元一桶，很快涨到三十美元一桶，来不及喘气，又到了四十、五十美元一桶，这两天超过六十美元一桶了。为什么这样暴长？不排除人为炒作和临时性的因素，但从世界石油的储量来看已经很有限了，再用二十年、三十年就用光了，石油价格的一路攀升，正好反映了能源危机的这种困境。石油危机使整个世界为之忧虑。科学家们却认为能源前景还是非常光明的。最近我被邀请到了在日本名古屋举办的爱知世界博览会，在这个博览会上介绍了石油被用光了怎么办。

展览会指出了多种出路：太阳能、风能、潮汐能、生物质能、还有氢能的开发，无论哪一种新型能源几乎都可以把目前的煤炭、石油、天然气等传统能源取代。发展再生能源是人类今后取之不尽的源泉。

西部地区不仅有石油、天然气和煤炭，还有相当丰富的水能、太阳能、风能等再生能源，是一个大有作为的地区。

首先，说风能。西北地区的风大，是一项很大的资源。据专家们计算，我国的风力资源如果用来发电，大约有十六亿千瓦的能力，当前可开发利用的有二点五亿千瓦，比目前我国全部发电能力还要大。国家和地方在西部地区建了一些风力发电设施，不过规模比较小，今后还要成规模地发展风能电力。乌海市风能资源也是丰富的，应积极开发，同时要积极争取国家的一些大的开发项目。风能是可再生的、无污染的能源，发展前景非常广阔。

第二，太阳能也是西北地区的一大优势，是取之不尽用之不竭的能源。我在爱知世博会上看到一个数字很能说明问题，如果把照到地球上的太阳能全部加以利用，全人类一年所需要的能源大约用三十六分钟的储存就能得到满足。最近我看到几位科学家向总理写了一封信，建议把太阳能作为一种战略能源摆上非常重要的位置，要重点扶持开发。他们说光照资源大部分分布在光照充足的西北荒漠地区，一平方公里的面积可以安装一百兆瓦的光辐阵列，每年发电是一点五亿度，只要能开发利用百分之一，它发出的电就相当于我们目前全部发电能力的产出。要对太阳能的开发利用大力宣传、倡导，让大家知道这种资源。在西部地区太阳能、风能发电已经有了一些,供看电视、照明、烧水做饭。现在摆在我们面前的任务是把这种发电方式进一步做大,成规模地发展,前景十分诱人。

为什么我特别强调可再生能源呢?因为目前我国能源紧张,我们的煤炭按照这种消耗法,到了2020年再建一些新的电站就会有困难,我国煤的储量很大,但是可供开采的并不很多。再者,如果我们继续大量地燃烧煤炭,到2020年还会面临一个很大的国际环境问题,就是CO_2的排放。目前美国是世界上温室气体排放量最大的国家,但他拒签京都议定书,因为要付出很大的经济代价。但美国迟早会签署的,因为他很难抵抗住全世界人民抗议的呼声。如果他签署了,下一个大户就是中国。目前我国二氧化碳的排放量占世界第二位,但人均量不到世界人均的百分之五十。但是到了2020年我们所占比例就没有优势了,可能超过世界人均量。到那个时候,就要面临很大的国际压力。因此,我们应及早做出防范。除了大力推进洁净煤技术外,重要的就是发展可再生能源。最近,全国人大通过了《可再生能源促进法》,这就为开发利用可再生能源提供了法律保障。西部地区再生能源资源得天独厚,应利用这个机遇抓紧发展,除了自用之外,应逐步发展成为供应东部地区新的能源基地。

北京蓝天保卫战的思考

我曾经对北京的大气治理谈过一些观点，以至于现在每到华北地区遭遇"霾伏"，就有人把那些文章翻出来进行传播。当然，这背后一方面是老百姓对北京蓝天的期待，另一方面也在鞭策我们干环保的，对北京大气治理应该有更清晰、更科学的思路，尤其是在中央下决心支持北京解决大气污染问题之后。

事实上，大气治理的问题一直伴随着北京城市化进程的发展，远不只是从治理 $PM_{2.5}$ 的污染开始。只不过，不同的历史时期，北京的大气污染呈现不同的特点，需要开出不同的药方。

需要指出的是，全国其他城市也一样。

1980 年 5 月，我曾在中央电视台《工业经济与企业管理基本知识讲座》中，以《发展经济与环境保护》为题做了一次讲座，介绍了世界和我国的环境问题。

在几十年前，我国大多数人还不知道环境污染是怎么一回事，因为那时我们的天空是蔚蓝的，空气是清新的，河水是清洁的,街道是干净的,绿树成荫,鸟语花香,生活环境是比较好的,不仅我们自己满意,外国朋友也称赞我们的环境优美,清洁卫生。可是,伴随着十年动乱,环境污染也在我国蔓延开来。国外二十世纪五十年代那种公害泛滥的局面开始在我国出现。

由于工业、交通以及生活散发的大量烟气超出了自然净化的能力,空气变得混浊起来。我国许多城镇,特别是工业集中区,烟尘弥漫,空气质量下降。国家卫生标准规定每月每平方公里的降尘量是六至八吨。但现在几乎所有城市都超过了这项标准,一般都在三十至四十吨,有的高达百吨,某些工业区甚至高达数百吨至上千吨。由于尘埃量积存过大,曾发生压塌厂房的事件。兰州曾经是大气污染比较重的城市,特别在冬季,整个城市被烟雾笼罩,昏昏沉沉,日月无光,有时白天行车也要开灯。

城市空气污染是一个普遍性问题,群众对这种状况很不满意,形容说:"走路闭着眼,吃饭盖着碗,看电影打着伞。"一些地区还喊出了"还我蓝天,还我清水"的呼声。除了眼睛看得见的烟尘外,空气中还弥漫着大量飘尘,其直径在十微米以下,这种尘埃长时间飘浮在大气中,并且使二氧化碳、苯并芘等有害物质附着其上,经过人的呼吸进入人体,对健康危害很大。1979年,有一个美国环境代表团来访,曾用美国测量和计算大气飘尘的一种方法,测定了北京、上海、广州、武汉等四个城市的飘尘量以及可能造成的对健康的影响和经济损失,测量的结果是,北京的飘尘数量是每立方米八十微克,最高值是每立方一百六十微克,每年额外死亡的人数是八百五十人;上海的飘尘数量是每立方米一百五十微克,最高值是每立方米二百微克,每年额外死亡的人数是一千三百人;武汉的飘尘数量是每立方米一百七十微克,最高值是每立方米四百微克,每年额外死亡的人数是三千五百人。

我当时的讲座中也指出,这种把污染数值换算成经济损失和健康影响的方法是否确切,有待我国科学工作者验证。因为我们现在还没有这种计算,引用这个数字是想说明大气污染危害的严重程度。

早在1987年,国务院环境保护委员会就在山西太原召开了全国大气污染防治工作会议,国务院环境保护委员会副主任、国家经委副主任朱镕基在会上做了《为保护和改善我国大气环境质量而奋斗》的报告。那大概是改革开放之后,国务院层面首次就全国的大气污染防治召开专门的会议,会上有十六个省市和部委的代表介绍了大气污染治理的经验。

召开那次会议的背景是,当时我国大气污染的程度已经相当于世界发达国家五六十年代污染最严重的时期。特别是到冬季采暖期更为突出,一些城市,如呼和浩特、铜川、承德、重庆、本溪、锦州和石家庄,大气中总悬浮颗粒物微粒,二氧化硫浓度已达到伦敦烟雾事件的起始值,如遇到不利于扩散的气象条件,很有可能会发生重大污染事件。据当时的估算,大气污染每年造成的经济损失也高达上百亿元。

具体到北京,在上个世纪七十年代大气污染的问题就比较突出，周恩来总理曾多次作出指示，要求北京市重视大气污染的问题。

我在全国人大环资委工作的时候，也数次在相关的执法检查工作中提醒北京市要重视大气污染问题。

1996年5月，全国人大常委会环境保护执法检查组在北京进行了一周的执法检查。我任检查组的组长，检查过程中，我对北京进行了粗略调查研究。

随着北京经济的迅速发展，城市人口急剧增加，能源消耗迅速增长。北京市目前耗煤量已达两千六百万吨。从当时的情况看，是世界上烧煤最多的首都。执法检查组了解到，北京市在规划中提出要通过采取各项措施并引进天然气，大气质量有可能好转，但仍难全面达到国家二级标准的要求。如要实现国务院要求建成生态环境达到世界第一流水平现代化国际城市的目标，还需要有新的思路，新的措施。

我当时建议北京市，可以采取远近结合、标本兼治的方针。从近处看，一要普及型煤，禁止散煤燃烧，并且大力推行集中供热，促使分散的供热方式变为集中供热方式，实行谁受益谁出资，以解决改造资金来源。对不执行者要有制约措施。二要抓紧工业污染源的治理，特别是要抓污染大户的治理，如首钢、石电和水泥建材等企业要加快治理步伐，限期达标排放，逾期达不到要求的，要限产直至关停并转。三要加强管理，控制地面和建筑扬尘，同时要加强绿化，植树种草。四要努力控制机动车污染。实行机动车的总量控制，限制机动车过快增加，大力推广无铅汽油。

我当时还建议说，采取上述措施可以一定程度上缓解北京大气污染的严重状况，但这些还远远不够，还必须采取重大措施，采取一些治本的方法。

在治本上，我提出"以电代煤"的思路。如在内蒙古、山西等煤炭基地建电厂，发展坑口电站，输电到北京，民用炊事和取暖以电代煤。这不仅是解决大气污染的根本措施，而且在经济上也是合理的，城市居民是可以承受的。

我特别建议，在这个问题上，北京市就要下点决心，拿出点魄力来解决。否则，到2010年北京的大气环境很难有什么改善。

从此后的情况来看，北京市在集中供热的推进方面和污染企业的治理上都下了大力气，甚至连首钢都搬离了北京，从这些变化看，北京在治理大气方面还是有一些作为的。但在机动车总量控制方面却做得不够，以至于到如今，机动车尾气的排放成为北京本地最重要的污染源。

2013年夏天，新华社记者就北京大气治理的问题采访了我，借那次采访，我也系统地梳理了北京大气治理应该走的路径，以及多年来治理的得失。

我向新华社记者强调，应从政治高度正视北京空气污染问题。

世界上存在严重空气污染的首都城市只有三到五个，北京是其中之一，北京$PM_{2.5}$浓度尤其畸高。按世卫组织标准，$PM_{2.5}$的指导值为年均每立方米十微克，日均每立方米二十五微克。美国驻华使馆监测数据显示，2011年12月初北京$PM_{2.5}$小时浓度曾经达到每立方米五百二十二微克,这个数字太高了。一些发达国家在 $PM_{2.5}$ 浓度超过每立方米三百微克时就要宣布进入空气质量紧急状态。

三十年前我在美国考察时,他们就已开始推行 $PM_{2.5}$ 监测。现在美欧主要发达国家和亚洲的日本、泰国、印度均已将 $PM_{2.5}$ 纳入空气质量监测标准。而北京 2013 年对 PM_{10} 的监测和治理尚未完成,去年 PM_{10} 仍超标百分之二十,监测和治理 $PM_{2.5}$ 更落后美国三十年。

我为什么特别提出,要从政治的高度来重视北京的大气污染?

一是北京严重的空气污染直接影响首都乃至整个国家的形象。国外媒体对北京空气污染问题报道很多,有的用"糟糕透顶"来形容。北京的 $PM_{2.5}$ 高的问题更被西方国家抓住不放,成为攻击中国环保等问题的重要把柄。

二是空气污染给人民生命健康带来严重危害。$PM_{2.5}$ 富含大量有毒、有害物质且在大气中停留时间长、输送距离远,能被吸入人体肺部并进入血液循环,对人体健康危害很大,是心血管病等严重疾病的重要致病因素。

三是空气污染已引起人民群众强烈不满。北京等地公布的空气质量监测数据与群众实际感受差距较大。群众对 $PM_{2.5}$ 了解越来越多,也越来越难以忍受长期生活在恶劣的空气环境中。网上的意见很集中很尖锐,有的讽刺我们的监测仪器"也戴了口罩",群众更相信美国大使馆的数据,这直接影响党和政府的形象和威信。

周恩来总理生前曾担心北京会成为伦敦那样的"雾都",总理不幸言中了。现在伦敦摘掉了"雾都"帽子,北京则沦为"雾都"。作为十几亿人口大国的首都，北京的空气质量现状对国内外都难以交待，这个问题抓晚了，十几年前就应该下决心治理。治理首都严重的空气污染，党中央、国务院要态度坚决、鲜明地抓这个问题，并且要提出期限要求。北京治理空气污染关键靠中央下决心。

至于路径方面，与十多年前不同，要治理和解决首都空气污染，要靠北京市、北京周边省市和中央三方共同努力。北京市至少要在下述方面采取措施：

（一）调整产业结构。工业污染仍是占据重要位置。北京工业特别是重化工业比重仍太高，要下决心把炼油、化工、建材等工业停下来或迁出京城。如果大气质量还是不达标，就要把有对环境污染的工业都要停下来，或迁出北京。把北京办成没有污染工业的城市，要下这样的决心。舍得暂时放弃一点 GDP 和财税收入。美国首都华盛顿就是这样做的，因此保持了良好的空气和整体环境质量。北京现在有这个需要，也有条件这么做。大力发展服务业、文化产业、旅游产业，同样能解决财税、就业。

1973 年，邓小平指出，如果不把漓江治理好，功不抵过。国家对桂林的工业就实施过关、停、并、转方案，当时共关闭了三十七家工厂，包括钢铁厂、发电厂都关了，可以说有污染的全部工厂都被关闭了。现在漓江享誉世界的风景还能保住也是当初下决心的成果。

（二）调整能源结构。北京煤烟型污染仍很突出，应该敢于提出"不再烧煤"的口号。北京现在每年烧煤两千六百多万吨，烧煤带来的污染占空气污染的很大份额。

这个问题不解决，解决大气污染就是空话。用什么来替代燃煤？就是用天然气来代替，我国天然气不是很充分，但供北京应该没有问题。这个决心光是北京还不够，国务院也要下决心。除了以气代煤外，就是以电代煤。耀邦同志早在上世纪八十年代初，为解决城市大气污染，就提出过以电代煤的主张，有人当时看成不切实际的笑话。上世纪九十年代在全国人大会议上，有委员向国家提出在北京、乌鲁木齐、太原、济南等有条件的城市发展以电代煤的建议，也被看成笑谈。从贵州、甘肃和北京部分城区的实践看，以电代煤完全可行，更环保，成本更合算。现在北京每年有七百万吨煤是分散户居民使用，以电代煤完全可以解决。

（三）"有人提出把北京郊区都划为自然保护区，不再种庄稼，而是用来种树，把北京建成一个园林式城市。"这个建议很大胆，但没有被接受，但我认为这是一个很有创意的方案。因为北京面积不大，在一点六八万平方公里的面积中，山岭丘陵占三分之二，剩下的平原除北京、县城区、农村、交通设施等占地外，余下的农田已经不多，且目前北京农业仅占北京 GDP 的百分之一（其中粮食作物的贡献率更低），比例很小，北京有条件放弃农业，植树造林。如果按上述方案做，农民也不愁增收。

（四）控制汽车污染。目前汽车污染贡献率占北京空气污染的百分之二十以上。在七百多平方公里的市区跑着五百万辆汽车，对环境压力很大。这五百万还不包括部队车辆和外地临时进京车辆。靠行政手段限购汽车不可取，可以用国际通行的环保、经济手段。北京要尽快实行机动车欧Ⅴ排放标准，甚至实行全世界最严格的排放标准和管理办法。同时大力发展节能环保的电动汽车，这是在汽车领域可以赶上甚至超越国际先进水平的机会，要抓住这个机会，首都要带好这个头。

首都的很多问题不是北京市自己能解决的。提升首都空气质量，中央的态度是否坚决很关键，中央的支持是根本保障。我建议：

一要加强领导和督促。要对北京市提出严格要求。环保部日前提出，北京要率先实施环境空气质量新标准，率先争取早日与国际通行标准接轨，率先使环境空气质量监测评价结果与人民群众感受相一致。这"三个率先"的要求并不过分，应要求北京尽快落实。

二是坚定支持北京调整能源结构。北京现在每年使用天然气一百八十亿立方米，国家完全有能力供应北京足够的天然气，支持北京建设无煤化城市。

三是国家应支持北京全面绿化平原剩余地区的建议。

四是对天津、河北、陕西、山东等周边地区提出联防联控要求。周边省市对北京空气污染的贡献率约占百分之二十五，比重很大，要专项部署联防联控，周边省市要顾全大局，作些牺牲，中央也要在政策上给予补偿性倾斜。

五是严格要求在京中央企业认真执行产业结构和能源结构调整部署，严格执行北京机动车限购、加强建设工地管理等措施。

六是对北京加强大气环境应急、环保能力建设等给予大力支持。

实现以上措施，有望达到世界卫生组织提出的标准。稍有疏忽懈怠，就很难说了。

　　在那次采访中，我还建议北京治理空气污染要有严格时间表。北京的空气污染问题不能无限期拖下去。要作比较长期的打算，但却不能慢慢来，要制定时间表，要争取在十年内解决问题，比如，争取三年初见成效、现状不再恶化，五年大见成效，七到十年彻底解决问题。

　　有人可能嫌十年时间太长。如果北京真能用十年彻底解决空气污染问题，那是一件值得称许的大成就。就担心对环境问题不是真重视，而是假重视，口号叫得很响，措施不到位，工作不落实，对实际问题下不了决心真正解决。对北京市的环境问题，要以对历史和对人民高度负责的态度，不因领导人的更替和注意力的转移而改变，坚定不移地持续推动，真正还首都一片蓝天，造福当代市民和子孙后代。

我们是否绕过了"先污染后治理"的发展误区[1]
——松花江事件引发的思考

经过几个五年特别是"十五"期间重化工业快速发展,中国实际上进入了环境压力剧增、污染危害高发的阶段。污染事件频发,警示环境形势的严峻性。

一个时期以来,环境问题不断揪动着全国人民的心。2005年年底吉林市的中石油吉化公司发生重大污染事件,有毒物质从松花江源头顺流而下,很快就到了哈尔滨市,自来水厂被迫关闭,几百万市民面临饮水断绝之危,商店瓶装水抢购一空,市政府请求邻近城市送水,并紧急打井取水,酿成了一场重大生态灾难。松花江污染事件不仅惊动了全国人民,而且引起了国际社会的广泛关注。

---

[1] 本文为作者2006年5月16日应重庆市之约所作的讲座,有删改。

国务院对松花江污染事件高度重视，时任国务院总理温家宝到现场视察，组织各方力量进行应急防范，并派出一位国务委员亲临现场调度指挥。除在境内采取措施外，还商得俄方同意，在其境内江段采取了水质监测和预防污染措施。经过半年紧急治理，污染基本得到了控制。松花江污染事件是由中石油吉化公司双苯厂爆炸引起的。

事故原因是什么呢？众说不一。我认为：一是企业管理不严，工人不按规程操作；二是缺乏应急措施，遇险不知所措；三是工业布局不合理，把这样具有毒害隐患的工厂摆在重要饮用水源地，是工业布局的严重失误。从这三条看，中石油吉化公司双苯厂爆炸事故绝非偶然，从全国看是有相当普遍性的，特别是工业布局不合理这一条比比皆是。不消除这些存在的隐患，潜在威胁就始终存在。这次污染事件，是我国长期积累的水污染问题的突出显现。

从松花江污染事故后的几个月，全国共发生突发性污染事故七十六起，大都集中在水污染方面。据统计，2005年全国发生环境污染纠纷案件五点一万起。因环境问题引发的群体性事件急剧上升，近年间以年均百分之二十九的速度递增。环境问题已成为引发社会矛盾的"焦点"问题。为什么会出现这种局面呢？这是长期忽视环境保护的必然结果。在许多地方全力追求 GDP 增长的形势下，环境与发展领域事实上实行的仍旧是"先污染、后治理"的传统模式，这就是环境问题的总根源。

一波未了，一波又起。从今春三月到四月，至少有十次以上沙尘暴接连侵袭内蒙古、甘肃、宁夏、山西、河北、北京、天津等地区，北京连续出现严重沙尘污染达十多天。据报载，4月16日夜间北京市区降尘达三十多万吨。突来之灾，从天而降，弄得人们惶恐不安。这种沙尘污染还影响到我国东部广大地区。据浙江省监测显示，全省大气环境质量明显下降。另据报道，这种沙尘还飘到了日本列岛大部分地区。日本媒体称：沙尘主要来自中国大陆地区的沙漠地带。在雨季到来前，这种沙尘灾害还随时有可能袭来。北京可能因为是首都的缘故，今年的沙尘暴引起了全国人民的特别关注和忧心，也引起了国际社会纷纷议论。

沙尘暴的肆虐，并非完全是一种自然现象，它是自然现象与人为因素相结合的一种灾害，是"天灾人祸"。长期以来，在干旱、半干旱地区不适当地大规模开垦、过度放牧和滥樵滥挖，致使植被遭到严重破坏，草原大面积退化，土地荒漠化和沙漠化不断发展，这都是加剧沙尘暴危害的重要原因。不改变传统发展观念和违背自然规律的农牧生产方式，这种灾害局面难以缓解。

除水污染和风沙污染外，还同时存在另一类大气污染，那就是工业生产、交通运输和人民生活排放的有害废气。全国近一半的城市大气质量低于国家环境二级标准；几年来，二氧化硫排放量不但没有减少，而且还在不断增加。酸雨覆盖了百分之三十的国土面积，农、林、牧、渔业和建筑物都受到危害。如果说风沙污染还有季节的话，那么，这种污染年年月月、时时刻刻都存在。目前，我国各种大气污染物排放总量很大：二氧化硫两千一百五十万吨，烟尘一千零八十三万吨，工业粉尘八百五十三万吨，都名列世界前茅。

　　在我国面临的诸多环境问题中，食品污染更加令人不安。"民以食为天，食以安为先"。人每天都要喝水，每天都要吃饭，污染物随食而入，防不胜防。食品污染主要来自两个方面：一是生物性污染，主要是有害细菌、霉菌以及寄生虫及卵侵染食物形成的。这种污染分布极其广泛，每年都有大量的受害人群；另一类食品污染是化学性污染。主要来自农药和有害化学物质不适当使用。表现在粮食、蔬菜、水产品、水果等在生长期间积累的农药残毒，以及在食品生产加工、包装、保鲜、运输、储存中加入的化学添加剂，如防腐剂、杀菌剂、漂白剂、抗氧化剂、调味剂、着色剂等，许多添加剂都对人体产生毒害。另外，在家畜养殖和食品加工中，滥用生物激素，滥用化学物质，什么吊白粉、瘦肉精、"苏丹红""孔雀绿"等。当前，超标粮油、超标蔬菜、劣质奶粉、染色粮米，五花八门，触目惊心。据科学院一项关于我国环境与健康的研究报告称：百分之七十五的慢性疾病与生活过程中污染物有关。人们不禁发问：到哪里才能找到放心的食品？食品污染引起了政府的重视。前不久国家颁布了《农产品质量安全法》，对农产品质量作出了严格规定，为食物安全提供了法律保障。当然重要的是要使法律得到认真执行。

　　以上我讲了江河污染、大气污染和食品污染，这是当前我国面临的三大主要环境污染问题。我国著名科学家宋健博士指出：空气、水和食品污染是社会上三大杀手。而2006年，《人民日报》一篇文章说："新鲜空气、清洁的水、放心的食物,这些都是人类生存的基本要素,几千年老祖宗们不曾忧虑过,现在却成了全国人民的共同渴望,成了我们的奋斗目标,这难道不是对盲目发展的莫大讽刺吗?"这句话让人深思。

针对严峻的环境形势,党中央也郑重提出:"要让人民群众喝上干净的水,呼吸到清鲜空气,吃上放心的食物。"抓住了当前人们普遍关心的问题,指明了近期环境保护的目标。

造成严峻环境形势的原因是多方面的,既是近二十多年来工业化和城市化快速发展所积累起来的,也是近年国家、地方各层面发展机制和战略、政策存在的矛盾、偏差所带来的,其中既有客观上的原因,又有工作上的失误。我只就发展机制和战略、政策存在的矛盾、偏差问题,说一点个人之见。

关于转变传统发展战略的问题。我国在二十世纪九十年代后期把可持续发展确定为发展战略,并以此编制国民经济和社会发展计划。这是一件具有深远意义的举措,不过进展却很迟缓。在执行可持续战略方面取得了一些进展,但是从整体上看,走的依然是高投入、高消耗、高污染、低效益的传统发展模式,没有完全避免"先污染后治理"的弯路。从"八五""九五"和"十五"三个五年计划看,"十五"期间能源消耗明显加快,原煤累计消耗比"九五"增加二十亿吨,石油增加近四亿吨,钢、有色金属、水泥、纸浆等也都有大幅度增长。许多地区实际上是依靠牺牲资源和环境为代价换取短期的经济增长与繁荣。当前我国 GDP

占世界GDP的百分之四至五，而消耗的资源、能源和排放的有害废弃物，许多已占世界第一位，成为世界最大的资源消耗国和最大的环境污染国。在把发展仅仅看作是经济的增长，甚至把GDP作为发展的唯一目标思想指导下，不惜资源、能源的过量消耗和环境的过量承载，严重的环境污染和生态破坏就成为不可避免的事。因此，彻底转变经济增长方式，是摆在我们面前的一项重大而紧迫课题。

环境保护虽然被列入了国民经济和社会发展规划，但在重经济发展轻环境保护的思想指导下，未得到认真执行。我在2006年1月全国科学技术大会一次发言中说：从"六五"到"十五"的五个五年计划期间，经济建设一路高歌猛进，超额实现了GDP翻两番的宏伟目标；而环境保护呢，不仅"十五"没有完成规划目标，二十五年来也从未完成过规划目标。我的话一出，会场一片哗然。会下有人问我，话是否有些过头。在科技大会后，我在一些场合又讲过这个话。经媒体的报道和转载，议论很多。在2006年3月召开的全国人大、政协两会闭幕后，时任国务院总理温家宝在回答记者提问时坦率地说："十五"环保指标没有完成。对环保规划的执行情况算是作出了结论。不过，我还要补充一句：从"六五"到"十五"，环保规划目标和指标从未实现过，这也是事实。

关于发展机制问题。与发展模式直接相关的是发展机制问题。近年来，国家在产业结构调整和优化上出台了一系列方针政策，但收效甚微。其中一个重要问题是发展机制，主要是政府调控机制出现了问题。"十五"期间重化工业超常发展,有些人认为是国内需求变化和市场引导的,特别是我国正处于重化工业发展阶段,这是不可超越的。我认为这种看法也有片面性。随着我国需求结构的变化,特别是住房、基础设施和耐用消费品(包括汽车)需求的增长,我国重化工业应有一个适量的增长。但是,近年来这种发展却失去了控制。不进行可行性研究,不按必要的审批程序办事,在水源、煤、电、动力、运输等条件不落实和环境超载情况下,仓促上马,以致出现了百分之六十的生产能力建在水源缺乏地区,百分之五十的生产能力建在二氧化硫控制区内,造成大量生产能力浪费。仅钢的生产能力就有一点二七亿吨过剩。发电装机量也失控,原来设想到2020年的发展目标为八点六亿千瓦,而2005年已经达到五点一亿千瓦,在建的二点一亿千瓦,拟建的五亿千瓦,一个五年达到的数量接近四个五年的发展目标。另外,结构不合理。如电站建设,主要是煤电,火电比重高达近百分之八十,而且大都没有脱硫设施,并且建设了不少高能耗、重污染的小电站,加剧了煤炭供应紧张的局面,也加剧了环境污染,与2000年相比,二氧化硫增长百分之三十九,烟尘增长百分之十七,粉尘增长更大。

　　由于结构极端重型化的发展,造成了资源过量消耗。在2001年之前,能源消费弹性系数一直在一以下,能源消费增长低于GDP的增长。而在2002年该弹性系数从上年的零点四七升高到2004年的一点八以上,照这样发展下去,GDP每增长百分之一,能源消费就增长百分之二,与之相伴而来的是环境污染的不断加剧。这种发展能说是需求变化和市场引导的吗？这种发展是不可能持续下去的，是与建设"资源节约型社会"和"环境友好型社会"背道而驰的。

这种宏观失控的症结在哪里呢？就在于掌握了土地、信贷等各种生产要素供给和各种行政权力的各级地方政府盲目追求GDP增长，不顾国家的发展政策，不顾资源和环境状况，不顾市场风险，热衷上大项目，下指令抬高引资，任意扩大重化工业增长规模。在我国的经济发展机制中，问题就出在政府过度热衷于直接插手经济活动，直接掌控生产要素的供给，忽视政府在市场环境和社会发展方面应当承担的责任。由于生产要素严重扭曲，累积了"过剩的产能"和"超负荷的污染"，并且给经济的长期持续增长带来高昂的成本负担。因此，从经济稳定发展和持续发展的角度，从资源和环境保护的角度，如何合理构造政府调控机制，如何限定政府的职能，乃是今后的一大课题。

关于政策性失误问题。与上述两个问题直接相关的政策性失误，也是造成当前环境问题的重要根源。由于发展机制的问题，各种政策性失误仍然不断发生。近年间由于生态理念的广泛传播，认识有所提高，但在短期利益和局部利益驱动下，这种失误仍然时有发生。只要回头看看我们走过的道路，就能明显看到这种严重危害性。在自然生态方面的大面积水土流失、荒漠化扩展和沙漠化的蔓延，与毁林开垦、围湖造田、草原的肆意开垦、水源的不当开发、草原过牧等农牧业发展政策直接相关；城市的大气严重污染和大面积的酸雨污染，与只顾能源开发，不顾环境保护的政策直接相关；工业发展出现的结构不合理、布局不合理和严重的环境污染，与只顾发展不顾环境的发展政策相关；有水快流，国家、集体、个人一齐上，土和洋一齐上的矿业政策，导致了矿产资源的严重损失和生态破坏；在民营企业发展上，不加任何约束的自由发展政策，导致了环境污染的急剧蔓延；长期以来产品高价、原料低价、资源无价和环境无价的政策状态，在客观上造成了资源浪费和环境问题的严重发展。在国民经济的许多方面都存在这种政策失误导致的环境问题。

关于法律实施不力的问题。我国对控制环境污染和保护自然资源颁布了很多法律。到目前为止，国家已颁布了二十五部有关环境资源方面的法律，颁发了八百六十九项环境标准，国务院及其有关部门颁布了五十多项行政法规，地方人大和政府制定了两千多项地方性规章。如果环保法规得到认真执行，就不会出现当前这种环境问题泛滥的局面。问题就出在有法不依、执法不严、违法不究。原因是什么呢？一是政府及其有关部门法治观念薄弱，对环境保护法律执行并不当真，有"利"的执行，无"利"的不执行，形式上执行，实质上不执行；二是缺少法律实施的监督制约机制，包括有效的行政监督、司法监督、群众监督和舆论监督；三是环境保护主管部门及相关部门对于环境执法软弱无力，腰杆不硬，有的甚至不作为。同时，环保部门缺少必要的人力、装备和经费，缺少必备的监测和监督手段，行政执行能力和条件欠缺，也是一个重要原因。

从今后发展趋势来看，我国正在面临空前的环境困境：

经济增长速度、经济结构变化正在引发迅速的污染增长和生态破坏；现实的环境状况又是主要环境污染物普遍超过"环境容量"限值，我们已经没有环境污染继续增长的环境条件。同时，我国也面临巨大的政策困境：环境污染的增长压力主要来自快速经济增长和快速工业化、城市化带来的经济结构变化过程，经济增长方式和经济结构变化在长时期内仍是决定我国环境状况的主导因素。在经济增长方式和经济结构没有显著变化的情况下，仅靠传统的环境管制和环境技术手段，是远不足以遏制环境问题发展的，必须靠宏观政策和产业政策调整手段。这些政策手段目前是远远超出环境保护管理部门的职权范围的。这就是为什么目前我们一谈到环境保护，首先要谈科学发展观，要谈转变经济增长方式，要谈调整经济结构的原因。

从当前来看，经济社会发展必须要与环境保护相协调，必须把加强环境保护作为转变经济增长方式、调整经济结构的重要目标和手段，在保护环境中求发展；同时，还要不断改进环境保护方面的政府调控机制和市场调控机制，扩大社会力量参与，逐步建立起由政府调控、市场引导、公众参与的长效机制，这样才能有效遏制环境的恶化。

回忆万里

万里同志去世后，不少悼念他的文章都会特别提到他为国家的经济建设特别是推动农村改革所做出的贡献，其实不为大多数人所知的是，万里同志也是积极投身我国环境保护事业的热心人，并且做出了很大贡献，是值得怀念的一位国家领导人。

上个世纪七十年代，我国曾掀起过一轮污染治理的高潮，其中包括对官厅水库的全面治理。周恩来总理点名，让当时刚刚复出的万里同志负责对官厅水库的污染治理。当时周恩来总理十分重视官厅水库的污染问题，国务院曾接连四次发出重要指示，要求"组织力量进行检查，作出规划，进行治理"。还成立了由北京市、河北省、山西省、内蒙古自治区和国务院有关部门共同组成的官厅水库水源保护领导小组。当时万里同志是领导小组组长。他一上任便深入做调查研究，在掌握情况的基础上，制定规划，对污染源进行分期分批治理。

到 1975 年，共治理重点污染源七十七项，总投资达两千九百万元,这在当时是一个很大的数目,基本控制住了水库的污染,这是新中国建立后治理的第一项大型水库污染工程。那时,我作为国务院计划小组工作人员并以计委代表的名义参加了官厅水库污染治理工作。万里同志对环境保护的关心和所提出的对环境保护的鲜明观点和举措,给我留下了深刻的印象。

以后,万里同志到中央工作,担任国务院副总理,他仍然一直很关心和重视我国的环境保护工作,从社会主义经济发展、农林生态保护和城市规划建设的战略高度,作过一系列重要论述和指示,对我国环境保护事业的发展起到了重大的指导作用。

《万里文选》中收录了从1973年到1991年的十多篇有关环境保护的讲话,记载了万里同志这一时期对环境保护工作的主要论述和指示,是我国环境保护史上的一批重要文献。他对环境保护的论述,是他社会主义建设思想的一个重要侧面,同样体现了他一贯的思想风格和工作风格。在他关于环境保护的早期的讲话中,就从保护人民群众的利益,保证社会主义经济健康发展的高度看待我国的环境保护;就强调要遵循自然规律和生态规律,在经济建设和城市建设的规划和综合决策中先把环境问题解决好;就强调要提高领导干部对环境的认识,提高整个民族对环境的认识;提倡在环境保护工作中要相信人民,动员群众参与治理,依靠群众进行监督。

他的这些论述确实是我国环境保护战略思路的集中和浓缩,加之在论述中观点鲜明,事例丰富,文字生动活泼,今天读来依然感到亲切，富有现实指导意义。

提出环境保护是一项基本国策

七十年代初以来，我们对环境问题的认识有一个逐步深化的过程。起初把环境问题局限为工业"三废"治理，看作是一个技术问题，以后逐步扩展，把保护城市环境和维护自然生态平衡纳入了进来。1983年底，国务院副总理万里听取了国家环保局提出的把"环境保护"立为一项基本国策的建议。在1983年12月31日至1984年1月7日召开的第二次全国环境保护会议上，正式确立了把环境保护看作关系国家经济建设、社会发展和人民生活的具有全局性、长期性和决定性影响的战略任务，并由此确定了"三同步"即经济建设、城乡建设、环境建设同步规划、同步实施、同步发展，实现"三个统一"，即经济效益、社会效益、环境效益统一的环境保护方针，表明我国环境保护的认识和实践从此进入了一个新阶段。从总体上讲，这些战略思想和方针同八十年代后期开始形成的可持续发展战略是一致的。

我记得在刚提出把环境保护作为"基本国策"的想法时，不少人怀疑环境保护是否能够提到这样的认识高度和战略高度。万里同志之所以把环境保护看作是一项基本国策，主要源于以下几个方面：

一是他切实关心经济社会的发展和人民群众的健康及安危，把建立一个适宜的、健全的生态环境看作现代化建设的重要目标。

早在1973年，他就指出："保护环境是关系国民经济发展和造福子孙后代的大问题。保护不保护环境，治理不治理环境污染，是为人民兴利除害，还是听任'三废'污染环境、危害人民，这是对人民的态度问题，是对为人民服务思想的重大考验。"

十年之后，他又指出："搞好环境保护，是各级党委、各级政府对人民负责、对子孙后代负责的一个重要表现。各级领导干部必须从这个高度来认识环境问题。"并相应提出："我们的现代化建设既要有高度的物质文明，又要有高度的精神文明，使得我们伟大的祖国成为一个物资丰富，精神文明，环境洁净、优美，具有自己特色的现代化的社会主义国家。"

二是他对我国人口众多、生态环境压力巨大的国情有清醒的认识，充分认识到防止环境的恶化、维护生态平衡是保障我国经济社会持续发展的重要条件，更是保障农业持续发展的基本前提。他一再指出，对严峻的环境与资源形势，"我们的头脑要清醒，……我们要进行社会主义现代化建设，不发展经济不行，而发展经济，不改善生态环境也不行。"

三是他很重视统筹兼顾的思想，强调"要正确处理发展和保护的关系，既要考虑经济利益，又要考虑生态利益；既要考虑眼前的经济效益，又要考虑长远的经济效益；既要考虑局部的经济效益，又要考虑整体的经济效益。"所以，万里同志最早就赞成环境保护是我国的一项基本国策不是偶然的，这是他对环境问题看法和主张的集中体现，也是我们理解他的有关环境保护的各种看法和指示的主导线索。

当前，环境保护是一项基本国策已成为全党、全国人民的共识，并逐步深化为可持续发展的战略方针。但是，从我国经济建设的各方面实际来看，在经济规划、政策及实施中忽视环境保护的情况还比比皆是，特别是很多部门和地方的领导口头上重视环境保护，但一到行动上就把环境保护撇在一边，听任或迁就各种污染环境和破坏资源的行为。因此，如何真正按照"基本国策"的要求，把环境保护落实到各项具体的工作安排和行动中去，这在今天还是一种新的考验。

把绿化祖国当作一项伟大工程

万里同志一贯重视植树造林，维护生态平衡。他在担任中央绿化委员会主任期间，多次就绿化工作发表讲话，对推动全民义务植树运动和治理河山、改善我国的生态环境，起到了十分重要的作用。

万里同志有关绿化工作的讲话，是他环境保护思想的一个重要组成部分，主要体现在以下几个方面：

一是把绿化作为体现国家总体面貌的一个重要标志。他指出："我们讲国家的面貌，不能只讲经济文化面貌，更要讲人的精神面貌，城镇的面貌，大自然的面貌。""城镇不绿化，荒山荒地不绿化，能说面貌改观吗？"

二是把抓农业和抓林业结合起来。他强调:"我们过去抓农业有两大失误,忽视了山,忽视了水。农业要翻番,就要两眼盯住山,念好'山海经',画好'山水画'。"

三是把维护生态平衡作为指导经济工作的一项重要原则,强调抓经济工作,不仅要尊重经济规律,也要尊重自然规律。在八十年代初期,他多次指出:"生态环境与我国的社会主义建设有着非常密切的关系,从某种意义上说,它决定着我们建设质量的好坏和速度的快慢。要把保护生态平衡作为一项重要原则,来指导我们的经济工作。"

四是植树造林,绿化祖国必须领导带头,全民动手,必须常抓不懈,讲求实效。他多次讲到:"要加强检查验收,务必做到栽一片活一片,种一个山头绿化一个山头。"

万里同志这些论述,在当时对于提高全党和全民族的生态意识、环境意识,动员全社会投入到植树造林、维护生态平衡的行动中,起到了极其重要的指导作用。

从城市长远发展出发,强调把环境保护纳入城市总体规划

五十年代,人们对城市建设和发展的客观规律还没有很多认识的时候,万里同志就对城市发展规划和布局给以很大重视。他在担任城市建设部部长和北京市副市长时,特别重视规划在城市建设和发展中的作用,一再强调要把城市建设同工业建设结合起来,把城市基础设施发展与城市总体规划结合起来,建设一个清洁优美的城市。他指出:

"城市规划的编制，应根据城市的现状、特点和各项建设的规模，从近期出发，结合远景，留出发展余地，实事求是地进行。在进行规划时，必须把城市的工业企业、交通运输、住宅、公用事业、公用服务设施、郊区农业用水用地等，力求安排得恰当合理，彼此协调。要做好这一工作，城市建设部门应主动加强配合协作，更好地倾听和尊重各个建设单位的意见，既要照顾各方面的合理要求，找出各个单位在城市建设中的矛盾，努力加以解决，又要防止某些不顾整体的偏向，以保证城市的合理发展，便利生产建设和人民生活。"万里同志的这些论断，实际上是我国城市建设和发展的指导思想的基本体现，对于我国城市建设和发展起到了极其重要的指导作用。特别是关于统一规划、合理布局的思想，事实上成为后来我国城市环境综合整治的重要理论基础。

七十年代初期，万里同志复出工作以后，他看到城市规划被废置，建设布局混乱和环境污染加剧的状况，又对城市规划和建设投入了大量的心血。他明确提出要把北京市建设成清洁、优美的现代化大都市，指出要从调查研究入手，把北京的环境质量全面调查清楚，"要做出规定，在城市的上风向和水源上游，在人口稠密区，在风景名胜区，不准建设排放有害废物的工厂，凡是这种项目一律不批，非下这个决心不可。"在修订北京市总体规划时，他指示要把城市建设的历史和现状搞清楚，广泛听取各方面的意见和要求，然后进行科学的分析和综合的研究，从中找出规律性的东西。在分析了我国城市建设、城市规划工作中的诸多矛盾后，他提出要特别处理好几个重要的关系，即各单位、各部门的实际需要与城市全局合理部署的关系，各方面当前现实需要与实现长远目标的关系，布局与环境、工业与农业、城市和农村、生产与生活安排等多种关系。对于这些矛盾的处理，一定要体现统一领导、统一建设的精神，体现兼顾城乡、兼顾工农业的精神，既要从现实出发，又要从全局长远着眼，努力避免片面性和局限性。

万里同志的这些重要思想，已成为我国各城市编制城市总体规划的指导原则。在各个城市的总体规划中，环境保护已构成重要的篇章。

把保护群众利益放在首位，提倡依靠群众，为群众办实事

万里同志十分重视环境保护工作，还体现在他把为人民创造一个良好、清洁的环境，保护人民的身体健康作为贯彻党的群众路线的重要标准和衡量一个共产党员党性的基本标志。他一贯以群众利益为重，时刻想着群众，处处关心着群众，把为人民谋利益作为想问题、办事情的出发点和落脚点。因此，在对待环境保护这个问题上，万里同志不是一般地就事论事，而是上升到为人民服务的高度来认识。

早在七十年代初期，他就以一个政治家的敏锐眼光和共产党员的高度责任感来重视环保工作，多次强调指出，保护环境、治理污染，是对为人民服务思想的重大考验。

针对一些地方只顾发展，不顾环境，给人民群众身体健康造成了很大损害的行为，他旗帜鲜明地指出："如果只顾发展生产，不顾环境保护，任凭'三废'危害人民，那么社会主义制度的优越性表现在哪里，又怎能谈得上对人民负责？"

在处理环境与发展的关系上，他较早地认识到两者是完全可以统一的，而不是相互对立的。指出："抓治理污染不仅不会影响工业生产，而且可以促进工业生产。"表现出一个政治家高瞻远瞩的洞察力。

万里同志不仅把环境保护作为共产党员为人民服务思想的主要体现，而且把人民群众视为环境保护的力量源泉，强调要相信群众，依靠群众，发动群众来开展环境保护。他多次指出："像环境保护这种事业，只有相信群众和依靠群众才能做好。""要积极动员群众参与环境污染的治理，要依靠群众进行监督。光有政府的监督，而无人民群众的监督，环境保护工作也是做不好的。"

后来，他又指出："要发动群众对各类环境问题和环境保护工作进行监督，这样，我们的环境保护事业才能真正成为全民的事业。"但是，在这个问题上，许多人特别是一些领导干部的思想意识仍然存在一些偏差，总是害怕群众了解环境问题的严重性，试图向群众隐瞒污染危害的真相，而不是以积极的态度去治理污染，解决群众的切身需要。实践证明，如果不把对党负责与对人民负责统一起来，不把法律监督和群众监督结合起来，是做不好环境保护工作的。

我们这一代环保人[1]

今天,很高兴参加钱易院士八十华诞祝寿会。借此机会,我祝福钱易院士健康长寿,永葆活力,学术之树常青。我和钱易院士都是中国第一代环保人。如果从七十年代算起,我们共同见证了中国环保四十多年来的风风雨雨。钱易院士出身于书香门第,渊源有自,学养深厚。在环保界耕耘数十载,成就斐然,育人无数。尤其在水处理、可持续发展、循环经济、生态文明等领域,造诣极深,贡献颇多。如今已是年届八十的老人,仍然笔耕不辍,活跃在环保各个领域,出席环保各种会议,做研究、作报告,表现了一个环保人的坚韧的学术生命力和顽强的意志力,令人感佩不已。

在今天这个会上,作为第一代环保人,有着许多感慨。我想起了三个人物,有文学人物、神话人物和历史人物。

---

[1] 本文为作者2016年6月5日在钱易院士八十华诞祝寿会上的致辞。

在这三个人物身上，或许能看到我们这一代环保人的些许印迹。

我们这一代环保人，有点像西班牙文学作品中的堂·吉诃德，像一个环保骑士。四十多年来，我们带着高度的责任感和事业心，常常喊起"向环境污染宣战"的口号，与污染行为进行着顽强博斗。在河流湖泊，在城市乡镇，在开发区工业园，那些污染企业无处不在，就像堂·吉诃德看到的无处不在的大风车一样，我们拿着法律的长矛、戴着纸质的头盔，与那些有着各种背景、各种实力的企业大风车搏斗。那时候，法律还没有长牙，长矛还常常生锈，头盔也破了洞，犹如堂·吉诃德，明知不可为而为之。其结果可想而知，正如钱易院士常说的，做环保我们没有成就感。

我们这一代环保人，也有点像希腊神话中的西西弗，像一个悲剧英雄。年复一年，不知疲倦地把环保这块巨石推向山顶，眼见这块巨石快到山顶时，巨石又从山顶滑落，滚到山底。西西弗是个神话人物，因为得罪了诸神，所以终其一生被罚把巨石推向山顶。我们是凡人，自然与神无缘，但我们从事的环保事业，不能不说也是一项无比艰难的事业。我们还没有看到巨石推到山顶的那一刻，所以我们还没有成就感。

我们这一代环保人，还有点像唐朝的玄奘，像一个西天取经的僧人。当环境污染在中国刚刚萌发，公众对其一无所知或知之甚少的时候，我们有幸作为国家代表团成员，走出国门参加人类环境会议，后来又有机会经常到工业化国家取经，了解各种污染的成因、危害和防治的措施。我们有很多的环保法律制度，比如环境影响评价、排污许可、总量控制等等，都是从西方工业化国家拿来的。只不过取来的经，我们还没有好好消化，把它念好，所以我们的环境问题至今还没有得到完全解决。

　　钱易院士常说"后生可慰"，这个慰是慰藉的"慰"。我赞同钱易的观点，我们的环保事业寄希望于后生，寄希望于年轻人。希望年轻人把环保的这杆接力棒接好，冲向美丽中国的终点。

九十感怀

党的十八大把生态文明建设纳入五位一体的总体布局以来，我一直处于一种兴奋状态，党中央的决策极大地提高了环境保护的地位和作用，这正是环保部门同志们多年盼望的好形势。

党的十九大更是把美丽中国作为建设社会主义现代化强国的重要目标，也就是从物质文明、政治文明、精神文明、社会文明、生态文明五位一体的高度，把社会主义现代化强国目标从"富强、民主、文明、和谐"，丰富为"富强、民主、文明、和谐、美丽"，凸显了发展的整体性和协同性，使得建设社会主义现代化的中国特色更为鲜明，新时代的特征更为突出。今年在全国人民代表大会上修改宪法时，把生态文明写入了宪法，同时还决定组建生态环境部，既通过宪法把生态文明上升为国家意志，又为生态文明建设提供了组织保障。与此同时，中央还派出督察组，对各地的环保工作进行督察，督察的做法和力度，都是前所未有的，并富有成效。

这些事一次次给我带来惊喜，一次次让我感到振奋，一次次使我受到鼓舞。我清楚地看到我国不仅找到了具有中国特色的环境保护道路，而且有效地将环境保护与经济、社会、文化发展融为一体，与物质文明、政治文明、精神文明、社会文明有机结合。我由衷地高兴、自豪。

从传统以污染治理为主体的环保，变为以生态文明建设为主体的环保，这是我国环境保护的一次革命性的变化，无论怎样评价这个变化的意义都不为过。我目前关注的就是怎样实现这个转变，怎样做好这个转变。

中国环保人的品质与愚公移山一样坚韧

我曾说，我们这一代环保人像希腊神话中的西西弗。确实，在上个世纪八九十年代，我们在很艰难地推进环保工作。

我国的环保与发达国家具有明显不同的特点。发达国家是在工业化过程中忽视环保，先造成了污染，受到惩罚，后来才不得不进行治理，付出了高昂代价。我们幸运的是周恩来总理高瞻远瞩，一再指出我国是一个发展中国家，要接受发达国家经验教训，在环境问题还不太严重的情况下，就开始抓环境保护，避免重走发达国家"先污染后治理"的老路。但是，人们缺乏发达国家遭受污染的体验，特别是当时正处于"文革"一片混乱之中，很难接受环保。有人认为环境污染是资本主义的产物，社会主义中国不存在污染；有人认为经济建设最重要，最当紧的还是把经济搞上去；也有人认为"先污染后治理"是规律，中国也不会例外。由于周总理排除这些干扰，坚持推进环境保护工作的开展，建立起环境保护管理机构——国务院环境保护领导小组并下设办公室，人们将它简称为"国环办"，我任当时的办公室副主任。虽然这是带有临时性的机构，但因是周总理亲自抓，而且有国务院这块大牌子，还是有很大的影响力，对我国环保的启蒙、宣传、号召、组织、推动，都发挥了很好的作用。只是限于历史条件，那时环保部门的声音小、力量弱，虽然竭尽全力地大声疾呼加强环保，我们还是没能避免环境污染和生态破坏，走了边造污染边治污染、边破坏边修复的路子，在治理污染和修复生态中提高对环保的认识，以致环保部门在很长时间里工作很被动。因此，我才有西西弗反反复复向坡上推石头的感慨。实际上，我们推的不是那个冰冷的体积不变的巨石，我们所推的环保是有生命的，而且它的体积越推越大，即使是在我们有挫败感的时候，环保也不是从原点上重新推起那块巨石，而是由新的起点推向新的阶段。有个省会城市环保局局长深有体会地说："环保是个神奇的领域，总在不断变化，不断自我革新，虽然干得很艰难，但是很有魅力，让人欲罢不能。"

西西弗受到神祇的惩罚，不得不"从事徒劳无功和毫无希望的工作"。但是它揭示了更崇高的真诚，这真诚举起巨石而否定了神祇。"它把神祇赶出了这个世界。它使命运成为人的事务，必须由人自己来解决。"从这一点看，我国古代神话中的愚公移山、精卫填海、女娲补天、后羿射日等，所表达的那种大无畏的气概和艰苦奋斗的精神，更能反映我国环保人的精神风貌。

污染防治攻坚战劲头不能减

从1979年颁布第一部《环保法》到现在的四十年历程，首先看看环保那时在干什么，现在在干什么？那时我们是在摸索中探路，花了很长时间才找到了三大政策（预防为主防治结合、谁污染谁治理、强化环境管理）和八项制度（一、环境影响评价制度；二、"三同时"制度；三、排污收费制度；四、环境保护目标责任制；五、城市环境综合整治定量考核制度；六、排污许可证制度；七、污染限期治理制度；八、污染集中控制制度），使得环境保护特别是环境管理工作有章可循，环保在全国有了很大发展。现在我们要把环境保护推向以生态文明建设为主体的更为广阔的领域，并且有着我们党和强有力的领袖对生态文明建设指出的方向，使我们充满了理论自信、道路自信、制度自信和文化自信。

其次再看看是哪些人干环保？1980年前后，各地纷纷成立环保局，那时基本都是对环保一无所知的人干环保，能调入一些学化学或者搞化工的人，那就当作技术宝贝了。看看现在的环保队伍，环保专业人才已经极为普遍，硕士和博士也不稀少，整个队伍的专业素质有了很大提高。

第三看看社会上对环保是怎么认识的？上世纪的八九十年代，是普及环保知识的重要时期，那时，几乎所有的人都分不清环保和环卫，以为环保也是扫马路那回事。对环保的专业了解更为有限，像 TSP（总悬浮颗粒物）这个名词，即使是干环保的人也只是少数技术人员知道它是什么，可是现在几乎全社会的人都知道了 $PM_{2.5}$（细颗粒物），知道了雾霾天气要戴口罩。

1987 年国务院环境保护委员会在太原召开全国大气污染防治会议时，那里的污染很严重。环保局有个同志告诉我，他骑车子上班到局里，在路上走半个多小时，不戴眼镜，灰尘总在迷眼，戴上眼镜，眼睛边上就是两个大黑圈，好像两只熊猫眼，深色的裤子上也能清清楚楚地写出字。那时，兰州的同志们也有一个顺口溜形容当地的环境质量："太阳和月亮一个样，白天和黑夜一个样，鼻孔和烟筒一个样。"这样的污染程度，现在的人们是很难理解的。

现在的环境质量虽然还有很多不尽如人意的地方，但是，全国各地环境质量确实是发生了翻天覆地的大变化。如今的太原，即使是穿了三五天的衬衣领子，也没有那时穿一个小时那么脏。这个成就真让我这样的老环保人，感到欣慰。

按照十九大的部署，到 2020 年我们要全面建成小康社会。在这个决胜期，要打好气、水、土为主的污染防治攻坚战。打好这些污染防治的攻坚战，一方面是要保证实现全面建成小康社会的目标，并为 2035 年基本实现社会主义现代化，生态环境根本好转，美丽中国目标基本实现打好基础。有了生态环境的根本好转，我们才能进一步经过十五年的奋斗，到 2050 年把我国建成富强民主文明和谐美丽的社会主义现代化强国。

现在到2020年剩下的时间不多了，污染防治的任务艰巨，必须加以细化，打好几场标志性的重大战役，这就形成了蓝天保卫战、柴油货车污染治理、城市黑臭水体治理、渤海综合治理、长江保护修复、水源地保护、农业农村污染治理等七大战役。这七大战役所针对的内容，都是我们治理了多年、还没有很好解决的老大难问题。现在所做的安排，比以前有了很大的进步，科学性得到进一步的加强。比如打赢蓝天保卫战是以京津冀及周边、长三角、汾渭平原等重点区域为主战场，以秋冬季、采暖期为重点时段，强化区域联防联控，加大产业结构、能源结构、运输结构和用地结构的调整优化力度，进一步明显降低$PM_{2.5}$浓度。主战场中增加了汾渭平原，它是黄河流域汾河平原、渭河平原及其附近台塬阶地的总称，包括山西省、陕西省和河南省的一些地区。这是环保的一个新战场，表明我们对跨区域环境问题的认识深化了，三省党委、政府能够与生态环境部一起协调行动，采取区域联防联控的综合措施，共同啃这块硬骨头了。这样做，足以反映各地对环保积极而坚决的态度，说明我们有条件有能力解决老大难问题了，这就是我们打赢这场攻坚战的力量所在。

2018年就要过去了，到2020年只剩下两年的时间了。要在短短的两年时间里打胜这七大战役，真是时间紧担子重压力大，攻坚的劲头只能加大不能减弱。

生态环境工作的几点思考

第一，学习和践行习近平生态文明思想。生态环境工作不仅仅是生态环境部的工作，而且是关系我国怎样发展的道路问题，也是关系全国人民生活质量的切身问题。因此必须进一步提高对生态环境问题的认识，最根本的一点就是要学习和践行习近平生态文明思想。习近平生态文明思想是确保党和国家生态文明建设事业发展的强大思想武器、根本遵循和行动指南，是我们党的执政理念和执政方式已经进入理论和实践的新境界。确立习近平生态文明思想的指导地位，表明生态文明建设在社会主义建设事业中的地位发生了根本性和历史性的变化，要自觉地用生态文明统领经济社会发展全局。千万不要再把生态文明建设和生态环境工作，只是当作一个部门的一项工作。

第二，要加快构建生态文明体系。这也是一个需要全社会共同努力的巨型系统工程。它包括以生态价值观念为准则的生态文化体系，以产业生态化和生态产业化为主体的生态经济体系，以改善生态环境质量为核心的目标责任体系，以治理体系和治理能力现代化为保障的生态文明制度体系，以生态系统良性循环和环境风险有效防控为重点的生态安全体系。生态文明体系是习近平生态文明思想指导实践的具体成果，是对生态文明建设战略任务的具体部署。五大体系相辅相成，共同构成新时代生态环境保护和生态文明建设的全局性、根本性对策体系。生态文化体系是基础，生态经济体系是关键，目标责任体系是抓手，生态文明制度体系是保障，生态安全体系是底线。

二十多年前，《中国二十一世纪议程》提出环境是"自然资本"来源的概念。一般认为，环境是自然资源。当我们开发自然资源包括它的各个要素的时候，是否想到了自然资源也是很重要的自然资产。这样就出现了三个概念，自然资源、自然资产和自然资本，只有搞清楚了它们的关系以及转化的条件，才有可能实现生态的产业化。现在有关气、水、土的治理，如果能用资源、资产、资本的概念加以认识，就可以提高对"绿水青山，就是金山银山"的理解，大大深化生态环境工作的力度。

第三，转变经济发展方式，构建生态经济体系。大家知道，生态环境问题产生于经济发展中，与经济发展方式密切相关。早在上世纪八十年代初，我国著名经济学家许涤新就提出要处理好经济发展与生态环境之间的关系，倡导研究生态经济学。我参加了中国生态经济学学会成立大会，还担任了副理事长。从那时到现在，我国的生态经济学和生态经济都有长足的发展，我们应该很好利用丰富的研究成果和实践经验，认真总结我国生态经济的实践。同时要高度重视"生态产业化"和"产业生态化"，有效地推进生态要素向生产要素、生态财富向物质财富的转变，更多更好地把发展经济的基础转到生态资源和生态系统优势上；同时要高度重视产业的生态化，使我们现有的产业通过生态化转型实现绿色发展，推动产业耦合，延长产业链，提高产业效率，真正把经济的转型发展转到发展生态经济上来，很好构建各地和全国的生态经济体系，使之成为生态文明社会建设的坚强物质基础和丰硕成果。

第四，构建人类命运共同体。党的十八大以来，"人类命运共同体"思想已经成为习近平总书记以全球视野、全球眼光、人类胸怀，积极推动治国理政更高视野、更广时空的全球性理念。党的十九大上，习近平总书记又发出了中国要作"全球生态文明建设的重要参与者、贡献者、引领者"的号召。

自从1972年参加联合国人类环境会议以来，我多次参加了各类国际会议，深深感受到环境保护奉行的"我们只有一个地球"理念，以及为保护地球环境而做的所有事情，就是最具全球视野的事业，并且在工作中一直推动我国与国际的合作。

习近平生态文明思想把我国生态环境建设提升到前所未有的高度，开辟了马克思主义人与自然关系新的理论和实践境界，为人类社会建设生态文明这种崭新的文明形态，确立了科学的世界观、价值观、实践论和方法论，也是把全人类共同拥有的生态系统，打造成人类命运共同体的"中国方案"。我国作为第二大经济体，实现中华民族伟大复兴的历史进程，直接影响发达国家在全球生存环境和生态资本再分配方面的角逐，生态环境越来越成为与政治、经济、民生工程和国际治理、全球博弈的综合性问题。因此，我们既要积极参与应对气候变化等重大国际行动，又要切实推动国内的绿色发展、绿色增长，还要通过"一带一路"建设等多边合作机制，为构建人类命运共同体做出我们应有的贡献，同时牢牢掌握新的国际话语权，体现负责任大国的担当。

第五，全社会都要承担生态文明建设的任务。如果说污染治理和生态修复，与每个公民还有一定距离的话，那么，体现更高质量发展、更高水平生活的生态文明建设，就与每个公民的福祉息息相关。所有的人都要用生态意识促进自己思想观念的深刻转变，提高自己的生态素养和行为规范，正确处理人与自然之间、人与环境之间、人与人之间的关系，从农业文明、工业文明之中走出来，向着生态文明这种新的文明形态前进，增加自己参与生态环境建设的程度。最切实的行动就是从身边做起，做好节水、节电、节能，不乱扔垃圾，举报污染行为等。2018年12月4日，第七十三届联合国大会宣布启动全球反塑料污染行动。我们每个人都要参与到联合国的这个行动中，把反塑料污染做好。

后记

从 1969 年在周恩来总理领导下我开始从事环保工作到现在，确实经历了五十个寒来暑往。

在大家都不相信社会主义国家还会有污染的年代，周总理这位伟大的领导人，就高瞻远瞩引领中国进入了环境保护觉醒的时代，我们这一代环保人有幸参与其中，从那时起，我们的初心就是要努力为子孙后代留住祖国的青山绿水。

半个世纪，我几乎从未离开过生态环境保护领域，见证了建设美丽中国的曲折历程。上个世纪七十年代中后期，国务院环境保护领导小组就曾发布一份十年环境污染治理规划：用五年时间控制环境污染，用十年时间解决环境污染问题。转眼间，四十多年过去了，这个梦想不仅没有实现，而且曾经一度环境恶化的趋势还愈演愈烈，这不能不说是我们第一代环保人的锥心之痛。

令人欣喜的是，十八大之后出现了很多可喜的变化，环保法长牙了，曾经的临时机构几经变迁升格为生态环境部，生态文明写入了宪法，"美丽中国"成为建设社会主义现代化强国的题中应有之义，还有北京的雾霾逐渐散去，蓝天正在变多。我相信再经过二三十年的努力，中国的环境问题就一定能够得到解决，"美丽中国"的梦想一定能够实现。

退休后，我的忘年之交骆建华催促我，应该把我所经历的中国环境保护半个世纪的变迁写下来，记录下老一代环保人创业、开拓的故事，尤其是把我们这一代环保人的思考与实践，留给年轻一代美丽中国的建设者们，一些老同事也劝我快做这件事。我思考再三，决定动笔，无奈年事已高，很多资料的收集与整理工作都只能依靠一批志同道合的年轻人，在此我对他们表示衷心感谢。最后经刘世昕、徐光等亲自动手，将我的著作和杂乱的资料中有关历史记载，尽可能地连接起来，大体也能看到这段历史的轮廓。正是他们多年的辛勤劳作，使得这本书得以问世。

我今年已经九十高龄，中国传统文化里称作是鲐背之年，所幸自己半个世纪的人生奉献给了美丽中国的建设。